코끼리의 여행

주제 사라마구 장편소설

코끼리의 여행

정영목 옮김

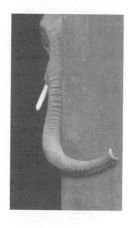

JOSÉ
SARAMAGO

내가 죽게 내버려두지 않는 필라르에게

결국 우리는 늘 우리를 기다리는 곳에 이른다.

—『여정의 책』

국사(國事)에서 부부의 침대, 그 침대가 교회나 국가의 승인을 받은 것이건 아니면 누구의 승인도 받지 못한 것이건, 어쨌든 부부의 침대의 중요성을 알지 못하는 사람에게는 이상해 보일지 몰라도, 우리가 이제부터 이야기하고자 하는 것, 즉 오스트리아까지 이어지는 코끼리의 특이한 여행의 첫 단계는 포르투갈 왕궁의 왕의 숙소에서, 대체로 잠자리에 들 시간에 이루어진 셈이라고 할 수 있다. 여기서 대체로라는 모호한 표현을 사용한 것은 단순한 우연이 아니다. 이렇게 해야 품위 있는 우아함을 잃지 않은 상태에서 신체적이고 생리적인 성격의 이야기, 종종 지저분하고 거의 언제나 우스꽝스러운 이야기, 종이에 적어놓으면 포르투갈과 알가르브의 왕인 동 주앙 삼세와 그의 부인인 오스트리아의 도나 카타리나의 엄격한 가톨릭 신앙에 위배될 수도 있는 이야기를 피할 수 있는 것이다. 도나 카타리나는 훗날 다름 아닌 동 세바스티앙의 할머니가 될 사람으로, 동 세바스티앙은 알카세르키비르 공격을 주도하다가 첫 번째, 또는 어쩌면 두 번째 공격 중에 그곳에서 죽게 된다. 물론 그가 전투 전야에 병으로 죽었다고 하는 사람들도 있기는 하지만, 어쨌든 그것은 나중의 일이고, 지금 왕은 이마에 주름을 잔뜩 잡고 왕비에게 말하고 있다, 걱정이 되는 일이 있소, 부인. 무슨 일인가요, 전하. 사 년 전 우리 사촌 막시밀리안이 결혼을 할 때 우리가 준 선물이 사촌의 혈통이나 공덕에 비추어 모자라다는 점이 늘 마음에 걸렸소, 그런데 이제 사촌이 말하자면 우리 집 근처에 와 있잖소, 스페인 섭정으로 바야돌리드에 말이오, 그래서 이번에는 더 귀중하고, 더 인상적인 것을 주고 싶소, 어떻게 생각하시오, 부인. 성체현시대*가 좋지 않을까요, 전하, 제 생각에 성체현시대는 언제나 큰 환영을 받는 것 같습니다, 아마 물질적 가치도 있으면서 동시에 영적 의미도 있다는 점 때문이겠지요. 우리 거룩

---

* 가톨릭교회에서 사용되는 제구 중의 하나.

한 교회는 그런 선물을 주는 것을 좋게 보지 않을 것이오, 그 절대 무오류의 기억에서 사촌 막시밀리안이 루터주의 신교도, 아니 칼뱅주의던가, 잘 모르겠지만 어쨌든 신교도의 개혁에 공개적으로 공감을 표시한 일을 아직 지우지 않았을 게 틀림없으니 말이오. 바데 레트로, 사타나(vade retro, satana)*, 왕비가 소리치며 성호를 그었다, 저는 그런 생각은 해보지도 못했네요, 내일 아침에 일어나자마자 고해를 하러 가야겠어요. 특별히 내일을 강조할 필요가 있겠소, 부인, 어차피 매일 고해를 하러 가지 않소, 왕이 말했다. 원수가 제 성대(聲帶)에 붙여놓은 수치스러운 생각 때문에 그래요, 아, 마치 지옥의 숨결에 그슬린 듯 목이 타는 느낌이 들어요. 왕비의 감각 과잉에 익숙한 왕은 어깨를 으쓱하며 오스트리아의 막시밀리안 대공을 만족시킬 만한 선물을 고르는 까다로운 일로 돌아갔다. 왕비는 기도문을 중얼거리고 있었다. 왕비는 그 기도문을 끝내고 다른 기도문을 시작하려다 갑자기 중단하더니 소리를 지르다시피 했다, 솔로몬이 있잖아요. 뭐라고, 왕은 왕비가 때 아니게 유다의 왕 이름을 꺼내는 것에 당황하여 물었다. 코끼리 솔로몬 말이에요, 전하. 지금 왜 그 코끼리 이야기가 나오는 거요, 왕이 약간 짜증이

* 사탄아, 물러가라.

11

섞인 목소리로 물었다. 그게 선물이 될 수 있잖아요, 전하, 왕비는 대답하며 행복에 들뜬 표정으로 일어섰다. 솔로몬이 적당한 결혼 선물이라고 할 수는 없지. 그건 상관없잖아요. 왕은 천천히 고개를 세 번 끄덕이더니 멈추었다가 다시 세 번 끄덕인 뒤에 말했다, 그래, 그거 재미있는 생각이로군. 재미있는 정도가 아니지요, 아주 좋은 생각, 탁월한 생각이죠, 왕비가 받아쳤다. 안달하는 몸짓, 반항에 가까운 몸짓을 억누를 수가 없었다. 코끼리는 이 년 전에 인도에서 왔는데, 왔을 때부터 먹고 자는 것 외에는 아무 하는 일이 없어요, 그래도 물통에는 늘 물을 채워두고 먹을 것을 꾸준히 갖다 줘야 해요, 우리가 짐승을 부양하는 셈인데, 이 짐승은 자기 사료 값도 못하는 셈이에요. 그거야 그 가엾은 짐승 잘못은 아니지, 여기서는 그 짐승이 할 일이 없잖소, 테주 강의 선착장에 보내 널빤지를 나르게 하지 않는 이상 말이오, 하지만 그래봐야 그 가엾은 것만 고생할 거요, 그 녀석의 전문 분야는 쓰러진 나무를 나르는 거니까, 그게 그 녀석 코의 곡선에 더 잘 맞지 않소. 그러니까 빈으로 보내버려요. 하지만 어떻게, 왕이 물었다. 그건 우리 알 바 아니죠, 일단 사촌 막시밀리안이 코끼리 임자가 되면, 그 문제는 막시밀리안이 풀어야 해요, 아마 지금도 바야돌리드에 있을걸요. 내가 아는 한 그렇소. 그럼 솔로몬은 바야돌리드까지는 걸어가야겠네요, 하긴 뭐, 그럴 수 있는 다리가 달려 있으니까. 그리고 거기서 빈까지도 걸어가야겠지, 달리 선택의 여지가 없을 테니까. 먼 길이죠, 왕비가 말했다. 아주 먼 길이지, 왕이 엄숙한 표정으로 맞장구를 치더니 덧붙였다, 내가 내일 사촌 막시밀리안에게 편지를 쓰겠소, 만일 막시밀리안이 받아들이면, 날짜를 정하고 몇 가지 사실을 확인해야 할 거요, 예를 들어 막시밀리안이 언제 빈으로 떠날 계획인지, 솔로몬이 리스본에서 바야돌리드까지 가는 데 며칠이나 걸릴지, 그런 것 말이오, 그 뒤는 막시밀리안에게 달린 거지, 우리는 이 일에서 손을 씻는 거요. 그렇죠, 우리는 손을 씻는 거예요, 왕비가 말했다. 그러나 속 깊은 곳, 자아의 모순들이 싸움을 벌이는 곳에서는 솔로몬을 그렇게 먼 땅에 보내 낯선 사람들 손에 맡긴다는 생각에 갑자기 슬픔을 느꼈다.

다음 날 아침 일찍 왕은 국무장관 페루 데 알카소바 카르네이루를 불러 편지를 구술했다. 그러나 첫 번째 구술에서는 좋은 편지가 나오지 않았다. 두 번째, 세 번째 구술에서도 마찬가지였다. 결국 편지를 쓰는 일은 장관에게 전적으로 맡겨야 했다. 그는 편지를 쓰는 데 필요한 수사학적 기술만이 아니라 군주들 사이에서 사용하는 예법과 편지 문구의 지식도 갖추고 있었기 때문이다. 장관은 이 모든 것을 세상에서 구할 수 있는 최고의 교사, 즉 그의 아버지인 안토니우 카르네이루에게 배웠으며, 현재의 자리도 아버지에게서 물려받았다. 마침내 그가 써낸 편지는 필법과 주장 양쪽에서 완벽했으며, 심지어, 외교적으로 표현하기는 했지만, 이 선물을 대공이 좋아하지 않을 이론적 가능성도 빼놓지 않았다. 그러나 대공이 부정적인 답을 하기는 매우 어려울 터였다. 편지의 핵심적인 대목에서 포르투갈 왕은 그의 왕국 전체에서 코끼리 솔로몬보다 귀중한 것은 없다고 말했기 때문이다. 우선 솔로몬은 신의 창조에서 드러난 통합의 힘, 즉 모든 종을 연결시켜 그들 사이의 친족 관계를 확립하는 힘을 대표했다. 심지어 어떤 사람들은 코끼리를 창조하고 남은 것으로 인간을 만들었다고 말하기까지 했다. 또 코끼리는 그 몸에 상징적이고 본질적이고 세속적인 가치들을 체현하고 있었다. 편지에 서명을 하고 봉인을 하자, 왕은 전폭적으로 신임하는 사마관*을 불러 처음으로 서한의 내용을 요약해서 들려주고, 그의 서열에 걸맞은, 그러나 무엇보다도 임무를 감당할 능력이 있는 호위자를 고르라고 명령했다. 사마관은 왕의 손에 입을 맞추었고, 왕은 신탁처럼 엄숙하게 예언적인 말을 던졌다, 북풍처럼 빠르게, 독수리의 비상처럼 자신 있게 가도록 하시오. 네, 전하. 이어 왕은 완전

* 말을 다루는 관리.

히 다른 말투로 실질적인 조언을 해주었다, 필요한 대로 말을 자주 갈아타라는 말은 해줄 필요도 없겠지, 역참이라는 것이 그래서 있는 것이니까, 지금은 쓸데없이 절약을 할 때가 아니거든, 내가 마구간에 말을 더 준비해 두라고 지시해 두겠네, 그리고 또 한 가지가 있어, 카스티야의 길을 달려가는 동안 가능하면 말을 탄 채로 자보도록 하게, 그러면 시간을 벌 수 있을 테니까. 사마관은 왕의 작은 농담을 이해하지 못했는지, 아니면 그냥 모르는 척하는 것이 낫다고 생각했는지, 이렇게만 대답했다, 전하의 명령을 말씀 그대로 실행에 옮기겠습니다, 그대로 시행하겠다고 제 목숨을 걸고 맹세하겠습니다. 사마관은 뒷걸음질로 물러나며 세 걸음마다 한 번씩 절을 했다. 세상에 이보다 나은 사마관은 없을 거야, 왕이 말했다. 장관은 전하가 직접 고르셨으니 사마관이 그런 사람일 수밖에 없고, 달리 행동할 수도 없을 것이라는 아첨을 하고 싶었으나 참기로 했다. 바로 며칠 전에 비슷한 말을 했다는 느낌이 들었기 때문이다. 그는 아버지의 충고를 기억했다, 조심해라, 아들아, 아첨하는 말도 너무 자주 반복하면 결국에는 약효가 떨어져 외려 모욕과 다름없는 상처를 주게 된단다. 그래서 장관은 사마관과 같은 이유는 아니었지만, 어쨌든 아무 말 안 하는 쪽을 택했다. 바로 그렇게 잠깐 입을 다물고 있는 동안 왕이 마침내 아침에 잠을 깼을 때 떠오른 걱정스러운 생각을 입 밖에 냈다, 생각을 해봤는데, 가서 솔로몬을 봐야 할 것 같네. 근위병을 부를까요, 전하, 장관이 물었다. 아니, 시동 두 명이면 충분하고도 남아, 한 아이는 전령으로 보낼 때 쓰고, 다른 아이는 왜 첫 번째 아이가 아직 안 오는지 알아볼 때 쓰면 되니까, 아, 그리고 장관, 당신도 가고 싶으면 함께 가세. 분수에 넘치는 영광입니다, 전하. 어쩌면 당신의 그 분수를 키워주려고 내가 이러는 건지도 모르지, 당신 아버지처럼, 평화롭게 안식하게 하소서, 키워주려고 말이야. 제가 아버지의 손에 입을 맞출 때 느꼈던 사랑과 존경으로 전하의 손에 입 맞추게 해주십시오. 이번에는 내 분수에 넘치는 일이로군, 왕이 말하며 웃음을 지었다. 아, 변증과 응답에서는 전하를 능가할 자가 없습니다. 나의 출생을 관장한 운명의 여신들이 나에게 말의 재능은 주지 않았다고 이야기하는 사람들도 있네만. 말이 다가 아닙니다, 전하, 오늘 코끼리 솔로몬을 찾아가는 것은 시적인 행동이며, 앞으로도 그렇게 여겨질 것입니다. 시적인 행동이 무엇이지, 왕이 물었다. 아무도 모릅니다, 전하, 누가 그런 행동을 하면 그제야 그것이 시적인 행동이라고 알아볼 뿐이지요. 하지만 지금까지는 솔로몬을 찾아가겠다는 의사만 밝혔을 뿐인데. 아, 하지만 왕이라면 말만으로도 충분합니다, 틀림없습니다. 내가 보기에 수사학자들은 그런 걸 아이러니라고 부를 것 같은데. 용서해 주십시오, 전하. 용서받았네, 장관, 만일 자네가 지은 죄들이 그 정도 무게라면, 천국에서 자네 자리는 보장된 걸세. 그럴지도 모릅니다만, 지금이 제가 천국에 가기에 가장 좋은 때인지는 모르겠습니다. 그게 무슨 소리인가. 종교재판을 고려해야 하니까요, 전하, 이제 전과는 달리 고해와 사면이 안전통행증은 아닙니다. 종교재판은 기독교인들 사이의 통일을 유지할 걸세, 그게 종교재판의 목적이야. 네, 매우 거룩한 목적이기는 합니다만, 전하, 그 목적을 성취하기 위해 어떤 수단을 사용하느냐 하는 문제가 있습니다. 목적이 거룩하면, 그 목적을 이루기 위한 수단도 거룩한 거야, 왕이 약간 날이 선 목소리로 대꾸했다. 용서해 주십시오, 전하, 제가 혹시. 당신이 혹시 뭐. 제가 혹시 오늘 솔로몬을 찾아가는 일을 면제받을 수 있을까요, 오늘은 제가 전하의 유쾌한 말동무가 될 것 같지 않다는 느낌이 듭니다. 아니, 면제해 주지 않겠네, 코끼리 우리 안에 자네가 있을 필요가 있어. 하지만 왜요, 전하, 제가 이렇게 대담하게 여쭈어도 좋을지 모르겠습니다만. 나한테는 자네가 말하는 그 시적인 행동이 이루어지는지 아닌지 알 머리가 없거든, 왕은 그렇게 말하면서 반쯤 미소를 지었다. 그러자 턱수염과 콧수염의 모양이 바뀌면서 짓궂은, 꼭 메피스토펠레스 같은 표정이 나타났다. 그럼 분부대로 하겠습니다, 전하. 다섯 시 정각에 말 네 마리를 궁 정문에 대놓게, 내가 탈 말은 크고, 튼튼하고, 유순해야 하네, 나는 지금까지 말을 잘 타본 적이 없거든, 지금은 전보다도 더 못 타고, 나이가 들면서 여기저기가 아프고 쑤셔서 말이야. 네, 전하. 그리고 함께 갈 시동들을 아주 신중하게 고르게, 시시한 것에도 웃음을 터뜨리는 아이들은 질색이니까, 목을 비틀고 싶어져. 네, 전하.

결국 그들은 다섯 시 반이 되어서야 떠날 수 있었다. 왕비가 그들의 소풍 계획을 알고 자기도 가고 싶다고 말했기 때문이다. 단지 솔로몬의 우리를 지어놓은 벨렝까지 가려고 마차를 준비하는 것은 무리라고 설득을 해도 막무가내였다. 설마 말을 타고 가겠다는 생각은 아닐 것 아니오, 왕이 더 말을 못하게 하려고 미리 못을 박아두었다. 결국 왕비는 이 어설프게 위장된 금지 명령에 복종하고 물러나며, 포르투갈에, 아니 온 세상에 자기만큼 솔로몬을 사랑하는 사람은 없을 것이라고 중얼거렸다. 보다시피 자아의 모순들이 점점 늘어나고 있었다. 그 가엾은 동물을 자신이 부양하는 짐승이라고 부른 것은, 인도에서 아무런 보수도 받지 못하고 오랜 세월 노동을 할 수밖에 없었던 비이성적 생물에게는 최고의 모욕인 셈이었는데, 이제 오스트리아의 카타리나는 예의까지 갖추어 가책 비슷한 것을 드러내고 있었던 것

18

이며, 그런 분위기에서 그녀의 주인이자 남편이자 왕인 인물의 권위에, 적어도 겉으로는, 도전을 하는 듯한 행동을 한 것이다. 그러나 이것은 기본적으로 찻잔 속의 폭풍, 부부간의 사소한 위기로, 사마관이 어떤 답이든 들고 돌아오면 사라질 수밖에 없는 것이었다. 만일 대공이 코끼리를 받아들이면, 문제는 저절로 해결될 터였다. 아니, 빈 여행이 문제를 해결해 줄 터였다. 만일 받아들이지 않으면, 그들은 다시 한번, 모든 민족의 오랜 경험을 근거로, 인간과 코끼리 모두의 일용할 양식인 실망, 좌절, 환멸에도 불구하고 삶은 계속된다고 말해 버리면 그만일 것이다. 솔로몬은 어떤 미래가 자기를 기다리는지 모른다. 그의 운명의 사자(使者)인 사마관은 말을 탄 채로 자려고 애쓴 불행한 결과에서 차츰 회복되며 바야돌리드를 향해 달려가고 있는 중이고, 포르투갈 왕은 장관과 시동으로 이루어진 조촐한 수행원들과 함께 이제 곧 제로니무스 수도원과 솔로몬의 우리가 보이는 벨렝 강변에 이를 것이다. 시간이 지나면 우주의 모든 것은 다른 모든 것과 완벽하게 아귀가 맞게 된다. 자, 코끼리가 있다. 아프리카의 친척들보다는 작지만, 그래도 몸을 덮은 흙먼지 밑으로 자연이 그를 빚을 때 염두에 두었던 멋진 형체를 볼 수 있다. 왜 저 동물이 저리 더러운가, 왕이 물었다, 관리자는 어디 있지, 관리자가 있을 텐데. 생김새가 인도 사람으로 보이는 사람이 다가왔다. 넝마나 다름없는 옷차림이었다. 원래의 옷과 이곳에 와서 지은 옷이 섞여 있었다. 이 년 전 코끼리와 함께 올 때 바로 그 몸에 걸치고 있던 이국적인 직물의 조각들이 이곳의 옷을 간신히 가리고 있거나, 아니면 이곳의 옷이 그 조각들을 간신히 가리고 있었다. 그가 코끼리 부리는 사람, 곧 마호우트였다. 장관은 곧 관리자가 왕을 알아보지 못했다는 사실을 깨달았다. 그러나 지금이 공식적인 소개를 할 시간이 아닌 것은 분명했다. 전하, 솔로몬의 관리자를 소개해 올리겠습니다, 그리고 인도인 어르신, 여기는 앞으로 경건왕 동 주앙으로 부르게 될 포르투갈의 왕, 동 주앙 삼세입니다, 이럴 수는 없는 노릇이었다. 그래서 장관은 두 시동에게 우리 안으로 들어가 지금 조짐이 전혀 좋지 않은 엄한 눈길로 관리자를 노려보고 있는 턱수염을 기른 인물의 지위와 신분을 당황한 인도인 관리자에게 알리라고 명령했다. 왕이십니다. 우리 안의 남자는 번개에 맞은 듯 동작을 멈추더니, 이윽고 달아나려는 듯이 움직였다. 그러나 시동들이 그의 넝마를 붙들어 방책으로 몰고 갔다. 그동안 왕은 방책에 기대놓은 통나무 사다리에 올라가, 짜증과 혐오가 섞인 표정으로 그 광경을 지켜보며, 신의 뜻이라면 곧 오만한 오스트리아의 도시 빈에서 악취가 풍기는 배설물을 쌓아놓게 될 이 사 미터가 넘는 후피(厚皮) 동물, 이 우스꽝스러운 장비목(長鼻目)의 동물을 찾아가봐야겠다는 이른 아침의 감상적인 충동에 굴복한 것을 후회했다. 또 적어도 얼마간은 장관과 그가 말한 시적인 행동을 탓했다. 그 말이 여전히 그의 머릿속에 맴돌고 있었기 때문이다. 왕은 그 외에는 존중할 만한 관리인 장관에게 문제를 제기하는 눈길을 던졌다. 그러자 장관은 그의 마음을 읽기라도 한 듯이 말했다, 전하께서 여기 오신 것은 실로 시적인 행동입니다, 코끼리는 단지 구실에 지나지 않았습니다, 그 이상이 아니었습니다. 왕은 혼잣말로 중얼거리다가, 또렷하고 단호한 목소리로 말했다, 저 짐승을 당장 씻겨라. 그러자 그는 왕 같은 기분이 들었다. 그는 왕이었다. 그런 감정도 이해할 만한 것이 그는 군주로서 살아온 평생 동안 그런 말을 한 적이 한 번도 없었기 때문이다. 시동들은 왕의 명령을 코끼리 관리자에게 전달했고, 관리자는 연장처럼 보이고 또 마땅히 연장이어야 할 것들과 더불어 아무도 무엇인지 모를 것들이 보관된 헛간으로 달려갔다. 헛간 옆에는 널빤지로 짓고 지붕에는 널을 대지 않은 건물이 한 채 있었는데, 아마도 관리인의 집인 듯했다. 관리인은 자루가 긴 비를 들고 돌아와 코끼리의 물통 역할을 하는 포도주통에서 물을 받아 양동이를 채우고 일을 시작했다. 코끼리가 즐거워한다는 것은 척 보아도 알 수 있었다. 물을 끼얹고 비로 긁어대자 어떤 즐거운 기억, 인도의 강, 거친 나무줄기가 되살아난 모양이었다. 목욕을 하는 삼십 분 동안 코끼리가 마치 최면에 걸린 듯 힘센 네 다리로 그 자리에 견고하게 서서 꼼짝도 하지 않은 것만 보아도 그 즐거움을 알 수 있었다. 몸의 청결의 탁월한 이점을 안다면 그리 놀랄 일도 아니지만, 마치 아까 그 코끼리가 있던 자리에 다른 코끼리가 나타난 것 같았다. 가죽이 보이지 않을 정도로 그의 몸을 덮고 있던 흙먼지가 물과 비 두 가지가 어울려 움직인 뒤 사라지고 나자, 솔로몬은 이제 그 화려한 모습을 드러냈다. 아니 비교적 화려한 모습이라고 해야 하겠다. 솔로몬 같은 아시아코끼리의 가죽은 두껍고, 잿빛이 섞인 커피빛이며, 거기에 점과 털까지 박혀 있어, 자신의 운명을 받아들여 자신이 가진 것에 만족하고 비슈누 신에게 감사하라는 조언에도 불구하고 이 코끼리가 늘 낙담하고 마는 이유가 되기 때문이다. 코끼리는 마치 기적을, 세례를 기대하듯이 목욕에 몸을 맡겼지만, 그 결과는 모두가 보다시피 털과 점이 있는 가죽 그대로였다. 왕은 코끼리를 일 년 넘게 찾아보지 않아 세세한 것들은 잊고 있었기 때문에 눈에 보이는 것이 전혀 마음에 들지 않았다. 다만 앞으로 겨눈 검 두 자루처럼 약간 곡선을 그리며 흰 빛으로 눈부시게 반짝이는, 장비목과 동물 특유의 긴 엄니만은 예외였다. 그러나 문제는 왕의 마음에 들지 않는 것만이 아니었다. 조금 전까지만 해도 카를로스 오세*의 사위에게 줄 완벽한 선물을 찾아낸 것에 흥분하던 포르투갈, 그리고 알가르브의 왕은 갑자기 사다리에서 떨어져, 밑에 입을 벌리고 있는 치욕의 심연으로 떨어질 것만 같은 기분에 사로잡혔다. 왕은 이런 생각을 한 것이다, 대공이 이 녀석을 좋아하지 않으면 어쩌나, 이 녀석이 추하다고 생각하면 어쩌나, 물건을 보지도 않고 그냥 원칙에 따라 선물을 받아들였다가 돌려보내면 어떻게 하나, 유럽 공동체의 동정 어린 또는 비꼬는 시선 속에서 그런 모욕을 당하는 수치를 어떻게 감당하나. 솔로몬을 어떻게 생각하는가, 저 생물에게서 어떤 인상을 받았나, 왕이 장관에게서만 찾을 수 있는 희망의 조각을 쥐고 싶은 간절한 마음으로 물었다. 예쁘고 추하고는 상대적인 표현일 뿐입니다, 전하, 올빼미에게는 올빼미 새끼들도 예쁩니다, 제가 지금 여기에서 보는 것은, 일반적 법칙을 한 특정 사례에 적용하자면, 아시아코끼리의 당당한 표본입니다, 자신의 특성에 어울리는 털과 점을 다 갖춘 코끼리이지요, 이 코끼리는 틀림없이 대공을 기쁘게 할 것이고, 빈의 궁정과 주민만이 아니라 그곳으로 가는 길에 그를 보게

* 에스파냐 왕의 딸인 후아나와 오스트리아 황제 막시밀리안 1세의 아들 펠리페 사이에서 태어나, 에스파냐의 카를로스 1세이자 신성로마제국의 카를로스(카를) 5세로 군림했다.

될 보통 사람들도 놀라게 할 것입니다. 왕은 안도의 한숨을 내쉬었다, 그래, 그 말이 맞는 것 같군. 그럼요, 전하, 그리고 제가 다른 특성, 인간의 특성에 관해 약간이나마 알고 있는 것을 전하의 허락을 받아 말씀드릴 수 있다면, 심지어 이 털과 점이 있는 코끼리가 오스트리아 대공의 첫째가는 정치적 도구가 될 것이라고까지 이야기할 수 있을 듯합니다, 대공이 지금까지 우리 눈에 드러난 증거대로 빈틈없는 분이라면 말입니다. 내려갈 테니 좀 도와주게, 자네 이야기를 듣다 보니 어지럽구먼. 왕은 장관과 두 시동의 도움을 받아 별 어려움 없이 사다리의 가로대 몇 개를 내려올 수 있었다. 왕은 발밑에 다시 단단한 땅이 느껴지자 깊은 숨을 쉬었으며, 이렇다 할 이유는 없었지만, 아니, 너무 일러서 그 이유를 확실히 알 수가 없기 때문에 단순한 추측에 불과하기는 해도, 갑자기 그의 피에 산소가 공급되어 뇌 주위를 순환하는 피를 새롭게 해주었다는 것이 그 이유일지도 모르지만, 어쨌든 그는 정상적인 조건에서라면 머리에 절대 떠오르지 않았을 생각을 하게 되었다. 그는 이렇게 말했다, 저 사람이 저런 꼴로, 저런 넝마를 걸치고 빈에 갈 수는 없네, 따라서 옷을 두 벌 지어 주도록 하게, 한 벌은 코끼리 위에 올라타고 일을 할 때 입을 옷, 그리고 또 한 벌은 사교 행사 때 입을 옷, 오스트리아 궁정에서 너무 불쌍한 인간으로 보이지 않도록 말일세, 그렇다고 고급 옷을 지어주란 말은 아니야, 무슨 말인지 알겠지, 저 사람을 거기 보내는 나라에 흉이 되지 않을 옷을 지어주란 거야. 물론입니다, 전하. 그런데 저 사람 이름이 뭐지. 장관은 시동을 보내 알아오게 했다. 장관에게 전해진 대답은 대체로 수브흐로 정도로 발음되는 것이었다. 수브로, 왕이 되뇌어보았다, 무슨 이름이 그런가. 중간에 흐가 들어간답니다, 전하, 어쨌든 저자 말이 그러합니다, 장관이 설명했다. 포르투갈에 처음 왔을 때 그냥 조아킹이라고 불렀어야 하는 건데, 왕이 투덜거렸다.

사흘 뒤 오후가 저물 무렵, 이제 화려함은 도로의 먼지 때문에 약간 퇴색하고 말이나 인간 할 것 없이 어쩔 수 없이 땀의 악취를 풍기는 호위대를 뒤에 거느린 사마관이 궁정 정문에서 말을 내려 먼지를 털고 층계를 올라가 하인 대장의 안내를 받아 대기실로 들어갔다. 지금 솔직히 말하는 것이 낫겠지만, 하인 대장이라는 직책은 아마도 당시에 실제로 존재하지는 않았을 것이다. 그러나 그 사람이 몸에서 적극적으로 뿜어내는 냄새, 뻔뻔스러움과 거짓 겸손이 섞인 냄새를 고려할 때 우리 눈에는 그것이 적절한 직책으로 여겨지는 것이다. 왕은 대공의 답을 얼른 듣고 싶어 방금 도착한 사람을 즉시 만나주었다. 알현실에는 왕비도 있었는데, 이 일의 중요성을 고려한다면 아무도 그 점에는 놀라지 않을 것이다. 그렇지 않아도 왕의 요청으로 왕비는 국사를 의논하는 회의에 자주 참석했으며, 그런 자리에서 그냥 수동적인 구경꾼 노릇만 하는 것이 아니었다. 사마관이 도착하는 즉시 왕비가 소식을 듣고 싶어 했던 데에는 또 한 가지 이유가 있었다. 가능성이 적다는 것은 알고 있었지만, 막시밀리안 대공의 편지가 독일어로 적혀 있을지도 모른다는 막연한 희망을 품고 있었던 것이다. 그럴 경우 번역자 가운데 가장 높은 자리에 있던 그녀가 말하자면, 즉석에서 도움을 줄 수도 있을 터였다. 사마관에게서 편지를 받아 든 왕은 직접 대공의 문장(紋章)으로 봉인된 리본을 풀고 두루마리를 펼쳤다. 그러나 쓰윽 훑어보는 것만으로도 편지는 라틴어로 썼다는 것을 알 수 있었다. 포르투갈에서 세 번째로 동 주앙이라는 이름을 가지게 된 왕은 어렸을 때 배웠기 때문에 라틴어를 전혀 모른다고 할 수는 없었지만, 어쩔 수 없이 더 듬거리고, 중간중간에 오랫동안 입을 다물고, 누가 봐도 틀린 해석을 하게 되면 그 자리에 있는 사람들이 왕에 대해서 그릇된 불쾌한 인상을 갖게 될 것임을 너무 잘 알고 있었다. 앞서도 보았듯이 기민한 정신, 그리고 그에 못지않게 기민한 반사 신경을 가진 장관은 벌써 눈에 안 띄게 두 걸음 앞으로 나와 기다리고 있었다. 왕은 마치 이 장면을 예행연습이라도 한 듯 아주 자연스러운 목소리로 말했다. 장관이 편지를 읽고 그 내용을 포르투갈어로 번역해 줄 것이오, 이 편지에서 우리가 사랑하는 사촌 막시밀리안은 코끼리 솔로몬을 주겠다는 우리 제안에 틀림없이 답을 했을 거요, 허나 지금 그 편지를 다 읽을 필요는 없을 것 같소, 당장 우리에게 필요한 것은 요지요. 물론입니다, 전하. 장관은 당시 서간체에서 비 온 뒤의 버섯처럼 급격히 늘어나던 과다하게 정중한 인사말을 쓰윽 훑어본 뒤 더 읽어나가다 마침내 찾던 것을 발견했다. 그는 번역을 하지 않고 그냥 발표해 버렸다, 오스트리아의 막시밀리안 대공께서 포르투갈 왕의 선물을 감사히 받으시겠답니다. 왕의 얼굴의 턱수염과 콧수염을 이루는 털들 사이에서 만족의 미소가 나타났다. 왕비도 미소를 짓는 동시에 감사의 뜻으로 두 손을 맞잡았다. 이 감사는 우선 오스트리아의 막시밀리안 대공을 향한 것이지만, 궁극적으로는 전능한 하느님을 향한 것이기도 했다. 왕비의 내부에서 싸움을 벌이던 모순된 감정들은 마침내 통합에 이르렀는데, 그 결과는 가장 진부한 결론, 즉 누구도 자신의 운명은 피할 수 없다는 결론이었다. 장관은 편지의 내용을 계속 더 설명해 나아갔다. 라틴어의 수도원 같은 엄숙함이 장관이 번역어로 사용하고 있는 일상적인 포르투갈어에서도 메아리치는 듯했다. 대공께서는 아직 언제 빈으로 떠날지 결정하지 못했다고 하십니다, 시월 중순쯤이 될 것 같기는 한데, 확실치는 않답니다. 지금이 벌써 팔월 초잖아요, 왕비가 약간 불필요한 말을 덧붙였다. 대공께서는 또 전하께서 괜찮으시다면, 굳이 떠날 날짜를 기다려 술레이만을 바야돌리드로 보낼 필요는 없다고 하십니다, 전하. 술레이만이라니, 그게 뭐야, 왕이 화가 나서 소리쳤다, 아직 코끼리를 받지도 않았는데 벌써 이름을 바꾼단 말이야. 술레이만 대제를 생각해 보시지요, 전하, 오스만의 술탄 말입니다. 내가 자네 없이 어찌 살겠나, 장관, 자네가 늘 놀라운 기억력으로 나를 깨우쳐주고 인도해 주지 않는다면 내가 술레이만이 누구인지 어찌 알 수 있겠냔 말이야.[*] 용서해 주십시오, 전하, 장관이 말했다. 어색한 정적이 흐르면서, 그 자리에 있는 사람들은 서로 얼굴을 보는 것을 피했다. 처음에는 선홍색으로 붉어졌던 장관의 얼굴은 이제 시체처럼 창백해졌다. 아니, 용서를 구해야 할 사람은 나지, 왕이 말했다, 그리고 나 자신의 양심 외에는 다른 누구도 뭐라 하지 않지만, 자네한테 용서를 구하겠네. 전하, 페루 데 알카소바 카르네이루는 더듬거렸다, 제가 뭔데 전하를 용서하겠습니까.

[*] 술레이만과 솔로몬은 같은 이름. 술레이만 대제와 동 주앙 3세는 16세기의 같은 시기에 재위했던 왕들이다.

자네는 내 장관이지, 그리고 나는 자네한테 무례했고. 제발, 전하. 왕은 손짓으로 입을 다물 것을 요구하더니 말했다, 솔로몬, 이곳에 있는 동안은 계속 그 이름으로 부르겠지만, 솔로몬은 내가 그를 대공에게 선물로 주겠다고 결정한 날 이후로 자기 때문에 우리가 불안했다는 것을 알 수가 없겠지, 사실 나는 마음속 깊은 곳에서는 이곳의 누구도 사실 그가 가는 것을 원치 않는다고 느끼고 있소, 이상한 일이지, 안 그렇소, 솔로몬은 우리 다리에 다가와 몸을 비비는 고양이도 아니고, 우리가 창조주나 되는 것처럼 우리를 쳐다보는 개도 아닌데, 그럼에도 여기 있는 우리 모두 마음이 괴롭소, 거의 절망 상태요, 마치 누가 우리에게서 뭔가를 잡아채가는 것처럼 말이오. 누구도 우리 마음을 그보다 잘 표현할 수는 없을 겁니다, 전하, 장관이 말했다. 하지만 현안으로 돌아가도록 합시다, 솔로몬을 바야돌리드로 급송하는 문제를 우리가 어디까지 이야기했더라, 왕이 물었다. 대공은 코끼리를 가능한 한 일찍 보내는 것이 좋을 것이라고 썼습니다, 그래야 코끼리가 사람이나 환경의 변화에 적응을 할 수 있을 거라면서요, 어, 대공이 라틴어로 쓴 말이 정확히 그런 뜻은 아니지만, 저로서는 당장은 그 정도밖에 표현을 할 수가 없습니다. 아, 머리를 더 쥐어짤 필요는 없네, 무슨 말인지 이해하니까, 왕이 말했다. 왕은 잠시 생각을 해보다가 덧붙였다, 사마관이 방문단을 조직하는 일을 책임지시오, 코끼리 관리인 일을 도울 사람이 둘 필요하고, 거기에 계속 음식과 물을 풍부하게 공급해 주는 일을 책임질 사람이 몇 명 필요 하고, 혹시 필요할지 모르니 황소가 끄는 달구지도 한 대 가 져가야 할 거고, 예를 들어 코끼리 물통을 운반한다든가 할 때 말이오, 물론 포르투갈에는 솔로몬이 물을 마시고 뒹굴 수 있는 강이나 강변이 부족하지 않지만, 늘 햇볕에 내놓은 뼈다귀처럼 바싹 마른 황폐한 땅 카스티야에서는 문제가 생길지도 모르잖소, 그리고 마지막으로, 그런 일이야 없겠지 만, 그래도 혹시 누가 우리의 귀중한 솔로몬을 훔치려고 할 경우에 대비해 기병대도 있어야 할 거요, 사마관은 여기 국 무장관에게 정기적으로 진전 상황을 보고하도록 하시오, 그 리고 용서해 주시오, 장관, 장관을 이런 사소한 일에 끼워 넣은 걸 말이오. 사소하다니요, 전하, 우리는 여기서 지금 다름 아닌 국가 자산의 이동 문제를 다루고 있는 것 아닙니 까, 저한테는 특별히 중요한 의미가 있습니다. 솔로몬은 자 신을 국가 자산이라고 생각해 본 적이 없을 거요, 왕이 심 술궂은 미소를 지으며 말했다. 자신이 마시는 물과 먹는 음 식이 하늘에서 뚝 떨어진 것이 아니라는 것만 생각해 보아 도 솔로몬은 그 점을 알 수 있을 겁니다, 전하. 나는 말이에 요, 왕비가 끼어들었다, 분명히 말해 두는데, 아무도 나한테

31

와서 솔로몬이 언제 떠났는지 말하지 마세요, 내가 알 마음이 생기면 물어볼 테니 그때 답을 해주면 돼요. 눈물 때문에 갑자기 목이 멘 듯, 마지막 말은 잘 들리지 않았다. 왕비가 우는 것은 좋은 구경거리이지만, 예의 때문에 우리 모두 눈길을 돌릴 수밖에 없다. 왕, 장관, 사마관도 모두 그렇게 했다. 이윽고 왕비가 방을 나가고 치마가 바닥을 쓰는 소리가 그치자 왕이 말했다, 보다시피 저게 내가 말한 바요, 우리 누구도 솔로몬이 떠나는 걸 원치 않소. 마음을 바꾸기에는 너무 늦었습니다, 전하. 아, 내 마음은 바뀌었소, 그건 의심의 여지가 없소, 하지만 시간이 없군, 솔로몬은 이미 떠난 것이나 다름없으니까. 전하께서 처리해야 할 더 중요한 일들이 있습니다, 코끼리가 관심의 중심에 놓여서는 안 됩니다. 그 관리인 이름이 뭐였더라, 왕이 갑자기 물었다. 수브흐로였던 것 같습니다, 전하. 그게 무슨 뜻이지. 모르겠습니다, 전하, 하지만 물어볼 수 있지요. 그래, 물어보시오, 내가 누구 손에 솔로몬을 맡기는지 알고 싶소. 전에 맡았던 바로 그 손이지요, 전하, 제가 감히 이런 말씀을 드려도 좋을지 모르겠습니다만, 그 코끼리는 인도에서 올 때 바로 그 관리인이 데려왔잖습니까. 멀리 있느냐 바로 가까이 있느냐에 따라 모든 게 달라지지, 이때까지 나는 그 사람 이름이 뭔지 관심을 가진 적도 없소, 하지만 지금은 달라졌소. 물론입니다, 전하, 이해하지요. 그게 내가 장관한테서 좋아하는 점이오, 장관한테는 내 말을 이해시키려고 이러니저러니 구구절절이 설명할 필요가 없거든. 선친이 좋은 스승이었습니다, 그리고 전하도 절대 선친에게 뒤지지 않으십니다. 그런 칭찬은 언뜻 보면 가치가 없는 듯하지만, 장관의 부친과 나를 비교하는 것이니 나에게는 기쁜 일이구려. 제가 물러가도 되겠습니까, 전하, 장관이 물었다. 그래, 가서 일 보시오, 그리고 코끼리 관리인한테 새 옷 입히는 것 잊지 마시오, 그런데 그 사람 이름이 뭐라고 했더라. 수브흐로입니다, 전하, 흐가 들어가지요. 맞아.

이런 대화가 있고 나서 열흘 뒤, 해가 간신히 지평선 위로 얼굴을 내밀었을 때, 솔로몬이 마침내 이 년 동안 힘들게 살았던 우리를 떠났다. 호위대는 왕이 명령한 대로 구성되었다. 마호우트가 코끼리의 등에 앉아 높은 곳에서 지휘를 하고, 뭐든 필요한 방법으로 그를 도울 두 사람이 따라붙고, 먹이 공급을 책임질 사람들이 또 따라갔다. 달구지에 실린 물통은 울퉁불퉁한 길 때문에 계속 좌우로 미끄러졌다. 달구지에는 물통 말고도 다양한 종류의 꼴이 잔뜩 실렸다. 가는 길과 도착한 뒤까지 관련자 모두의 안전을 책임질 기병대도 따라왔다. 그리고 마지막으로, 왕이 미처 생각하지 못했던 것으로, 노새 두 마리가 끄는 병참장교의 수레도 따라왔다. 묘하게도 구경꾼이나 다른 지켜보는 사람들이 없었던 것은 너무 이른 시간 탓일 수도 있고, 코끼리의 출발이 비밀에 둘러싸여 있었기 때문일 수도 있다. 그러나 단 하나의 예외가 있었다. 코끼리 일행이 길의 첫 굽이를 돌아 사라지자마자 왕의 마차가 리스본 방향으로 출발했던 것이다. 안에는 포르투갈 왕 동 주앙 삼세와 국무장관 페루 데 알카소바 카르네이루가 타고 있었다. 우리는 이 장관을 다시 보지 못할지도 모른다. 아니, 아마 보게 될 것이다. 삶이란 예측을 비웃고, 우리가 침묵을 상상한 곳에 말을 집어넣고, 우리가 다시는 서로 못 볼 것이라고 생각했을 때 갑작스럽게 그 사람을 되돌려 주기 때문이다. 마호우트의 이름의 뜻이 뭔지 잊어버렸네, 뜻이 뭐라고, 왕이 묻고 있었다. 하얗다는 뜻이랍니다, 전하, 수브호로는 희다는 뜻이랍니다, 그 사람을 봐서는 짐작도 못하겠지만요. 궁의 한 방, 지붕이 달린 침대의 어둠 속에서 잠을 자던 왕비는 악몽을 꾸고 있다. 솔로몬을 벨렝에서 다른 데로 데려간 꿈이다. 그녀는 계속 사람들에게 묻는다, 왜 나한테는 이야기를 안 한 거예요. 그러나 아침나절이 되어 마침내 일어나기로 했을 때 그녀는 그 질문을 되풀이하지 않으려 한다. 또 앞으로도 자신이 먼저 질문을 하게 될 것인지 알 수가 없다. 몇 년 뒤에 혹시 누군가 우연히 그녀가 있는 자리에서 코끼리라는 말을 꺼낼지도 모르고, 그러면 포르투갈의 왕비인 오스트리아의 카타리나는 이렇게 말할 것이다, 코끼리 이야기가 나와서 말인데, 솔로몬은 어떻게 되었지요, 아직도 벨렘에 있나요, 아니면 이미 빈으로 보내버렸나요. 사람들이 솔로몬은 빈에 있다고, 동물원 같은 곳에서 다른 야생동물들과 함께 살고 있다고 말해 주면, 그녀는 짐짓 순진한 척 이렇게 대꾸할 것이다, 정말 운이 좋은 동물이네요, 세상에서 가장 아름다운 도시에서 삶을 즐기고 있으니 말이에요, 나는 여기에서 오늘과 미래 사이에 갇혀 있는데, 오늘도 미래에도 아무런 희망도 없이. 왕이 그 자리에 있다면 그 말을 못 들은 척할 것이다. 국무장관, 우리가 이미 만난 바로 그 페루 데 알카소바 카르네이루는 종교재판에 관해 한 말만 보아도, 그리고 더 중요한 것으로, 그가 말하지 않는 것이 좋겠다고 생각한 내용만 보아도, 기도를 하는 사람은 아님을 알 수 있다. 그럼에도 그는 소리 없이 하늘을 향해 코끼리가 망각의 두터운 망토에 덮여 있기를 바라는 기도를 드렸다. 그래서 그 망토가 코끼리의 형체를 감추어, 상상력이 둔해빠진 사람들은 그것을 다른 이상한 짐승인 단봉낙타로 오해하기를, 아니면, 어떤 다른 종류의 낙타로 오해하기를 기도했다. 혹이 달린 그 애처로운 모습이라면 이 하찮은 사건에 관심을 가진 누구의 기억에도 오래 남아 있지 않을 테니까. 과거는 돌이 깔린 거대한 땅으로, 사람들은 대개 마치 자동차 도로를 달리듯 차를 타고 그곳을 가로지르기를 바란다. 그러나 어떤 사람들은 그 돌들 밑에 뭐가 있는지 알고 싶어 끈기 있게 돌을 하나씩 들추어보며 움직인다. 가끔 전갈이나 지네, 통통하고 하얀 모충(毛蟲)이나 성숙한 유충이 기어 나오기도 하지만, 적어도 한 번쯤은 코끼리가 나타나는 것도 불가능하지는 않다. 그 코끼리의 어깨에는 마호우트가 타고 있을지도 모른다. 자신이 돌보아야 할 코끼리만큼이나 더러운 모습으로 벨렘의 우리에서 포르투갈 왕과 국무장관의 눈앞에 나타났던 사람을 묘사하기에는 전혀 어울리지 않는, 하얗다는 뜻의 수브흐로라는 이름을 가진 마호우트가. 아무리 밝게 빛나는 칼날이라도 녹이 슬면 흐릿해질 수 있다고 경고하는 지혜로운 말은 정말 어느 정도 맞는 것인지도 모른다. 마호우트와 코끼리에게 일어난 일이 바로 그런 것이기 때문이다. 그들을 처음 벨렘에 데려왔을 때는 사람들의 호기심이 놀랄 만큼 강했다. 그래서 궁정이 나서서 귀족 남녀, 신사 숙녀로 이루어진 관람단을 선발하여 이 후피 동물을 구경하게 해주었다. 그러나 초기의 관심은 곧 희미해졌고, 결과는 뻔했다. 마호우트의 인도 옷은 넝마가 되었고, 코끼리의 털과 점은 이 년 동안 쌓인 먼지 더께 밑으로 거의 사라져버렸다. 그러나 지금은 그렇지 않다. 어쩔 수 없이 도로의 흙이 발에서 무릎까지 덮었지만, 그럼에도 솔로몬은 새바늘처럼 깨끗한 몸으로 당당하게 걸어간다. 마호우트는 이제 화려한 인도 옷을 입지는 않았지만, 새 제복을 입어 눈부시다. 더 좋은 것은 고용주들이 잊어버린 것인지 아니면 관대해서인지 옷값을 낼 필요도 없었다는 것이다. 마호우트는 코끼리의 목이 억센 몸통과 만나는 곳에 걸터앉아 작대기를 휘둘러 코끼리의 방향을 잡아준다. 한 번은 가볍게 찰싹 치고, 그다음에는 아프게 쿡 쑤셔 코끼리의 단단한 가죽에 자국을 남긴다. 이제 마호우트인 수브흐로, 즉 하얀색은 이 이야기에서 두 번째 또는 세 번째로 중요한 인물이 될 참이다. 첫 번째는 물론 코끼리 솔로몬이며, 그는 중심이 되는 주인공으로서 선두를 차지한다. 그 뒤를 방금 말한 수브흐로와 대공이 따르면서 주연 자리를 놓고 각축을 벌여, 앞서거니 뒤서거니 한다. 현재 중심 무대를 차지하고 있는 인물은 마호우트다. 그는 호송대의 한쪽 끝에서 다른 쪽 끝까지 쭉 훑어보는데, 그 유난히 잡다한 모습이 눈에 들어오지 않을 수 없다. 이것은 참여한 동물이 다양하다는 것을 고려할 때 이해할 만한 일이다. 즉 코끼리, 사람, 말, 노새, 황소 등이 알아서든 강요에 의해서든 각자 다른 속도로 걷고 있는 것이다. 이런 여행에서는 가장 느린 것보다 너무 빨리 앞서 나갈 수 없기 때문이다. 물론 여기에서 가장 느린 것은 황소다. 황소, 수브흐로가 갑자기 화들짝 놀라며 내뱉었다, 황소는 어디 있지. 황소는 그림자도 보이지 않는다. 그들이 끌고 오는 무거운 짐, 물이 가득한 통과 꿀 꾸러미도 마찬가지다. 뒤에 처진 게 틀림없어, 수브흐로는 생각하며 자신을 안심시켰다, 기다릴 수밖에 없군. 그는 코끼리 등에서 미끄러져 내려오려 하다가 멈추었다. 내려가면 다시 올라타야 하는데, 그렇게 하지 못할 수도 있었기 때문이다. 원칙적으로는 코끼리가 코를 내밀어 그를 위로 올려 자리에 내려놓아야 했다. 그러나 신중한 수브흐로는 이 동물이 악의, 짜증, 아니면 그냥 심술 때문에 승강기 역할을 거부하는 상황을 예측해야 한다고 생각했다. 이런 경우에 사다리가 필요한 것이다. 물론 화가 난 코끼리가 순순히 사다리 받침대 역할을 하여 아무 저항 없이 마호우트든 누구든 자기 몸 위로 올라가게 해줄지 의심스러웠지만. 따라서 사다리란 그저 목에 거는 작은 성물함이나 성자의 얼굴이 새겨진 메달처럼 상징적인 가치밖에 없었다. 게다가 지금은 어차피 사다리를 이용할 수도 없었다. 사다리가 뒤처진 수레에 실려 있었기 때문이다. 수브흐로는 지휘관에게 달구지를 기다려야 한다는 말을 전하려고 조수 한 사람을 불렀다. 사실 휴식은 말에게도 도움이 될 것이라고 생각했다. 그러나 사실

을 이야기하자면, 말은 지금까지 힘을 쓴 적이 없었다. 한 번
도 최대 속도를 내보기는커녕 속보로도 가지 못하고, 조용
히 걷는 속도로 움직였을 뿐이다. 사마관이 최근에 바야돌
리드에 갔다 왔을 때와는 상황이 완전히 달랐는데, 그때 사
마관과 동행했던 사람들, 영웅적인 기마대의 선임들에게는
그 기억이 여전히 생생하게 남아 있었다. 어쨌든 기병들은
말에서 내렸고, 보병들은 땅에 앉거나 누웠고, 몇몇은 이 기
회를 이용해 낮잠을 잤다. 마호우트는 코끼리 위의 높은 자
리에서 지금까지의 여정을 돌이켜보았지만 전혀 만족스럽
지 않았다. 해의 높이로 보건대 세 시간 정도는 걸은 것 같
았다. 물론 이것은 너무 좋게만 봐주려는 것일 수도 있었다.
그 가운데 상당한 시간은 솔로몬이 테주 강에서 오래 목욕
을 하는 데 들어갔기 때문이다. 그런 다음에 솔로몬은 진흙
에서 마음껏 뒹굴었는데, 그 결과 코끼리의 논리에 따라 더
긴 목욕을 해야 했다. 솔로몬이 흥분하여 신경이 예민하다
는 것은 분명했으며, 따라서 최대한 인내심을 갖고 차분하
게 다루어야 했다. 우리가 솔로몬의 장난 때문에 많은 시간
을 낭비한 게 틀림없어, 마호우트는 생각했다. 그러다가 시
간에 관한 생각에서 공간에 관한 명상으로 옮겨갔다, 우리
가 얼마나 왔을까, 일 리그, 어쩌면 이 리그. 잔혹한 의심이
었고, 다급한 질문이었다. 우리가 여전히 고대 그리스인이

나 로마인들 사이에 살고 있다면, 우리는 실용적인 지식에 늘 수반되는 고요한 마음으로 당시의 여행에서 거리를 측정하는 방법은 스타디움, 마일, 리그라고 말할 것이다. 여기에서 스타디움과 마일은 그 하위 단위인 피트나 페이스와 함께 옆으로 밀어두고, 수브흐로가 사용한 말인 리그를 생각해 보도록 하자. 리그 또한 페이스와 피트의 상위 단위이지만, 우리가 익숙한 영토에 들어가게 해준다는 엄청난 이점이 있다. 그래, 하지만 리그가 뭔지 모르는 사람이 어디 있어, 우리와 같은 시대를 살아가는 사람들은 비꼬는 웃음을 지으며 말할 것이다. 우리가 그들에게 줄 수 있는 가장 좋은 답은 이것이다, 그래, 모두 자기들이 살던 시대의 리그를 알았지만, 오직 그들이 살던 시대의 리그만 알았을 뿐이다. 리그 또는 리가라는 오래된 말은 언제나 모든 사람에게 똑같은 의미를 지녔을 것이라고 생각하겠지만, 사실 로마인들과 중세 초기의 칠천오백 피트, 즉 천오백 페이스에서부터 우리가 지금 거리를 나누는 킬로미터와 미터로 따져 오 킬로미터, 즉 오천 미터에 이르기까지 긴 여행을 해왔다. 다른 측정법도 마찬가지다. 혹시 이런 진술을 뒷받침할 증거가 필요하다면, 알무데의 경우를 생각해 보자. 용적을 측정하는 이 단위는 십이 카나다 또는 사십팔 쿼트로 나뉘는데, 이것이 리스본에서는 우수리를 떼어버리고 십육하고 반 리터였고,

오포르투에서는 이십오 리터였다. 그 사람들은 그러고 어떻게 살 수 있었을까, 배움을 좋아하는 호기심 많은 독자라면 그렇게 물을 것이다. 우리는 이러고 어떻게 살아갈까, 이 무게와 측정 문제를 처음 언급한 사람은 그렇게 물음으로써 교묘하게 답을 하는 것을 피해간다. 이제 이 문제를 눈부실 정도로 명료하게 정리해 놓았기 때문에, 우리는 절대적으로 중요하고, 또 거의 혁명적인 결단을 내릴 수 있다. 즉 마호우트와 그의 동행자들은 다른 수단이 없었기 때문에 계속 자기 시대의 용법과 관습에 따라 거리를 말하겠지만, 우리는 거리와 관련하여 어떤 일이 벌어지고 있는지 이해하기 위하여 우리 자신의 현대적인 거리 측정 단위를 사용할 것이며, 이렇게 함으로써 계속 귀찮게 환산표를 참조하는 수고를 덜어줄 것이라는 이야기다. 이것은 배우들이 사용하는 언어를 모르거나 불완전하게 알기 때문에 그것을 보완하려고 영화에 우리 자신의 언어로 자막을 다는 것과 마찬가지인데, 십육 세기에는 아무도 이런 생각을 해본 적이 없었다. 어쨌거나 이제 우리 앞에는 서로 결코 만나지 않고 평행선을 그리는 두 담론이 나타날 터인데, 하나의 담론은 우리가 어려움 없이 좇아갈 수 있지만, 또 하나의 담론은 이제부터 침묵하게 될 것이다. 흥미로운 해결책이다.

온갖 관찰, 생각, 궁리 끝에 마호우트는 마침내 코끼리의 코를 이용해 등에서 내려와 대담하게도 기병대를 향해 성 큼성큼 걸어갔다. 지휘관을 찾는 것은 아주 쉬웠다. 일종의 차일 같은 것이 있었는데, 이것은 지위가 높은 인물을 고통 스러운 팔월의 태양으로부터 보호하려는 것이 틀림없었기 때문이다. 따라서 결론을 끌어내는 것은 쉬웠다. 차일이 있 으면 틀림없이 그 밑에 지휘관이 있을 것이며, 지휘관이 있 으면 그를 보호할 차일이 있을 수밖에 없다. 마호우트는 머 릿속에서 생각만 오갔지 대화에서 그것을 어떻게 끄집어내 야 할지 모르고 있었는데, 지휘관이 그 자신도 모르는 사이 에 마호우트의 일을 쉽게 해주었다. 황소들은 어디까지 왔 소, 그가 물었다. 글쎄요, 아직 눈으로 보지는 못했습니다 만, 곧 도착할 겁니다. 그러기를 바랍시다. 마호우트는 깊은 숨을 쉰 다음에 흥분하여 쉰 목소리로 말했다, 허락해 주신 다면, 저한테 한 가지 생각이 있는데요. 이미 생각을 한 게 있다면, 내 허락을 받을 필요도 없는 것 아니오. 그 말씀이 맞네요, 제가 문법을 제대로 이해하지 못하는 걸 용서해 주 십시오. 그 생각이 뭔지나 말해 보시오. 황소가 큰 문제입니 다. 그래, 아직 도착하지 않았지. 제 말은 황소들이 도착한 다 해도 문제는 계속될 거라는 뜻입니다. 왜 그렇지. 황소들 은 그 본성상 아주 느린 동물이기 때문입니다. 흠, 나도 그 정도는 알고 있소, 인도인이 나한테 그걸 말해 줄 필요는 없지. 만일 우리한테 황소가 한 쌍 더 있어 그들을 수레에 추가로 묶을 수 있다면, 전체가 속도가 비슷해져 더 빨리 갈 수 있을 것입니다. 좋은 생각인 것 같군, 하지만 황소 한 쌍을 어디서 더 구한단 말이오. 근처에 마을들이 있습니다. 지휘관은 얼굴을 찌푸렸다. 그도 근처에 황소 한 쌍을 살 수 있는 마을들이 있다는 사실은 부인할 수 없었다. 그러나 왜 그걸 사야 하나, 하는 생각도 들었다, 왕의 이름으로 징발하면 되는데, 그리고 바라건대는 상태가 좋은 짐승을 구했다가, 바야돌리드에서 돌아오는 길에 데려갈 때와 똑같은 상태로 돌려주고 가면 되잖아. 그때 함성이 들렸다. 황소들이 마침내 시야에 나타나, 사람들이 환호하고 코끼리마저도 코를 들어 올리고 만족스럽게 나팔을 분 것이다. 코끼리는 나쁜 시력 때문에 그 거리에서 꼴 꾸러미를 볼 수는 없었지만, 거대한 동굴 같은 그의 위는 이제 뭔가 먹을 때가 되었다는 항의로 메아리치고 있었다. 그렇다고 건강한 코끼리가 인간처럼 정해진 시간에 먹어야 한다는 뜻은 아니다. 놀라운 이야기로 들릴지 몰라도, 코끼리는 하루에 물 약 이백 리터, 꼴 백오십에서 삼백 킬로를 먹어치운다. 따라서 코끼리가 목에 냅킨을 두르고 식탁에 앉아 하루에 세 번 실속 있는 식사를 한다고 상상해서는 안 된다. 그렇지 않다. 코끼리는 자신이 먹을 수 있는 것을, 먹을 수 있는 만큼, 먹을 수 있는 곳에서 먹는다. 그리고 그의 제일 원칙은 나중에 필요할지도 모르는 것을 남기지 말라는 것이다. 코끼리는 달구지가 도착하기까지 거의 삼십 분을 기다려야 했다. 한편 지휘관은 야영을 하라는 명령을 내렸다. 그러나 군인과 민간인이 땡볕에 바싹 타버리는 사태를 막으려면 그 전에 해에 덜 노출되는 장소를 찾아야 했다. 오백 미터쯤 떨어진 곳에 포플러 나무들이 모인 작은 숲이 있어, 무리는 당연히 그쪽으로 향했다. 그늘은 상당히 성겼지만, 그래도 행성들의 왕의 무자비한 금속 원반 밑에 그대로 머물며 타버리는 것보다는 나았다. 일을 하기 위해 따라왔지만 지금까지는 거의, 아니 사실 아무런 할 일이 없었던 사람들의 안장 가방이나 잡낭에는 보통 들고 다니는 음식이 들어 있었다. 커다란 빵 조각, 말린 정어리 몇 마리, 마른 무화과 몇 개, 염소젖으로 만든 쐐기 모양의 치즈 정도였다. 이런 치즈는 오래 두면 돌처럼 단단해져 씹는다기보다는 참을성 있게 갉아 먹어야 하는데, 그 덕분에 그 맛을 더 오래 즐길 수 있기는 하다. 군인들도 그들 나름으로 준비를 해왔다. 검을 뽑아 들거나 창을 꼬나든 기병대원은 말을 달려 적에게 돌격할 때나 단순히 코끼리를 따라 바야돌리드까지 동행할 때나 보급품 걱정을 할 필요가 없다. 먹을 것이 어디서 오는지 누가 준비하는지도 관심이 없다. 중요한 것은 접시가 가득 차 있다는 것과 스튜가 아예 못 먹을 정도는 아니라는 점이다. 솔로몬을 제외한 모두가 뿔뿔이 흩어져 이제 몇 명씩 모여 앉아 씹고 삼키는 행동에 바쁘게 몰두해 있었다. 마호우트 수브흐로는 꼴 두 꾸러미를 솔로몬이 차례를 기다리고 있는 곳에 가져와 코끼리가 먹을 수 있도록 묶은 끈을 풀어주라고 명령했다. 필요하면 한 꾸러미를 더 갖다 주시오, 그가 말했다. 우리는 지금 일부러 지나칠 정도로 자세하게 말하고 있는데, 많은 사람들이 이것을 틀림없이 못마땅해하겠지만, 사실 이런 묘사에는 그럴 만한 이유가 있다. 즉 수브흐로의 마음이 이 여행의 미래에 관한 낙관적 결론에 이르는 과정을 보여주려는 것이다. 그는 이렇게 생각했다, 솔로몬이 하루에 꼴을 적어도 서너 꾸러미 먹을 테니까, 달구지의 무게는 점차 줄 것이고, 거기에 우리가 황소 한 쌍까지 추가로 얻을 수 있으면, 우리가 가는 길에 산이 아무리 많이 나타난다 해도 크게 지체할 일은 없을 거야. 좋은 생각에는, 가끔은 나쁜 생각도 그렇지만, 데모크리토스의 원자나 바구니의 버찌와 똑같은 일이 일어난다. 서로 연결되어 함께 오는 것이다. 수브흐로는 황소들이 달구지를 끌고 가파른 언덕을 올라오는 모습을 상상하다가, 애초에 대열의 구성에 실수가 있었으며, 지금까지 여행하면서 그 실수를 고치지 못했음을 깨달았다. 그는 그 실수를 간과한 것이 자신의 잘

못이라고 생각했다. 조수로 온 서른 명, 수브흐로가 고생해서 한 사람 한 사람 세어 그 수를 알게 된 서른 명은 리스본을 떠난 뒤 시골로 아침 산책을 나가는 것 외에는 아무런 일도 하지 않았다. 달구지에 탄 두 사람은 꼴 꾸러미를 풀어 솔로몬에게 갖다 주는 일을 자기들끼리 얼마든지 처리할 수 있었다. 혹시 필요하면 수브흐로 자신이 언제든지 손을 빌려줄 수 있었다. 그러니 어떻게 해야 할까, 저 사람들을 돌려보내고, 책임의 무게를 벗어버릴까, 수브흐로는 생각했다. 더 나은 생각이 없다면 그것도 좋은 생각이었다. 그때 마호우트의 얼굴에 환한 웃음이 번져나갔다. 그는 소리를 질러 그 사람들을 주위에 모았다. 몇 사람은 마지막 남은 마른 무화과를 아직도 씹고 있었다. 수브흐로가 말했다, 이제부터 당신들을 두 무리로 나눌 거요, 한 무리는 달구지를 끄는 걸 돕고, 다른 한 무리는 달구지를 미는 걸 도울 거요, 달구지의 짐은 황소들에게 너무 부담스러운 게 분명하니까, 게다가 황소들은 본성이 느려터지기도 하거든, 두 무리는 앞으로 이 킬로미터마다 자리를 맞바꿀 거요, 지금부터는 이것이 바야돌리드에 갈 때까지 여러분이 해야 할 가장 큰 일이 될 거요. 불만으로 느껴지는 웅성거림이 있었지만, 수브흐로는 못 들은 체하고 말을 이어나갔다, 각 무리마다 십장을 둘 텐데, 두 사람은 나에게 작업 성과를 보고해야 할 뿐 아니라, 규율을 유지하고, 어떤 집단 작업에나 필수적인 단체정신을 함양해야 하오. 이 말도 듣는 사람들의 비위에 맞지 않았는지 아까와 똑같은 웅성거림이 반복되었다. 좋소, 수브흐로가 말했다, 만일 내가 방금 내린 명령이 기분 나쁜 사람이 있다면 지휘관에게 가서 말해도 좋소, 지휘관은 왕의 대리인으로, 여기서 최고의 권위를 가진 사람이니까. 분위기가 갑자기 더 차가워졌다. 웅성거림은 당황하여 발을 움직이는 소리로 바뀌었다. 수브흐로가 말했다, 좋소, 십장을 자원할 사람 있소. 세 명이 머뭇머뭇 손을 들어 올렸다. 마호우트가 설명했다, 나한테 필요한 십장은 셋이 아니라 둘이오. 손 하나가 얼른 움츠러들어 사라졌고, 나머지 두 손은 그대로 올라가 있었다. 당신하고 당신, 수브흐로가 말했다, 부하들을 고르시오, 하지만 공정하게 하시오, 두 무리의 힘이 똑같이 균형을 이루도록, 자, 이제 해산하시오, 나는 지휘관과 이야기를 해야 하니까. 그러나 수브흐로는 지휘관에게 가기 전에 먼저 한 조수의 말을 들어야 했다. 그는 수브흐로에게 다가와, 꼴 꾸러미를 하나 더 풀었지만, 솔로몬은 충분히 먹은 것 같고, 이제 자고 싶은 것이 분명하다고 알렸다. 당연하지, 이제 잘 먹었고, 또 보통 지금이 낮잠을 잘 시간이니까. 문제는 통에 든 물을 거의 다 마셨다는 겁니다. 그렇게 많이 먹었으니 그거야 당연하지 않소. 황소들을 끌고 강으로 내려가야겠습니다, 어디 길이 있을 겁니다. 솔로몬은 강 그쪽의 물은 마시지 않을 거요, 아직 짜거든. 어떻게 아십니까, 다른 조수가 물었다. 솔로몬이 강에서 몇 번 목욕을 하는 걸 봤기 때문이지, 마지막은 바로 이 근처에서 했소, 하지만 한 번도 코를 담가 물을 마시지 않았소. 여기까지 바닷물이 올라온다는 건 우리가 정말 조금밖에 못 왔다는 얘기네요. 그렇고말고, 하지만 장담하는데, 이제부터는 훨씬 빨리 갈 수 있을 거요, 마호우트로서 약속하겠소. 수브흐로는 그런 엄숙한 약속을 남기고 지휘관을 찾으러 갔다. 지휘관은 비교적 잎이 빽빽한 포플러 그늘에서 자고 있었다. 조금만 의심스러운 소리가 들려도 무기를 집어 들 준비가 되어 있는 훌륭한 군인다운 가벼운 잠이었다. 병사 두 명이 경호를 하고 있었다. 그들은 권위적인 손짓으로 수브흐로에게 멈출 것을 명령했다. 수브흐로는 이해했다는 뜻으로 손을 들어 올리고 땅바닥에 앉아 기다렸다. 지휘관은 삼십 분 뒤에 잠을 깰 기지개를 켜며 하품을 했다. 그러더니 다시 하품을 하며 기지개를 켰다. 그러고 나서야 잠을 깼다. 그러나 잠을 깬 뒤에도 마호우트가 다시 나타난 것을 보고 눈을 껌뻑여 다시 확인을 했다. 또 무슨 일이오, 지휘관이 무뚝뚝한 목소리로 물었다, 설마 또 다른 생각이 떠올랐다는 건 아니겠지. 사실 그렇습니다. 그럼 말해 보시오.

어, 사람들을 두 무리로 나누어, 이 킬로미터 정도씩 번갈아 가며 황소들을 돕게 했습니다, 그러면 한 번에 열다섯 명씩 달구지를 밀게 될 터인데, 그 차이를 분명히 느끼실 수 있으실 겁니다. 좋은 생각이오, 그 점에는 의심의 여지가 없소, 당신 어깨 위에 달린 그 둥그런 덩어리가 그래도 쓸모가 없는 건 아닌 것 같군, 우리 말들에게도 틀림없이 도움이 될 거요, 계속 연병장을 돌듯이 터벅터벅 걷는 게 아니라 이따금씩 달려볼 수도 있을 테니까. 네, 저도 그런 생각을 했습니다. 당신 표정을 보니, 그것 말고 다른 생각도 한 것 같은데, 안 그렇소, 지휘관이 물었다. 네, 맞습니다. 뭐요. 우리가 솔로몬의 요구와 습관에 맞추어 생활을 해야 할 것 같습니다, 예를 들어 지금 솔로몬은 자고 있습니다, 만일 지금 깨우면 몹시 짜증을 내 문제만 일으킬 겁니다. 그런데 어떻게 서서 잘 수가 있는 거지, 지휘관이 믿어지지 않는다는 표정으로 물었다. 가끔 누워서 자기도 합니다만, 보통은 서서 자지요. 흠, 나는 정말이지 코끼리는 이해하지 못할 것 같군. 저도 거의 태어날 때부터 코끼리들하고 일을 해왔습니다만 사실 아직도 이해를 못합니다. 그건 왜 그렇소. 아마 코끼리가 그냥 코끼리가 아니기 때문인 것 같습니다. 알았소, 얘기를 충분히 한 것 같군. 하지만 또 말씀드릴 게 있습니다. 또 다른 생각이 있다, 지휘관이 웃음을 터뜨렸다, 이 사람 보통 마호우트가 아니로군, 완전히 생각의 보고(寶庫)야. 과찬입니다. 그래, 당신의 놀라운 정신이 또 무슨 생각을 해낸 거요. 어, 제 생각에는 달구지가 우리 속도를 정하고 있으니, 기병대가 후미를 맡는 게 더 좋을 것 같습니다, 달구지를 맨 앞에 두고, 그 뒤를 저하고 코끼리, 걸어가는 사람들과 보급 수레가 따라가는 겁니다. 그래, 그것도 생각이라고 부를 수 있겠군. 네, 저도 그렇게 생각했습니다. 하지만 멍청한 생각이오. 왜요, 자극을 받은 수브흐로는 그렇게 단도직입적으로 묻는 것이 모욕이 될 수도 있다는 것을 알지 못하고 지휘관에게 물었다. 나하고 내 부하들이 앞에 있는 모든 사람의 발에서 피어오르는 먼지를 다 먹어야 하기 때문이지. 아, 그거 끔찍한 일이군요, 미처 생각을 못했습니다, 하늘의 궁정에 계신 모든 성자들의 이름으로 간청하오니, 부디 용서해 주시기 바랍니다. 따라서 우리는 이따금씩 말을 달려 앞서 나간 뒤 나머지 사람들이 따라오기를 기다릴 거요. 네, 그게 완벽한 해결책인 것 같군요, 물러가도 될까요, 수브흐로가 물었다. 잠깐, 할 이야기가 두 가지 더 있소, 첫째, 나한테 두 번 다시 방금 그런 목소리로, 왜요, 하고 물으면 당신 등짝을 채찍으로 갈기라는 명령을 내릴 거요. 네, 수브흐로가 중얼거리며 고개를 숙였다. 두 번째는 당신 어깨 위에 달린 머리, 그리고 우리가 막 시작한 이 여행과 관련이 있소,

51

늘 당신의 그 대가리에는 아직도 쓸모 있는 생각들이 남아 있다고 생각하기 때문에 묻는 건데, 혹시 우리가 시간이 끝날 때까지 여기 그냥 있기를 바라는 거요, 영원토록 말이오, 아멘. 솔로몬이 아직 자고 있는데요. 그러니까 여기 책임자는 그 코끼리다, 이거로군, 안 그렇소, 지휘관이 반은 짜증이 나고 반은 재미있다는 목소리로 물었다. 아닙니다, 하지만 틀림없이 기억하실 테지만, 제가 아까 말씀드렸다시피, 제가 어디서 그런 표현을 익혔는지는 모르겠습니다만, 솔로몬의 요구와 습관에 맞추어 우리 자신을 조직해야 할 것 같습니다. 그게 무슨 의미요, 지휘관이 물었다. 그는 서서히 인내심을 잃고 있었다. 어, 솔로몬이 최상의 상태를 유지하기 위해서는, 그래서 우리가 솔로몬을 건강한 상태로 오스트리아 대공께 전달하기 위해서는, 하루 가운데 가장 더울 때는 쉬어야 한다는 것이지요. 좋소, 지휘관은 그렇게 대답했지만, 대공을 들먹인 것이 약간 거슬렸다, 하지만 솔로몬은 하루 종일 하는 일 없이 거의 잠만 자고 있지 않소. 오늘은 포함시키지 말아야 합니다, 첫날이니까요, 모두가 알다시피 첫날은 아무것도 제대로 되는 법이 없지요. 그럼 어떻게 해야 하겠소. 하루를 셋으로 나누어야 합니다, 첫 번째 부분은 이른 아침부터 시작되고, 세 번째 부분은 해질 때까지 계속됩니다, 그래야 가능한 한 빨리 전진할 수 있지요, 하지만 하루의 두 번째 부분, 지금 우리가 속해 있는 이 부분은 먹고 쉬는 데 할당해야 합니다. 좋은 계획인 것 같군, 지휘관은 자비로운 태도를 보여주기로 마음먹었다. 지휘관의 목소리가 바뀌자 마호우트는 하루 종일 그를 괴롭히던 생각을 입 밖에 내놓을 수 있었다, 이 여행에는 뭔가 제가 이해할 수 없는 게 있습니다. 그게 뭐요. 여행을 하는 동안 한 사람도 만나지 못했는데, 제 보잘것없는 의견으로는 그게 정상은 아닌 듯합니다. 당신이 잘못 알고 있소, 우리는 양방향으로 오가는 많은 사람을 만났소. 그런데 어떻게 제 눈에는 안 보인 것이지요, 놀라움에 눈이 둥그레진 수브흐로가 물었다. 당신은 코끼리를 목욕시키고 있었잖소. 그러니까 솔로몬이 목욕을 할 때마다 사람들이 지나갔다는 건가요. 한 말 또 하게 만들지 마시오. 그거 이상한 우연의 일치네요, 마치 솔로몬이 자기 모습을 드러내는 것을 피하려 한 것 같군요. 가능한 일이지. 하지만 우리가 여기에 머문 지 몇 시간이 지났지만, 그동안에도 사람이 한 명도 지나가지 않았습니다. 그건 다른 이유 때문이오, 사람들이 멀리서 코끼리를 보고, 마치 유령을 본 것처럼 바로 되돌아가거나 다른 길을 택하는 거요, 아마 악마가 솔로몬을 보냈다고 생각하는 모양이오. 정말 특이한 일이로군요, 사실 저는 심지어 우리 왕께서 길에 사람들이 다니지 못하게 하라는 명령을 내리신 게 아닌가 하는 생각까지 했습니다. 당신은 그렇게 중요한 사람이 아니오. 저는 중요하지 않지만, 솔로몬은 중요하지요. 지휘관은 완전히 새로운 토론이 시작될 것 같아 그 말에는 대꾸를 하지 않기로 했다. 가기 전에 한 가지 묻고 싶소. 귀를 기울이고 있습니다. 조금 전에 당신이 하늘의 궁정의 모든 성자들 이야기를 하지 않았소. 네, 그랬습니다. 그럼 당신이 기독교인이란 얘기요. 대답하기 전에 신중하게 생각해 보시오. 대체로 그렇습니다, 대체로요.

보름달, 팔월의 달빛. 모두 잠들어 있다. 야영지를 순찰하는 말을 탄 경비병 두 명만 예외다. 가죽이 삐걱거리는 소리 외에는 아무 소리도 들리지 않는다. 잠을 자는 사람들은 마땅히 얻을 자격이 있는 휴식을 누리고 있다. 달구지를 미는 일에 투입된 사람들이 비록 아침나절에는 아무짝에도 쓸모없는 게으른 무리로 보였을지 모르지만, 이윽고 활발하게 일을 하면서 자신이 철저한 전문가임을 보여주었기 때문이다. 물론 평평한 지형이 큰 도움이 되기는 했을 것이나, 이 달구지의 유서 깊은 역사 전체에서 이런 날은 한 번도 없었을 것이라고 주장해도 무리가 없을 것이다. 그들은 이동을 한 세 시간 반 동안, 비록 잠깐씩 몇 번 쉬기는 했지만, 십칠 킬로미터 이상을 왔다. 이것은 지휘관이 마호우트 수브흐로 와 활발하게 이야기를 나누고 난 뒤 마침내 결론을 내린 수 치였다. 수브흐로는 거리가 그것보다는 약간 짧으며, 자기기 만에 빠지지 않는 것이 좋다고 생각했다. 그러나 지휘관은 의견이 달랐다. 그렇게 하는 것이 사람들에게 힘을 줄 것이 라고 믿었다. 설사 우리가 십사 킬로미터밖에 못 왔다 해도 그게 무슨 대수겠소, 나머지 삼 킬로미터는 내일 가면 되고, 결국은 모든 게 잘 풀릴 거요, 두고 보시오. 마호우트는 그 를 설득하는 것을 포기했다. 나는 최선을 다했어, 그는 생각 했다, 지휘관의 거짓 계산이 승리한다 해도, 그것으로 우리 가 실제 온 거리라는 현실이 바뀌지는 않아, 그래, 수브흐 로, 너는 정말이지 책임자와 싸우는 것만은 피해야 해.

잠에서 깬 수브흐로의 머리에는 자다가 배에 심한 통증 을 느꼈다는 기억이 남아 있었다. 그런 통증이 되풀이될 가 능성은 없을 것 같았지만, 속이 요동치는 것이 영 수상쩍었 다. 내장이 몇 번 소리 없이 쿨럭이기도 했다. 그러다 갑자기 다시 시작되었다. 조금 전과 똑같이 칼로 찌르는 듯한 통증 이었다. 그는 최대한 빨리 일어나, 가장 가까이 있는 경비병 에게 야영지 밖으로 나가야 한다고 알리고, 그들이 야영을 하고 있는 부드러운 비탈, 경사가 아주 부드러워 마치 머리

쪽을 약간 들어 올린 침대에서 잠을 자는 느낌이 들었던 비탈의 꼭대기에 나무들이 빽빽하게 줄지어 있는 곳으로 서둘러 걸어갔다. 수브흐로는 딱 시간에 맞추어 도착을 했다. 그가 바지, 아직 기적적으로 더럽히지는 않은 바지를 내리는 동안 우리는 눈을 다른 데로 좀 돌리고, 그가 잠시 후에 고개를 들어 우리가 이미 본 것을 볼 때까지 기다리도록 하자. 우리가 본 것은 경이로운 팔월의 달빛에 물든 마을이다. 달빛은 사물의 모든 윤곽을 드러내면서, 스스로 만든 그림자를 부드럽게 눅이는 동시에 자신이 방해받지 않고 가 닿을 수 있는 곳은 환하게 밝혔다. 우리가 기다리고 있던 말이 마침내 튀어나왔다, 마을, 마을이구나. 틀림없이 피로 때문이겠지만, 지금까지 아무도 언덕을 올라와 그 너머를 볼 생각을 하지 않았던 것이다. 마을을 보는 것은 늘 좋은 일이다. 이 마을이 아니면 다른 마을이라도. 하지만 우리가 만나는 바로 첫 번째 마을에서 단번에 피사의 사탑을 똑바로 세울 힘센 황소 한 쌍을 찾을 가능성은 많지 않아 보인다. 마호우트는 다급한 볼일을 마치고 나서 주위에 자라는 푸른 잎 한 줌으로 최대한 잘 닦아냈다. 분홍바늘꽃이라고도 부르는 쐐기풀이 근처에 없는 것이 천만다행이었다. 그것이 있었다면 그의 민감한 아래쪽 점막을 심하게 찌르고 할퀴어 마호우트는 무도병(舞蹈病)에 걸린 사람처럼 펄쩍펄쩍 뛰어다녔을 것이기 때문이다. 갑자기 짙은 구름이 달을 덮자, 마을은 어둠으로 풀쩍 뛰어들었다. 마침 꿈처럼 주위의 어둠 속으로 사라져버린 것이다. 그러나 상관없었다. 적당한 시간에 해가 떠서 외양간으로 가는 길을 드러낼 테고, 그곳에서 여물을 되새김질하는 황소들은 이미 육감으로 자신의 삶이 곧 바뀔 것임을 알고 있을 테니까. 수브흐로는 빽빽한 숲을 통과하여 야영지의 다른 사람들 사이의 그의 자리로 돌아갔다. 가는 길에 수브흐로의 머리에는, 만일 지휘관이 깨어 있어 그에게 이야기를 한다면, 이 정보가 지휘관에게, 거창하게 이 행성을 들먹이는 용어를 사용하자면, 세상에서 가장 큰 만족감, 만족감을 줄 것이라는 생각이 떠올랐다. 그럼 마을을 발견한 명예는 온전히 내 것이 될 텐데, 수브흐로는 중얼거렸다. 그러나 아침까지 기다린다면 그것은 쓸데없는 환상으로 끝날 가능성이 높았다. 남은 밤 동안 다른 사람들이 장을 비우고 싶은 욕구를 느낄지도 몰랐고, 그럴 때 그들이 은밀히 그렇게 할 수 있는 곳은 그 숲 한가운데밖에 없었기 때문이다. 설사 그런 일이 일어나지 않는다 해도, 동이 트기만 하면 우리는 사람들이 행렬을 이루어 내장과 방광의 부름에 응하는 모습을 보게 될 터였다. 우리 모두 피부 한 꺼풀 밑은 동물이라는 점을 고려할 때 놀랄 일은 아니었다. 약간 불만을 느낀 마호우트는 우회해서 지휘관이 자고 있는 곳에 들렀다 가기로 했다. 모르는 일 아닌가. 가끔 사람들은 불면증으로 고생하기도 하고, 자신이 죽는 꿈을 꾸는 바람에, 아니면 담요 가두리에 숨어 있던 많은 빈대 가운데 한 마리가 자는 사람의 피를 마시러 와 무는 바람에 괴로워서 잠을 깨기도 하니까. 여기에서 빈대가 자기도 모르는 사이에 수혈의 발명자가 되었다는 점은 언급해 두는 것이 좋겠다. 어쨌든 헛된 희망이었다. 지휘관은 자고 있었기 때문이다. 단지 잘 뿐 아니라 코도 골고 있었다. 경비병 한 명이 다가와 마호우트에게 무슨 볼일이냐고 물었다. 수브흐로는 지휘관에게 할 말이 있지만, 자고 있으니 자신의 잠자리로 돌아가야겠다고 대답했다. 지금은 누구한테 말을 할 때가 아니오, 아침까지 기다리시오. 중요한 겁니다, 마호우트가 대답했다, 하지만 코끼리의 철학대로, 안 되는 건 안 되는 거지요. 나한테 말을 하면, 잠을 깨시는 대로 전하리다. 마호우트는 어느 쪽이 유리할지 고려해 보다가, 이 카드에는 걸어 볼 가치가 있다고 판단했다. 경비병이 말을 전한다면, 빛이 처음 밝아오고, 이야, 마을이다, 하는 소리가 터져 나올 때 지휘관은 이미 마을의 존재를 알고 있을 테니까. 그러나 삶의 고된 경험은 일반적으로 말해서 인간의 선한 본성을 너무 믿는 것은 권할 만하지 않다는 사실을 우리에게 가르쳐 주었다. 그리고 이제부터 우리는 적어도 비밀을 지키는 문제에서는 기병대를 믿으면 안 된다는 것도 알게 될 것이다. 마호우트가 다시 잠이 들기도 전에 이미 다른 경비병이 그 소식을 알게 되었고, 그 직후에는 근처에서 잠을 자던 병사들도 다 알게 되었다. 병사들은 크게 흥분했다. 한 병사는 심지어 일차 정보를 수집하기 위해 마을에 정찰을 다녀오자는 제안을 하기도 했다. 정보 출처가 믿을 만하다는 점을 고려하면 정찰을 다녀오는 것이 아침에 전략을 짜는 데도 도움이 될 것 같았다. 그러나 지휘관이 깨어 잠자리에서 나왔을 때 병사들이 하나도 없다는 것, 아니, 더 심각한 문제로, 일부만 있고 일부는 없다는 것을 알게 될 것이라는 두려움 때문에 어쩔 수 없이 이 전도유망한 모험을 포기할 수밖에 없었다. 몇 시간이 흘렀다. 동쪽의 희뿌연 빛이 해가 들어올 문의 둥그런 윤곽을 잡아나가기 시작했다. 반대편에서 달은 또 다른 밤의 품으로 슬며시 빠져나가고 있었다. 우리는 그렇게 드러냄의 순간을 미루면서 숨을 죽이고 있었다. 혹시 더 극적인 다른 방법을 찾을 수 있지 않을까 궁리하면서. 아니면, 금상첨화로, 더 상징적인 힘이 있는 방법을 찾을 수 있지 않을까 궁리하면서. 그때, 저기 마을이 있다, 하는 운명적인 외침이 터져 나왔다. 우리 자신의 생각에 몰두한 나머지 어떤 사람이 일어나서 비탈을 올라가는 것을 보지 못했던 것이다. 하지만 이제 그 사람이 나무들 사이로 나타나는 것이 보인다. 그가 기쁜 소식을 다시 전하는 소리가 들린다. 그러나 그가 사용하는 말은 우리가 상상했던 것과는 달리, 이야, 마을이다, 가 아니라, 저기 마을이 있다, 이다. 그는 지휘관이었다. 운명은 마음만 먹으면 줄이 비뚤어진 곳에도 글을 똑바로 쓸 수 있으며, 실제로 그런 일에는 신만큼, 아니 신보다도 유능하다. 수브흐로는 담요에 앉아 생각했다, 잘못하다간 더 나빠질 수도 있어. 수브흐로는 자기가 한밤중에 일어나 처음으로 마을을 보았다고 말하고 다닐 수도 있다. 그러나 우리가 알다시피, 수브흐로는 위험을 무릅쓸 것이고, 그러면 지휘관은 경멸하는 표정으로 물어볼 것이다, 그런데 증인은 있는 거요. 수브흐로는 비유적으로 말해 꼬리를 두 다리 사이에 집어넣고 대답할 수밖에 없다, 아뇨, 혼자였습니다. 그럼 꿈을 꾼 거로군. 저는 꿈을 꾸지 않았을 뿐 아니라, 깨어나시면 전해달라고 그 정보를 경비병한테 전달하기까지 했습니다. 그런 말을 한 부하는 없는데. 하지만 직접 이야기를 해보시죠, 어떤 병사인지 제가 말씀드릴 테니까. 지휘관은 그 제안에 사나운 반응을 보였다, 당신이 코끼리를 타야 하지만 않는다면 곧장 리스본으로 보내버릴 거요, 당신 입장을 잘 생각해 보시오, 지금 당신 말과 내 말이 맞서고 있소, 그 결과에 관해서는 스스로 알아서 결론을 내리도록 하시오, 아니면 인도로 추방당하는 쪽을 택하든가.

지휘관은 누가 처음 마을을 발견했느냐 하는 문제를 공식적으로 해결했다고 생각하고 마호우트에게 등을 돌리려는데 수브흐로가 말했다, 그게 중요한 게 아닙니다, 중요한 것은 저 마을에 괜찮은 황소 한 쌍이 있는지 알아보는 겁니다. 곧 알아볼 거요, 그 일은 나에게 맡겨두고 당신은 당신 할 일이나 하시오. 제가 마을에 가는 걸 원치 않으십니까, 수브흐로가 물었다. 그래, 원치 않소, 부관과 황소 몰이꾼을 데려갈 거요. 이번에는 수브흐로도 지휘관의 말에 동의했다. 마을에 갈 권리를 타고난 사람이 있다면 그 사람은 황소 몰이꾼이었기 때문이다. 지휘관은 이미 부관과 병참 담당자들에게 명령을 내리느라 바빴다. 병사들, 그리고 달구지를 밀거나 끄는 일꾼들에게 먹을 것을 마련해 주고 싶었기 때문이다. 마른 무화과와 곰팡이가 핀 빵만 먹다가는 금세 기운이 빠질 수밖에 없었다. 누가 이 원정 계획을 짰는지 몰라도 부끄러운 줄 알아야 돼, 궁정의 거물들은 우리가 공기만 먹고 산다고 생각한다니까, 그가 중얼거렸다. 일꾼들은 이미 천막을 걷고, 담요를 둘둘 말고, 연장을 싸고 있었다. 연장은 많았지만, 코끼리가 협곡으로 떨어져 윈치를 이용해 끌어 올리거나 하는 일이 없는 한 대부분 한 번도 쓸 일이 없을 터였다. 지휘관의 계획은 새 황소를 구하든 못 구하든 부하들이 마을에 갔다 돌아오는 즉시 떠나겠다는 것이었다.

동이 트면서 해와 지평선 사이의 거리가 벌어졌다. 하늘에는 구름 몇 점만 동동 떠 있었다. 날이 너무 더워 근육이 녹고 피부의 땀이 부글부글 끓는 일만 없기를 바라자. 지휘관은 황소 몰이꾼을 불러 이제부터 하려고 하는 일을 설명하고, 황소가 눈에 띄면 잘 살펴보라고 말했다. 황소들이 쓸 만해야만 원정을 빨리 끝내고 리스본으로 돌아갈 수 있었기 때문이다. 황소 몰이꾼은, 잘 알겠습니다, 부대장님, 하고 두 번 되풀이했다. 그렇다고 황소 몰이꾼이 그 말에 관심이 있다는 뜻은 아니었다. 그는 리스본에 살지도 않았다. 멩 마르틴스인가 뭔가라고 부르는 그 근처 마을에 살았다. 이 황소 몰이꾼은 말을 탈 줄 몰랐다. 지나친 전문화의 부정적 결과를 보여주는 극악한 예였던 것이다. 결국 그는 어렵게 부관 뒤에 올라타 야영지를 떠났다. 그는 자신에게도 잘 들리지 않는 목소리로 끝도 없이 우리 아버지를 부르고 있었다. 그는, 우리 빚을 사하여 주옵시고, 하는 대목 때문에 이 기도문을 특히 좋아했다. 문제는, 늘 문제가 있기 마련이며, 이따금씩 우리가 짐승의 본성과 씨름하고 있다는 사실을 착각하지 않도록 삐죽 내민 꼬리를 거두어들이지 않기도 하는데, 어쨌든 문제는 그다음 줄, 기독교인으로서 우리가 우리에게 빚진 자를 사하여 주는 것 또한 우리의 의무라고 말하는 대목이다. 그건 말이 안 돼, 이거든 저거든 둘 중의 하나지, 황소 몰이꾼은 툴툴댔다. 어떤 사람은 빚진 것을 사해 주고 어떤 사람은 빚진 것을 갚지 않으면 거기서 무슨 이득이 생겨, 그는 생각했다. 그들은 눈에 띄는 첫 번째 도로를 따라 내려갔다. 사실 그 좁은 길을 도로라고 부르려면 아주 활달한 상상력이 필요하기는 하지만. 그 좁은 길은 도로보다는, 아직 그런 것이 존재하지는 않았겠지만, 롤러코스터를 많이 닮았기 때문이다. 지휘관은 처음 만나게 된 사람에게 마을 이름이 무엇이고, 어디 가면 마을의 대지주를 만날 수 있느냐고 물었다. 어깨에 괭이를 멘 늙은 농부는 답을 알고 있었다, 큰 지주는 백작인데, 여기 안 살지요. 백작이라. 지휘관은 그 말을 되뇌었다. 속이 약간 불편해졌다. 네, 백작이 이곳 땅의 사분의 삼 이상을 소유하고 있습니다. 하지만 집에 없다면서요. 백작의 집사와 이야기를 하시지요, 집사는 배의 선장이나 다름없으니까요. 바다에서 일한 적이 있나요. 있고말고요, 하지만 거기는 사망률이 너무 높아서요, 익사에 괴혈병에 다른 불행한 일들 때문에 말입니다, 그래서 뭍에 있는 집으로 와서 죽기로 했지요. 그래, 그 집사는 어디 가면 만날 수 있습니까. 밭에 나와 있지 않으면 저 위 궁에 있겠지요. 여기 궁이 있다고요, 지휘관이 물으며 둘러보았다. 탑이 달린 높은 궁은 아니지요, 그냥 이 층짜리입니다, 일 층이 있고 이 층이 있지요, 하지만 거기 있는 보물로 따지면 리스본의 모든 저택과 궁을 합친 것에 뒤지지 않는다고 하더군요. 길을 안내해 줄 수 있겠습니까, 지휘관이 물었다. 내가 지금 그리로 가는 길입니다. 그런데 이 백작은 어디 백작입니까. 노인이 말을 해주자 지휘관은 놀라서 휘파람을 불었다, 나도 그분을 알고 있습니다, 하지만 여기에 땅이 있는 줄은 몰랐는걸요. 다른 데도 땅이 있다고 하던데요.

이 마을은 지금은 찾아볼 수 없는 종류의 마을이었다. 겨울이라면 물이 넘치고 진흙이 절벅거리는 돼지우리 같았을 것이다. 하지만 지금은 다른 것을 생각나게 한다. 먼지에 덮인, 돌이 되어버린 고대 문명의 유적지가 떠오르는 것이다. 야외 박물관들은 조만간 다 그렇게 되겠지만. 그들은 광장에 들어섰다. 그곳에 궁이 있었다. 노인은 하인 출입문의 종을 울렸다. 일 분쯤 뒤에 어떤 사람이 문을 열었고, 노인은 안으로 들어갔다. 지휘관이 상상한 대로 상황이 전개되지는 않았지만, 어쩌면 이쪽이 더 나을 것 같았다. 노인은 말하자면 협상을 시작할 것이고, 그러면 왜 그들이 거기에 왔는지 설명하는 일은 그에게 맡겨질 터였다. 족히 십오 분은 흐른 뒤에 꼭 배의 자루걸레를 닮은, 축 늘어진 커다란 콧수염을 자랑하는 뚱뚱한 남자가 문에 나타났다. 지휘관은 말을 움직여 그에게 다가가, 사회적 지위의 경계선을 분명하게 유지하기 위해 안장에 앉은 채 그에게 첫마디를 건넸다, 당신이 백작의 집사요. 분부를 기다리고 있습니다. 그러자 지휘관은 말에서 내려 평소와는 다른 빈틈없는 태도로 집사가 접시에 올려놓은 것처럼 그에게 내민 말을 얼른 움켜쥐었다, 분부를 받들겠다면, 내 분부나 백작의 분부나 왕 전하의 분부가 모두 하나라는 것도 알고 있겠지. 원하시는 것이 뭔지 차근차근 설명해 주신다면, 제 영혼의 구원이나 제 주인의 이익을 침해하는 것이 아닌 한 무엇이든 따르겠습니다. 내가 당신 주인의 이익이나 당신 영혼의 구원을 위협하는 일은 없을 거요, 그건 장담할 수 있소, 어쨌든 내가 왜 여기에 왔는지 바로 이야기하도록 하겠소, 지휘관은 말을 끊더니, 황소 몰이꾼에게 다가오라고 손짓을 하고 나서 말을 이어갔다, 나는 왕의 기병대 장교요, 왕은 나에게 코끼리를 스페인의 바야돌리드에 있는 오스트리아의 막시밀리안 대공에게 전달하는 일을 맡기셨소, 대공께서는 지금 장인인 카를로스 오세의 궁에 손님으로 묵고 계시오. 집사의 눈이 튀어나오고 입이 떡 벌어졌다. 지휘관은 이 두 가지가 고무적인 신호라고 머릿속에 기록해 두었다. 그가 말을 이어나갔다, 우리 호송대에는 코끼리가 먹을 꼴과 코끼리의 갈증을 해소할 물통을 실은 달구지가 있소, 황소 한 쌍이 이 달구지를 끌고 있는데, 이 황소들은 지금까지는 씩씩하게 잘해주었소,

하지만 산비탈을 올라갈 때는 그 일을 제대로 감당할 수 없을 것 같아 큰 걱정이오. 집사는 고개를 끄덕였지만 아무 말도 하지 않았다. 지휘관은 깊은 숨을 쉬더니 머릿속에서 만들어내던 몇 가지 장식적인 구절들을 건너뛰고 바로 본론으로 들어갔다, 그래서 달구지를 끌 황소 한 쌍이 더 필요한데, 그걸 여기서 찾을 수 있을 거라고 생각했소. 백작님이 지금 안 계시는데, 오직 백작님만이. 지휘관은 말을 끊었다, 내가 한 말을 못 알아들은 것 같군, 나는 지금 여기 왕의 이름으로 와 있는 거요, 황소 한 쌍을 며칠 빌려달라는 사람은 내가 아니라 포르투갈의 왕 전하요. 아, 알아들었습니다만, 제 주인님은. 집에 없지, 나도 알고 있소, 하지만 집사는 있지, 그리고 집사는 나라에 대한 의무를 알고 있지. 나라는. 나라를 한 번도 본 적이 없소, 지휘관은 그렇게 묻더니, 서정적인 상상력의 날개를 펼치기 시작했다, 어디로 가는지도 모르는 저 구름들이 보이시오, 저게 나라요, 가끔 저기 나타나기도 하고 가끔 저기서 사라지기도 하는 저 해가 보이시오, 저게 나라요, 저기 줄지어 있는 나무들 보이시오, 내가 오늘 아침에 저기서 바지를 발목까지 내리고 있다가 마을을 처음 보았소, 저 나무들도 나라요, 따라서 당신은 나를 부정하거나 내 임무를 방해할 수 없소. 그렇게 말씀하신다면. 그렇소, 기병대 장교로서 나는 그렇게 말하고 있소, 하지만 말은 이제 됐소, 외양간으로 가서 어떤 황소가 있는지 보기나 합시다. 집사는 지저분한 콧수염을 쓰다듬었다. 마치 수염의 조언을 구하는 것 같았다. 그러다 마침내 결론에 이르렀다. 나라가 모든 것 위에 있었다. 그러나 그가 이제 하려는 일의 결과가 여전히 걱정되었기 때문에 장교에게 어떤 보증 같은 것을 해줄 수 있냐고 물었다. 그러자 지휘관이 대답했다, 내가 내 손으로 편지를 쓰지, 코끼리를 오스트리아 대공에게 전달하는 즉시 황소 한 쌍을 책임지고 돌려주겠다고 말이오, 그러니까 당신은 우리가 여기서 바야돌리드까지 갔다가 다시 여기로 올 때까지만 기다리면 되는 거요. 그럼 외양간으로 가시지요, 거기 황소가 있으니까요, 집사가 말했다. 이 사람이 내 황소 몰이꾼이오, 이 사람이 나와 함께 갈 거요, 지휘관이 말했다, 나는 말과 전쟁을 잘 아는 사람이니까, 물론 전쟁이 났을 때 이야기요. 외양간에는 황소가 여덟 마리 있었다. 네 마리가 더 있습니다, 집사가 말했다, 하지만 밭에 나가 있지요. 지휘관이 신호를 보내자, 황소 몰이꾼은 짐승들에게 다가가 한 마리씩 꼼꼼히 살펴보았다. 그는 누워 있는 두 마리도 일어서게 하여 살펴보다가 마침내 말했다, 이거하고 이겁니다. 훌륭한 선택이네요, 그 아이들이 우리 집에 있는 최고입니다, 집사가 말했다. 지휘관은 명치에서 목까지 자부심의 물결이 솟아오르는 것을 느꼈다. 그의 모든 행동, 모든 걸음, 모든 결정이 그가 일급의 전략가이며, 최고의 찬사를 받을 자격이 있음을 보여주었다. 무엇보다도 대령으로 빨리 진급해야 마땅했다. 외양간을 떠난 집사는 깃촉과 종이를 들고 돌아왔다. 그러자 지휘관은 그 자리에서 약속하는 글을 썼다. 문서를 받아 드는 집사의 손이 흥분으로 떨리고 있었다. 그러나 황소 몰이꾼이 하는 말에 흥분이 가라앉았다, 멍에도 필요한데요. 저기 있소, 집사가 대답했다. 자, 이 이야기에는 지금까지, 비록 예리함의 정도에는 차이가 있을지언정, 인간 본성에 대한 논평이 부족하지는 않았다. 우리는 각 인간의 관련성과 그 순간의 분위기에 따라 그 인간에 관해 기록하고 논평했다. 그러나 우리는 지금 지휘관의 머릿속을 번개처럼 스치고 지나가는 관대하고, 고귀하고, 숭고한 생각들을 기록하게 될 것이라고는 전혀 예상도 하지 못했다. 그 생각이란 이 짐승들을 소유한 백작의 문장(紋章)에 이 사건을 기념하여 황소의 멍에를 추가해야 한다는 것이었다. 부디 그 소망이 이루어지기를. 황소는 멍에를 맸고, 황소 몰이꾼은 이미 그 짐승들을 외양간에서 내오고 있었다. 그때 집사가 물었다, 코끼리는요. 그런 식으로 직접적으로 물었으니, 무례하다고 여겨 그냥 무시해 버릴 수도 있는 질문이었지만, 지휘관은 이 사람에게 은혜를 입었다고 느끼고 있었기 때문에 감사 비슷한 느낌을 갖고 있어 이렇게 대답했다. 저 나무들 뒤에 있소, 우리가 밤을 보낸 곳에. 아시다시피 저는 평생 코끼리를 본 적이 없어서요. 집사는 마치 자신과 자신이 사랑하는 사람들의 행복이 전부 코끼리를 보는 것에 달려 있는 것처럼 애처로운 표정으로 말했다. 아, 당장 그걸 바로잡을 수 있지, 함께 갑시다. 먼저 가시지요, 저는 노새에게 굴레를 씌우고 따라가겠습니다. 지휘관은 부관이 기다리고 있던 광장으로 돌아가서 말했다, 됐다, 황소를 구했다. 네, 부대장님, 방금 이곳을 지나갔습니다, 몰이꾼이 꼬리가 둘 달린 개처럼 즐거워 보이던데요. 그럼 가자, 지휘관이 말하며 말에 올라탔다. 네, 부대장님, 부관이 말하며 뒤를 따랐다. 그들은 오래지 않아 부하들이 있는 곳에 이르렀다. 그러나 그곳에서 지휘관은 심각한 딜레마와 마주쳤다. 말을 달려 진영으로 들어가 모인 사람들에게 승리를 알릴 것이냐, 아니면 황소들 옆을 따라가면서 자신의 창의력의 살아 있는 증거가 있는 곳에서 갈채를 받을 것이냐. 지휘관은 이 문제의 답을 찾느라 생각에 골똘히 사로잡힌 채 족히 백 미터는 움직였다. 그 답은, 약 오백 년 뒤에 나올 용어를 미리 사용하자면, 제삼의 길이라고 부를 수도 있는 것이었다. 그 길이란 부관을 앞서 보내 소식을 알려 사람들이 그를 열렬하게 맞이할 마음의 준비를 시키자는 것이었고, 지휘관은 생각대로 했다. 그러나 얼마 가지 않아 노새가 어색한 걸음으로 다가오는 소리가 들렸다. 이 짐승은 전에 질주를 해보기는커녕 속보로도 걸어본 적이 없었기 때문이다. 지휘관은 예의를 차리느라 말을 멈추었고, 부관도 영문을 모르면서 말을 멈추었다. 오직 황소 몰이꾼과 황소들만 다른 세계에 살면서 다른 법의 지배를 받는 것처럼 평소의 속도로, 다시 말해서 아주 느린 속도로 계속 걸어갔다. 지휘관은 부관에게 계속 달려가라고 명령을 내렸지만, 곧 그런 명령을 내린 것을 후회했다. 시간이 갈수록 초조해졌다. 부관을 앞서 보낸 것은 엄청난 실수였다. 이제 부관은 좋은 소식을 직접 전한 사람을 맞이하기 마련인 열렬한 환호에 파묻혀 있을 터였기 때문이다. 그 뒤에 이어지는 갈채는 아무리 크다 해도 늘 어제 만든 스튜를 다시 데운 듯한 맛이 나기 마련이었다. 그러나 그의 생각이 틀렸다. 지휘관이 야영지에 도착하자, 황소 몰이꾼과 황소들이 그와 동행한 것인지 그가 그들과 동행한 것인지는 알 수 없지만, 어쨌든 그들과 함께 도착하자, 사람들이 두 줄로 도열해 있었다. 한쪽은 일꾼들이었고, 또 한쪽은 병사들이었다. 그리고 그 한가운데 마호우트를 태운 코끼리가 있었다. 모두 소리를 지르며 왁자하게 갈채를 보냈다. 만일 이것이 해적선이었다면, 전원 럼 배급량을 두 배로, 하고 말할 만한 순간이었다. 그렇다고 이곳에서 나중에 모든 사람에게 붉은 포도주 한 쿼트를 돌릴 가능성을 배제한다는 것은 아니지만. 갈채와 흥분이 가라앉자, 호송대는 떠날 차비를 하기 시작했다. 황소 몰이꾼은 백작의 황소들을 달구지에 묶었다. 그들이 다른 두 마리보다 힘도 세고 팔팔했기 때문이다. 리스본에서 여기까지 온 두 마리는 조금 쉴 수 있도록 앞서 나갔다. 집사는 노새에 탄 채, 무슨 생각을 하고 있는지는 몰라도, 어쨌든 연신 성호를 긋고 다시 또 그었다. 자신의 눈에 보이는 광경을 믿을 수 없었기 때문이다. 코끼리라니, 저게 코끼리구나, 그가 중얼거렸다, 이야, 키가 적어도 사 엘*은 되겠구나, 그리고 긴 코와 엄니와 발도 있구나, 저 발 좀 봐, 얼마나 큰지. 호송대가 출발하자, 집사는 도로까지 그들을 따라갔다. 그곳에서 지휘관에게 작별 인사를 했다. 그는 지휘관에게 좋은 여행이 되기를 빈다고, 그리고 돌아올 때는 갈 때보다 더 좋은 여행이 되기를 빈다고 말했다. 집사는 호송대가 멀어지는 것을 보며 미친 듯이 손을 흔들었다. 하긴, 코끼리가 우리 삶에 매일 나타나는 것은 아니니까.

---

* 옛 척도. 약 110센티미터.

하늘과 하늘들이 우리가 몰두하는 일과 욕망에 무관심하다는 말은 사실이 아니다. 하늘은 우리에게 계속 신호와 경고를 보내는데, 우리가 지금 그 목록에 좋은 조언을 추가하지 않는 것은 오로지 지나치게 자세한 내용으로 기억, 그 누구도 좋다고 자랑하지 못하는 기억에 부담을 주지 않는 것이 최선임을 경험, 하늘의 경험과 우리의 경험이 보여주었기 때문이다. 우리가 늘 긴장을 늦추지만 않으면 신호와 경고는 쉽게 해석을 할 수 있다. 지휘관도 길을 따라가다가 호송대의 몸을 흠뻑 적시는 강한 소나기를 만났을 때 그 경고를 알아들었다. 달구지를 미는 힘든 일을 하고 있는 사람들에게 그 비는 축복이었다. 늘 고난을 겪어야 하는 하층 계급들에게 베푸는 자비였다. 솔로몬과 그의 마호우트 수브호로 또한 그 갑작스럽지만 시원한 빗줄기를 즐겼다. 동시에 수브호로는 앞으로는 이런 상황이 닥치면 우산이 하나 있으면 정말 좋겠다는 생각을 했다. 특히 빈으로 가는 도로에서 그렇게 높이 앉은 채 구름에서 떨어지는 물로부터 보호도 받지 못한다는 것은 안 될 말이었다. 이 대기의 응결을 고맙게 여기지 않은 유일한 무리는 기병대원들이었다. 그들은 평소처럼 화려한 군복을 당당하게 차려입고 있었는데, 이제 군복이 물에 젖고 더러워져 마치 전투에서 막 패배하고 돌아오는 듯한 몰골이었기 때문이다. 그들의 지휘관은 이미 입증된 기민한 정신으로 그들이 아주 심각한 문제를 마주하고 있다는 사실을 눈치챘다. 팔월의 비 같은 지극히 평범한 사건조차 예측하지 못하는 무능한 사람들이 이 임무의 전략을 짰다는 것을 이 사건이 다시 한 번 보여주었기 때문이다. 기억할 수 없는 옛날부터 팔월이면 늘 겨울이 시작되었다는 것은 세상이 다 아는 일 아닌가. 이 소나기가 우연한 사건이 아니어서 앞으로 긴 기간 좋은 날씨가 돌아오지 않는다면, 달이나 은하수의 별들이 그리는 호(弧) 밑에서 보내는 밤은 끝난 것이었다. 그것이 다가 아니었다. 마을에서 밤을 보내야 하는 상황이 되면 말과 코끼리, 황소 네 마리, 사람 수십 명이 들어갈 만한, 지붕이 있는 커다란 공간을 찾아야 한다는 뜻이었는데, 충분히 상상할 수 있겠지만, 십육 세기 포르투갈에서 그런 장소를 구한다는 것은 쉬운 일이 아니었다. 이때는 아직 산업용 창고나 관광객용 여관을 짓기 전인 것이다. 앞으로 길을 가다 비를 맞으면 어찌될까, 이런 소나기가 아니라 몇 시간 동안 쉬지 않고 억수로 퍼붓는 비를 맞으면, 지휘관은 그런 생각을 하다 결론을 내렸다, 흠뻑 젖을 수밖에 없겠지. 그는 고개를 들어 하늘을 꼼꼼히 살피다가 말했다, 일단 갤 것 같아, 이번 것은 그냥 지나가는 위험이었기를 바라야지. 그러나 불행하게도 그렇지가 않았다. 그들은 안전한 항구, 서로 어느 정도 거리를 두고 지어진 이십여 채의 오두막과 머리가 없는 교회, 다시 말해서 탑이 반 토막만 남은 교회는 있지만 산업용 창고는 보이지 않는 마을을 그렇게 불러도 좋다면, 그들은 이 안전한 항구에 도착하기 전에 폭우를 두 번 더 만났다. 이제 이런 통신 체계의 전문가가 된 지휘관은 즉시 그것을 하늘의 경고가 두 번 더 내려온 것으로 해석했다. 비에 흠뻑 젖은 호송대가 아직도 추위, 냉기, 감기, 그리고 그 뒤에 어김없이 찾아오는 폐렴의 피해자가 되는 것을 막는 데 필요한 예방 조치를 취하지 않은 것에 하늘이 안달이 난 것이 틀림없었다. 이런 것이 하늘이 흔히 저지르는 큰 실수다. 자신에게는 불가능한 일이 없으니까, 이런 식으로 인류, 하늘의 막강한 거주자의 형상대로 창조되었다고 하는 인류도 똑같은 특권을 누린다고 상상하는 것이다. 하늘이 지휘관 입장이라면 어떻게 할지 한번 보고 싶다. 그는 지금 집집마다 찾아다니며 똑같은 이야기를 하고 있다, 나는 포르투갈 왕 전하를 섬기는 기병대를 책임지고 있는 장교요, 우리 임무는 코끼리와 함께 스페인의 도시 바야돌리드로 가는 거요. 그러나 불신에 찬 표정과 마주칠 뿐이다. 세상의 이 모퉁이에 사는 사람들이 코끼리라는 종에 관해 들어본 적도 없고, 코끼리가 무엇인지 알지도 못한다는 사실을 고려할 때 그것은 사실 놀랄 일이 아니다. 우리는 하늘이 산업용 창고는 아니라 해도, 짐승과 사람들이 하룻밤 몸을 피할 수 있는, 비어 있는 커다란 헛간이 있는지 묻고 다니는 모습을 보고 싶다. 유명한 갈릴리 예수가 전성기에 성전을 허물었다가 불과 사흘 만에 다시 지을 수 있다고 자랑했으니 불가능한 일도 아닐 것이다. 그가 그렇게 하지 못한 이유가 인력이나 시멘트가 없어서인지, 아니면 그냥 귀찮게 그렇게까지 할 필요가 없다고 생각한 것인지는 알지 못한다. 단지 뭔가를 다시 짓기 위해서 허무는 것이라면, 그냥 내버려두는 것이 더 낫다고 생각할 수도 있는 것이니까. 하지만 빵과 물고기 사건은 정말 인상적이었다. 우리가 여기서 그 이야기를 하는 것은 그저 지휘관의 명령과 병참장교의 노력 덕분에 오늘은 호송대 모두가 따뜻한 음식을 먹을 것이기 때문이다. 설비가 많이 부족하고 날씨마저 변덕스러웠기 때문에 그것은 작지 않은 기적이다. 다행히도 비는 그쳤다. 사람들은 무거워진 옷을 벗어 장대에 넌 다음 이미 피워둔 불 옆에서 말렸다. 이제 커다란 스튜 단지가 오기를 기다리며, 그 냄새를 맡을 때마다 뱃속에서 느껴지는 짜릿한 통증을 즐기는 일만 남았다. 마침내 그 허기가 곧 채워질 것을 알고 있기 때문에 그 통증마저 위로가 되었던 것이다. 이제 정해진 시간에 음식과 빵조각이 든 접시가 앞에 놓이는 사람, 늘 운명으로부터 그런 자비로운 대접을 받고 사는 사람이 된 것 같은 느낌을 만끽하는 일만 남은 셈이었다. 이 지휘관은 자신의 아랫사람들, 군인이든 민간인이든 가릴 것 없이 아랫사람들을 마치 자식처럼 걱정한다는 점에서 다른 장교들과 다르다. 그뿐만 아니라 그는 위계에 별 관심이 없다. 적어도 현재 상황에서는. 그래서 다른 데로 먹으러 가지 않고, 여기에, 모닥불 주위에 자리를 잡고 있다. 아직 대화에 많이 끼지는 않았지만, 그것은 사람들을 편하게 해주려는 것뿐이다. 그때 기병대원 하나가 모든 사람의 마음을 사로잡고 있는 질문을 던졌다, 빈에서 코끼리는 어쩔 거요, 마호우트. 아마 리스본에서하고 비슷하겠지요, 별로 할 일이 없을 겁니다, 수브흐로가 대답했다, 많은 갈채를 받을 거고, 사람들이 거리에 몰려나오겠지요, 그러다 사람들은 잊어버릴 겁니다, 그게 인생의 법칙이죠, 승리와 망각. 늘 그렇지는 않아요. 코끼리하고 사람한테는 그렇지요, 물론 내가 모든 사람이 그렇다고 이야기할 수는 없겠지만 말입니다, 그저 외국 땅에 있는 인도인이 그렇다는 이야기지요, 내가 아는 바로는 그런 법칙을 피해간 코끼리는 딱 한 마리뿐입니다. 그게 어떤 코끼리입니까, 일꾼 한 명이 물었다. 죽어가는 코끼리였지요, 죽자마자 그 머리를 베었고. 그럼 그걸로 끝이 아닌가요. 아니, 그 머리는 가네샤라고 부르는 신의 머리에 올려졌소, 그 신 또한 죽은 몸이었지만. 그 가네샤 이야기 좀 해보시오, 지휘관이 말했다. 힌두교는 아주 복잡해서 인도 사람만이 이해할 수 있는데, 사실 인도 사람이라고 다 이해하는 건 아닙니다. 내 기억에 당신은 스스로 기독교인이라고 했던 것 같은데. 제 기억에 저는 대체로 그렇다고 대답한 것 같습니다, 대체로요. 그게 무슨 말이지, 당신이 기독교인이라는 거요, 아니라는 거요. 어, 저는 어렸을 때 인도에서 세례를 받았습니다. 그런 뒤에는. 그런 뒤에는, 그게 답니다, 마호우트가 어깨를 으쓱하며 대답했다. 그러니까 당신 신앙을 실행에 옮긴 적은 없다는 거로군. 아무도 저를 부르지 않았습니다, 사람들이 저는 잊어버렸나 봅니다. 너는 하나도 빠뜨리지 않았다, 어디서 나오는지 알 수 없는 미지의 목소리가 말했다. 믿어지지 않을지 모르지만, 깜부기불에서 들려온 것 같기도 했다. 무거운 정적이 내려앉았다. 장작이 딱딱거리는 소리만 들릴 뿐이었다. 당신 종교에 따르면, 세상을 창조한 게 누구요, 지휘관이 물었다. 브라흐마입니다. 그러니까 다른 말로 하면 신이라는 거로군. 그렇습니다, 하지만 유일한 신은 아닙니다. 무슨 소리요. 세상을 창조하는 것만으로는 부족했기 때문에, 세상을 보존하는 존재도 있어야 했지요, 그것은 비슈누라고 부르는 다른 신의 일이었습니다. 그들 말고도 신이 더 있소, 마호우트. 수천 명이 있지만, 세 번째로 중요한 신은 파괴자 시바입니다. 그러니까 비슈누가 보존하는 것을 시바는 파괴한다는 거요. 아닙니다, 시바는 죽음을 생명의 창조자로 이해합니다. 그러니까, 내가 제대로 이해한 거라면, 그 세 신이 삼위일체를 이룬다는 거로군, 그러네, 삼위일체일세그려, 기독교에서처럼 말이야. 기독교에는 넷이 있지요, 불손하게 말씀드려서 죄송합니다만. 넷, 지휘관이 놀라서 소리쳤다, 누가 네 번째란 말이오. 동정녀지요. 동정녀는 들어가지 않소, 우리한테는 아버지, 아들, 성령, 이렇게 셋이오. 그리고 동정녀가 있지요. 분명히 이야기해 보시오, 아니면 그 코끼리처럼 당신 머리를 잘라버리겠소. 어, 저는 신이나 예수나 성령한테 뭘 부탁한다는 이야기는 들어본 적이 없습니다, 하지만 동정녀는 밤이나 낮이나 쉬지 않고 문간에 도착하는 요청과 기도와 탄원을 감당하지도 못할 지경일 것 같습니다. 조심하시오, 저기 어딘가에서는 종교 재판이 열리고 있소, 따라서 당신 자신을 위해서라도 엉뚱한 곳을 헤매다가 위험한 물에 발을 들여놓는 짓일랑 하지 마시오. 저는 빈에 가면 다시 돌아오지 않을 겁니다. 고향 인도에는 돌아가지 않을 거요, 지휘관이 물었다. 안 갑니다, 저는 이제 인도인이 아닙니다. 그런데도 힌두교에 관해서는 많이도 알고 있군. 대체로 알지요, 대체로요. 왜 그렇게 말하시오. 다 말, 오로지 말뿐이기 때문입니다, 말 이외에는 아무것도 없으니까요. 가네샤도 말뿐인 거요, 지휘관이 물었다. 네, 말뿐입니다, 가네샤도 다른 모든 것들과 마찬가지로 더 많은 말로만 설명할 수 있지요, 하지만 우리가 어떤 것을 설명하는 데 사용하는 말은, 설명에 성공하든 못하든, 그 자체도 다시 설명이 되어야만 하기 때문에 우리 대화는 아무런 결론도 나지 않게 되지요, 잘못된 것과 참인 것이 마치 저주처럼 번갈아 나타나고, 우리는 무엇이 옳고 무엇이 그른지 결코 알 수 없게 됩니다. 가네샤 이야기를 좀 해보시오. 가네샤는 시바와 파르바티의 아들이죠, 파르바티는 두르가 또는 칼리라고도 부릅니다, 팔이 백 개 달린 여신입니다. 다리가 백 개라면 지네[*]라고

---

[*] 포르투갈어의 centopeia는 다리가 백 개라는 뜻.

부를 수도 있었을 텐데, 한 사람이 말하더니 쑥스러운 듯 웃음을 터뜨렸다. 입에서 말이 나가자마자 후회를 하는 것 같았다. 마호우트는 그의 말을 무시하고 자기 말을 이어나갔다, 가네샤는 그의 어머니인 파르바티 혼자 낳았다는 점도 말씀드려야겠군요, 이곳의 동정녀와 마찬가지로 말입니다, 그러니까 남편인 시바의 개입 없이요, 시바는 영원하기 때문에 자식을 둘 필요를 못 느꼈거든요, 어느 날 파르바티가 목욕을 하려고 했는데 공교롭게도 누가 방으로 들어와도 그녀를 보호해 줄 경비병이 주위에 하나도 없었지요, 그래서 파르바티는 어린 소년 모양의 상을 하나 빚었어요, 파르바티 자신이 준비한 무슨 반죽으로 빚었다고 하는데, 아마 비누였던 것 같습니다, 여신은 인형에 생명을 불어넣었고, 이렇게 해서 가네샤가 처음 생겨나게 된 거지요, 파르바티는 가네샤한테 아무도 안에 들이지 말라고 했고, 가네샤는 어머니의 명령을 말 그대로 지켰습니다, 잠시 후 시바가 숲에서 돌아와 집 안으로 들어가려 했습니다, 그런데 가네샤가 들여보내지 않으려 했지요, 당연히 시바는 무척 화가 났습니다, 둘 사이에는 이런 대화가 이루어졌습니다, 나는 파르바티의 남편이다, 따라서 파르바티의 집은 내 집이다. 여기에는 어머니가 들어오기를 원하는 사람만 들어갈 수 있습니다, 그런데 어머니는 당신을 들이라 말한 적이 없습니다. 시바는 마침내 분을 참지 못하고 가네샤와 격렬한 싸움을 벌였습니다, 결국 시바는 가네샤의 머리를 삼지창으로 잘라버렸지요, 파르바티는 밖으로 나와 아들의 생명 없는 몸을 보더니 슬퍼 소리를 질렀습니다, 그 소리는 곧 분노의 외침으로 바뀌었습니다, 파르바티는 당장 가네샤를 살려내라고 시바에게 명령했습니다, 그러나 안타깝게도 시바의 공격이 너무 강해서 멀리 날아가버린 가네샤의 머리는 찾을 수가 없었습니다, 그러자 시바는 더 기댈 데가 없어 브라흐마에게 도움을 청했습니다, 브라흐마는 길에서 만나는 첫 생물의 머리를 대신 올려놓으라고 제안을 했지요, 단, 그 생물은 북쪽을 보고 있어야 했습니다, 그 말을 듣고 시바는 바로 그런 생물을 찾으러 천상의 군대를 파견했습니다, 그들은 북쪽으로 머리를 둔 채 누워 죽어가고 있는 코끼리를 보았습니다, 코끼리가 죽자 그들은 머리를 잘랐습니다, 그런 뒤에 시바와 파르바티에게 돌아가 코끼리의 머리를 주었습니다, 그래서 그 머리를 가네샤의 몸에 올려놓아 그를 다시 살려낸 것입니다, 이렇게 해서 가네샤는 세상에 나왔다가 죽었다가 다시 태어나게 되었습니다. 동화로군, 한 병사가 중얼거렸다. 죽었다가 사흘 만에 살아난 사람에 관한 동화와 비슷하지요, 수브흐로가 받아쳤다. 조심하시오, 마호우트, 당신 너무 나가고 있소, 지휘관이 경고했다. 보세요, 나도 비누로 만든 소년이 올챙이 배가 튀어나온 몸에 코끼리 머리가 달린 신이 되었다는 이야기는 믿지 않습니다, 하지만 부대장님이 나한테 가네샤가 누구인지 설명을 해달라고 하셨고, 그래서 설명을 드린 겁니다. 그래, 하지만 당신은 예수 그리스도와 동정녀에 관해서 무례한 말을 했고, 그건 여기 있는 몇 사람에게는 그냥 넘어가기가 쉽지 않은 일이오. 뭐, 혹시 기분이 나빴던 사람이 있다면 사과를 드리겠습니다, 하지만 전혀 의도한 것은 아니었습니다, 마호우트가 대답했다. 화해를 청하듯 중얼거리는 소리가 들렸다. 사실 군인이든 민간인이든 여기 있는 사람들은 종교적 논쟁은 별로 좋아하지 않았다. 그들이 마음이 편치 않았던 것은 그런 불가해한 일들을 다름 아닌 하늘이 빤히 보이는 곳에서 이야기해야 한다는 사실이었다. 흔히 벽에도 귀가 있다고 말하는데, 그렇다면 별의 귀는 얼마나 클지 상상해 보라. 어쨌든 이제 잠자리에 들 시간이었다. 시트와 담요는 그들이 하루 종일 입고 다닌 옷이 대신 한다 해도, 중요한 것은 그들이 비를 안 맞아야 한다는 점이었다. 그래서 지휘관은 집마다 돌아다니며 주민에게 하룻밤만 몇 사람 재워줄 수 있느냐고 물어 이 문제를 해결했다. 사람들은 결국 부엌, 외양간, 건초 창고에서 자게 되었다. 그러나 이번에는 배가 잔뜩 불렀으며, 그 덕분에 이런저런 불편을 가볍게 보게 되었다. 마을 사람 몇 사람도 그들과 함께 야영지를 떠났다. 그들 대부분은 남자로, 신기한 코끼리를 본다는 생각에 이끌려 야영지까지 왔던 사람들이었다. 비록 두려움 때문에 스무 페이스 안쪽으로는 다가가지도 못했지만. 솔로몬은 황소 한 대대의 허기도 꺼줄 만한 꼴 꾸러미에 코를 감고, 비록 나쁜 시력이지만 엄한 눈으로 사람들을 쏘아보았다. 그가 축제 마당의 짐승이 아니라 너무 복잡해서 설명하기 힘든 불행한 정황으로 인해 일자리를 빼앗기는 바람에, 말하자면 어쩔 수 없이 공적 자선을 받아들이게 된 정직한 노동자임을 분명히 보여준 것이다. 처음에는 마을 사람 하나가 허세 때문에 눈에 보이지 않는 선, 이것이 곧 닫혀버린 경계선이 되지만, 어쨌든 그 선을 넘어 몇 걸음 안으로 들어갔다. 그러자 솔로몬은 경고의 발길질로 그 사람을 쫓아버렸다. 그 발은 목표물을 맞히지 못했지만, 사람들은 그것 때문에 동물 가족과 씨족들에 관한 흥미로운 논쟁을 벌이기 시작했다. 수노새와 암노새, 수탕나귀와 암탕나귀, 수말과 암말은 모두 네발짐승으로, 모든 사람이 약간의 고통스러운 경험을 통해 알고 있듯이 발길질을 할 수 있고, 그것은 얼마든지 이해할 수 있는 일이다. 그들에게는 공격용이든 방어용이든 다른 무기가 없기 때문이다. 그런데 저 코와 저 엄니, 증기 해머처럼 보이는 저 거대한 다리를 가진 코끼리가 그것으로는 불충분하다는 듯이 다른 어떤 짐승 못지않게 발길질까지 할 수 있다니. 그는 온유함의 화신처럼 보이지만, 필요하면 사나운 짐승으로 변할 수도 있는 것이다. 하지만 그가 앞서 말한 동물 가족, 즉 발길질하는 가족에 속해 있으면서도 편자를 박지 않은 것은 이상한 일이다. 마을 사람 하나가 말했다, 사실 코끼리는 별로 볼 게 없네. 다른 사람들도 맞장구를 쳤다, 한 바퀴만 둘러보면 볼 장 다 보는 거네. 그러고 나서 집으로 바로 돌아갈 수도 있었지만, 한 사람이 자기는 좀 더 있다 가겠다고, 모닥불 주위에서 무슨 이야기를 하는지 들어보고 싶다고 말했다. 같이 온 사람들도 함께 갔다. 처음에 그들은 대화의 주제가 무엇인지 이해할 수가 없었다. 이름도 알아들을 수가 없었다. 발음이 이상했다. 그러다가 결말에 이르자 이 사람들이 코끼리 이야기를 하고 있고, 코끼리가 신이라는 것이 분명해졌다. 그들은 이제 집으로, 그들 자신의 노(爐)가 타오르는 아늑한 곳으로 돌아가고 있었다. 다들 병사와 일꾼으로 구성된 손님을 두세 명씩 데리고 갔다. 기병대원 두 명은 코끼리를 지키기 위해 남았고, 이 때문에 마을 사람들은 시급히 사제와 이야기를 해야겠다는 생각을 굳혔다. 문이 닫혔고 마을은 어둠 속으로 오그라들었다. 그 직후 문 몇 개가 다시 조심스럽게 열리고, 문에서 나타난 다섯 남자는 광장의 우물로 향했다. 만나기로 약속한 곳이었다. 그들은 사제한테 가서 이야기를 하기로 했는데, 사제는 그 시간에는 자고 있을 것이 틀림없었다. 사제는 불편한 시간에 깨우면 성질을 부린다고 알려져 있었는데, 그에게 불편한 시간이란 모르페우스[*]의 품에 편안하게 안겨 있는 시간 전체였다. 한 남자가 대안을 제시했다, 아침에 다시 오는 게 어때. 그러나 더 단호한 남자, 아니면 그저 신중함이 몸에 밴 것뿐인지도 모르는 남자가 이의를 제기했다, 저 사람들이 새벽에 떠나기로 했다면, 자칫하다가는 모두 사라지고 아무도 남지 않을지도 몰라, 그럼 우리는 멍청이 한 무리처럼 보일 거야. 그들은 사제의 정원 문간에 서 있었다. 그러나 이 밤의 방문자들 가운데 누구도 감히 노커를 들어 올릴 용기는 없는 것 같았다. 사제의 집 문에도 노커가 달려 있었지만, 너무 작아 안에 사는 사람을 깨울 수 없었다. 마침내 마을의 돌 같은 정적을 깨는 대포처럼 정원 문의 노커가 생명을 얻으며 큰 소리를 냈다. 두 번이나 더 두드리고 나서야 안에서 사제의 목이 쉰 성난 목소리가 들렸다, 누구야. 물론 길 한복판에서, 두 대화 상대 사이에 두꺼운 벽과 묵직한 나무문이 있는 상태에서 신 이야기를 한다는 것은 신중하지도 또 편안하지도 않은 일이었다. 그런 상태라면 양쪽 모두 큰 소리로 이야기를 할 수밖에 없는데, 그러다 보면 오래지 않아 이웃들이 귀

* 꿈의 신.

를 쫑긋 세우고 그들의 이야기에 귀를 기울인 뒤, 매우 심각한 신학적 문제를 최신 수다거리로 바꾸어버릴 터였다. 마침내 문이 열리고 사제의 둥근 머리가 나타났다, 이 밤에 무슨 일인가. 남자들은 내키지 않는 표정으로 정원 문에서 집에 이르는 좁은 길을 걸었다. 누가 죽어가고 있나, 사제가 물었다. 그들이 입을 모아 말했다, 아닙니다, 신부님. 그럼 뭐야, 하느님의 종이 계속 다그치며 어깨를 덮은 담요를 더 꼭 여몄다. 여기 길거리에서는 이야기할 수 없는 일입니다, 한 남자가 말했다. 사제가 툴툴거렸다, 길거리에서 할 수 없는 얘기라면, 내일 교회로 오게. 지금 말씀드려야 합니다, 신부님, 내일이면 너무 늦을지도 모릅니다, 우리는 아주 심각한 문제 때문에 여기 온 겁니다, 교회 일이에요. 교회 일이라, 사제가 되풀이했다. 갑자기 불안한 표정이었다. 교회의 천장을 지탱하던 썩은 들보 하나가 마침내 내려앉았다고 생각한 것이다. 들어와, 그러면 들어와야지. 사제는 사람들을 몰아서 부엌으로 들어갔다. 부엌의 노(爐)에는 장작 몇 개가 아직도 빛을 발하고 있었다. 사제는 초에 불을 붙이더니 등받이 없는 의자에 앉으며 말했다, 말해 보게. 남자들은 서로 마주 보았다. 누가 대변인이 되어야 하는지 몰랐던 것이다. 그러나 지휘관과 마호우트를 포함한 무리가 무슨 이야기를 하는지 들어보겠다고 했던 사람이 적당한 후보일 수밖에 없다는 것이 금방 분명해졌다. 투표는 필요 없었다. 문제의 그 남자가 발언권을 얻었다, 하느님은 코끼리입니다, 신부님. 사제는 안도의 한숨을 내쉬었다. 지붕이 내려앉는 것보다는 분명히 나았기 때문이다. 더욱이 이단적인 발언은 대답하기도 쉬웠다. 하느님은 모든 피조물 안에 있지, 사제가 말했다. 남자들은 고개를 끄덕였다. 그러나 대변인은 자신의 권리와 책임을 의식하고 반박했다, 하지만 그것들이 하느님은 아닙니다. 아니고말고, 사제가 대답했다, 그럼 세상은 신들로 터져버릴 테니까, 그리고 그들도 절대 동의하지 않고, 다들 제 밥그릇만 챙기려 할 거야. 신부님, 우리가 들은 건, 언젠가는 흙이 될 이 귀로 들은 건, 저기 있는 코끼리가 하느님이라는 겁니다. 누가 그런 괴이한 말을 하는가, 사제가 평소에 마을에서는 사용되지 않는 말을 써가며 물었다. 이것은 그가 분노했다는 분명한 표시였다. 지휘관하고 위에 타는 사람이요. 뭐 위에. 하느님 위에요, 그 짐승 위에. 사제는 깊은 숨을 쉬더니, 더 극단적인 조치를 취하고 싶은 충동을 누르며 이렇게만 말했다, 자네 취했군. 아닙니다, 신부님, 남자들이 합창을 하듯이 대답했다. 사실 그 시절에는 취하기가 어려웠다. 포도주 값 때문이었다. 자, 자네들이 취하지 않았고, 이런 터무니없는 이야기에도 불구하고 여전히 선한 기독교인들이라면, 내 말을 귀담아 듣게. 남자들은 한마디도 놓치지 않으려고 바싹 다가앉았다. 사제는 우선 목구멍의 가래부터 처리했다. 사제는 그것이 따뜻한 시트에서 차가운 바깥 세계로 갑자기 끌려 나왔기 때문에 생겨난 것이라고 생각했다. 이윽고 사제는 설교를 시작했다, 자네들에게 회개를 하라고 한 뒤에 집으로 보낼 수도 있네, 주기도문을 몇 번, 성모송을 몇 번 외치게 한 다음에 그 일은 더 생각하지 말라고 할 수도 있다는 걸세, 하지만 자네들은 정직한 사람들인 것 같으니, 내일 아침, 해가 뜨기 전에, 우리 모두 함께 가보도록 하세, 자네 가족들과 다른 마을 사람들도 모두 데리고 말이야, 그 사람들한테 이야기를 전하는 일은 자네들한테 맡기겠네, 우리는 그 코끼리를 찾아내러 가는 거야, 코끼리를 파문하려는 게 아니야, 코끼리는 짐승이기 때문에 세례라는 성례를 받은 적이 없고 교회가 부여하는 영적 혜택도 누리지 못했을 테니까, 우리는 코끼리에게 들린 악마를 쫓아내러 가는 거야, 악한 영이 악마를 그 금수의 본성 안에 집어넣었을지도 모르거든, 갈릴리 바다에 빠져 죽은 돼지 이천 마리한테 그랬던 것처럼 말이야, 그건 물론 기억하고 있겠지. 사제는 잠시 말을 끊었다가 물었다, 이해했나. 네, 신부님, 그들이 대답했다. 대변인만 입을 열지 않았다. 그는 자신의 역할을 매우 진지하게 받아들이고 있는 것이 분명했다. 신부님, 그가 말했다, 저는 그 이야기가 늘 너무 이상했

89

습니다. 왜. 어, 저는 왜 그 돼지들이 죽어야만 했는지 이해를 못하겠습니다, 예수님이 게라사 지방의 귀신 들린 자의 몸에서 더러운 영들을 쫓아내는 이적을 보여주신 것은 좋은 일이지만, 그 영들이 거기서 나와 그 일과는 아무런 관계가 없는 가엾은 피조물들의 몸으로 들어가게 하신 것은 제가 보기에는 일을 마무리하는 좋은 방법 같지가 않았거든요, 더군다나 악마들은 죽지도 않잖아요, 만일 악마들이 죽는다면 애당초 그들이 태어났을 때 하느님이 싹 죽였을 테니까요, 제가 하는 말은 돼지가 물에 빠졌을 때쯤에는 악마들은 어차피 거기서 빠져나왔을 거 아니냐는 겁니다, 정말이지 예수님이 끝까지 생각을 해보신 것 같지가 않다니까요. 자네가 뭔데 예수님이 끝까지 생각을 해보시지 않았다고 말하는 건가. 다 적혀 있잖습니까, 신부님. 적혀 있지만 자네는 읽을 줄을 모르잖나. 아, 하지만 들을 줄은 알지요. 자네 집에 성경 있나. 없습니다, 신부님, 복음서만 있지요, 원래는 성경에 붙어 있던 건데, 나머지는 누가 뜯어갔습니다. 복음서는 누가 읽나. 제 맏딸이요, 빨리 읽지는 못하지만, 우리한테 같은 걸 자꾸자꾸 읽어주다 보니 우리도 전보다는 낫게 이해하게 됐습니다. 문제는 종교재판소에서 자네가 그런 생각과 의견을 갖고 있다는 이야기를 듣게 되는 날에는 자네가 가장 먼저 불에 던져질 거라는 점이야. 뭐, 우리 모두 어떤 식으로든 죽을 수밖에 없지 않겠습니까, 신부님. 그런 말도 안 되는 소리 말게, 자네 복음서는 놔두고 내가 교회에서 하는 말에나 더 주의를 기울여, 옳은 길을 가리키는 것이야말로 다른 누구도 아닌 나의 사명이란 말일세, 잊지 말게, 도랑에 빠지는 것보다는 멀더라도 돌아가는 게 나아. 네, 신부님. 여기서 오간 이야기는 밖에 나가 한마디도 하지 말게, 만일 여기 모인 사람들 말고 다른 누가 이 문제를 내 앞에서 이야기하는 게 들리면, 입을 나불거린 사람은 즉시 파문을 당할 걸세, 내가 직접 증언을 하러 로마에 가는 한이 있어도 말이야. 사제는 극적 효과를 위해 잠시 말을 끊었다가 불길한 목소리로 물었다, 이해하겠는가. 네, 신부님, 이해했습니다. 내일, 해가 뜨기 전에, 모두 교회 밖에 모이기를 바라네, 자네들의 목자인 내가 앞장을 설 거야, 그리고 나의 말과 자네들의 몸으로 우리는 우리의 거룩한 신앙을 위해 함께 싸울 걸세, 잊지 말게, 단합된 민중은 결코 패배하지 않는다네.

안개가 자욱한 새벽이었다. 그러나 삶은 감자로만 만든 수프처럼 안개가 짙었음에도, 아무도 길을 잃지 않았다. 마을 사람들이 재워준 손님들이 조금 전에 야영지까지 길을 찾아 돌아갔듯이, 모두 교회까지 길을 찾아왔다. 품에 안긴 작디작은 아기부터 아직 걸을 수 있는 가장 나이 든 사람에 이르기까지 마을 사람 전체가 모였다. 물론 그 노인이 걸을 수 있는 것은 제삼의 다리 노릇을 하는 지팡이 덕분이었다. 이 노인이 지네처럼 다리가 많지 않은 것은 다행스러운 일이었다. 그랬다가는 엄청난 숫자의 지팡이가 필요할 테니까. 이 사실 덕분에 인간 종 쪽으로 저울이 약간 기우는 듯하다. 인간은 지팡이가 하나만 있으면 되니까. 물론 아주 심각한 경우는 예외인데, 그때는 방금 말한 지팡이가 이름이 바뀌어 목발이 된다. 우리 모두를 지켜주는 거룩한 섭리 덕분에 마을에는 그런 목발을 짚는 사람이 하나도 없었다. 종대는 꾸준한 속도로 나아가고 있었다. 마을 연대기에 이타적 영웅주의의 새로운 페이지를 쓸 각오로 용기를 그러모으고 있었다. 그렇다고 다른 페이지에 박식한 독자들에게 보여줄 만한 이야기가 많이 담겨 있다는 뜻은 아니지만. 그저 우리가 태어났고, 우리가 일했고, 우리가 죽었다는 이야기뿐이다. 거의 모든 여자가 묵주로 무장을 하고 나와 기도문을 중얼거리고 있었다. 사제의 결의를 뒷받침해 주려는 것이 분명했다. 사제는 성수 솔과 성수 병을 들고 앞장서서 걷고 있었다. 한편 호송대에 속한 사람들은 안개 때문에 평소와는 달리 아직 흩어지지 않았다. 그들은 몇 사람씩 무리를 이루어 보통 때와 마찬가지로 아침 빵 조각이 나오기를 기다리고 있었다. 병사들도 마찬가지였다. 그들은 일찍 일어나기 때문에 이미 말에 마구를 채워두었다. 마을 사람들이 감자 수프에서 나타나기 시작하자 코끼리를 책임진 사람들은 본능적으로 앞으로 나가 그들을 맞이했다. 기병대원들은 자신들의 의무대로 선두에 섰다. 두 무리가 서로 소리를 지르면 들릴 수 있는 거리가 되자 사제는 발을 멈추고 평화의 표시로 손을 들어 올린 다음 인사를 하고 나서 물었다, 코끼리는 어디 있소, 우리는 코끼리를 보고 싶소. 부관은 질문과 요청이 모두 합리적이라고 생각하여 대답했다, 저 나무들 뒤에 있습니다, 하지만 코끼리를 보고 싶다면, 먼저 부대장님과 마호우트에게 이야기를 해야 합니다. 마호우트가 뭐요. 위에 타는 사람이죠. 뭐 위에. 코끼리 위지 어디겠습니까. 그러니까 마호우트가 위에 있는 사람이란 뜻이오. 나야 모르죠, 그게 무슨 뜻인지 나는 모르겠습니다, 내가 아는 건 그가 위에 탄다는 것뿐입니다, 아마 인도 말인가 봅니다. 가만 놓아두었으면 대화는 이런 식으로 한동안 계속 이어졌을 것이다. 그러나 그때 부대장과 마호우트가 다가왔다. 그들은 이제 약간 엷어진 안개 사이로 마치 두 부대가 마주하고 있는 듯한 묘한 광경을 보고 이쪽으로 온 것이다. 아, 여기 부대장님이 오셨군요, 부관이 말했다. 그렇지 않아도 짜증이 나기 시작하던 대화에서 빠져나갈 수 있어 부관이 반색을 했다. 지휘관이 말했다, 안녕하십니까, 그는 말을 이어갔다, 무슨 일로 오셨습니까. 우리는 코끼리를 보고 싶소. 지금은 적당한 때가 아닌데요, 마호우트가 말했다. 그는 잠을 깰 때면 기분이 약간 뚱했다. 사제가 그 말에 대답했다, 내 양 떼와 나는 코끼리를 볼 뿐 아니라, 코끼리가 먼 길을 떠나기에 앞서 축복을 해주고 싶소, 그래서 성수 솔과 성수를 가져온 거요. 그거 아주 좋은 생각이로군요, 지휘관이 말했다, 지금까지 우리가 오는 도중에 만난 다른 사제들은 솔로몬을 축복하겠다는 말을 한 적이 없습니다. 솔로몬이 누구요, 사제가 물었다. 코끼리 이름이 솔로몬입니다, 마호우트가 대답했다. 짐승한테 사람 이름을 지어주는 건 적당치 않은 것 같은데, 짐승은 사람이 아니고 사람은 짐승이 아니오. 글쎄요, 나는 잘 모르겠습니다, 마호우트가 말했다. 그는 이 모든 허튼소리에 짜증이 나기 시작했다. 그게 배운 사람과 못 배운 사람의 차이요, 사제가 비난받아 마땅한 오만을 드러내며 쏘아붙였다. 사제는 지휘관을 돌아보며 물었다, 부대장님께서 내가 사제의 의무를 이행하도록 해주시겠소. 나야 좋지요, 신부님, 하지만 나는 코끼리를 책임지는 사람이 아닙니다, 그건 마호우트의 일이죠. 수브흐로는 사제가 자기한테 말을 걸기를 기다리지 않고, 수상쩍게도 다정한 목소리로 말했다, 부디 그렇게 해주시지요, 신부님, 솔로몬은 신부님 뜻대로 하셔도 됩니다. 이 대목에서 여기 나오는 등장인물 가운데 두 명이 정직하게 행동하지 않는다는 사실을 독자에게 알려야겠다. 우선 사제가 있다. 그는 자신이 말한 것과는 달리 성수를 가져온 것이 아니라 우물의 물을 가져왔다. 이것은 부엌의 주전자에서 바로 따라 온 것으로, 가장 높은 하늘하고는 상징적으로도 닿은 적이 없었다. 두 번째는 마호우트다. 그는 사실 뭔가 일이 벌어지기를 바라고 가네샤 신에게 그렇게 되기를 빌고 있다. 너무 가까이 가지 마십시오, 지휘관이 경고했다, 솔로몬은 키가 삼 미터에 몸무게는 사 톤쯤 나갑니다, 그 이상은 아닐지 몰라도. 그래 봐야 레비아단*만큼 위험하지야 않겠지요, 내가 속한 거룩한 교황의 로마가톨릭교회가 영원히 제압한 짐승 말이오. 알아서 하십시오, 하지만 분명히 경고는 했습니다, 지휘관이 말했다. 그는 지금까지 군인으로 살아오면서 용감하다고 하는 사람들의 수많은 허세를 들었고 그 대부분이 맞이한 비참한 결과를 목격한 사람이었다. 사제는 성수 솔을 물에 담갔다가 세 걸음 앞으로 나가 코끼리 머리에 뿌리면서, 라틴어로 들리는 말을 중얼거렸다. 물론 아무도 그 말을 이해하지는 못했다. 그곳에 있던 극소수의 교육받은 사람, 즉 신학교에서 몇 년을 보낸 적이 있는 지휘관도 마찬가지였다. 그가

---

* 구약성서에 나오는 뱀 형상의 거대한 바다 괴물.

신학교에 간 것은 영적인 위기의 결과였지만, 그 위기는 결국 저절로 해소되었다. 사제는 계속 중얼거리며 조금씩 동물의 몸을 돌아 뒤쪽으로 나아갔다. 그러자 마호우트가 가네샤 신에게 드리는 기도도 갑자기 빨라지기 시작했다. 지휘관은 문득 사제의 말과 행동이 귀신 추방 교본에 나오는 대로라는 것을 깨달았다. 가엾은 코끼리가 귀신이라도 들린 것처럼 행동하고 있었던 것이다. 저 사람이 미쳤군, 지휘관은 생각했고, 그렇게 생각하는 바로 그 순간 사제가 땅바닥에 쓰러지는 것이 보였다. 성수 병은 이쪽, 성수 솔은 저쪽에 나뒹굴고, 물은 쏟아졌다. 사제의 양 떼가 목자를 도우러 달려들었지만, 혼란 중에 압사 사태가 일어날까 봐 병사들이 끼어들었다. 그것은 잘한 일이었다. 사제는 마을 타이탄들의 도움을 받아 이미 몸을 일으키려 하고 있었지만, 왼쪽 골반에 부상을 당한 것이 분명해 보였다. 그러나 어느 모로 보나 뼈가 부러진 것 같지는 않았다. 이것은 그의 나이와 뚱뚱하고 흐늘흐늘한 몸을 고려할 때, 이 지역의 수호성자가 이루어낸 가장 주목할 만한 기적으로 꼽을 만했다. 진상이 무엇이었는가 하면, 그 이유야 우리가 절대 알 수 없어 또 하나의 불가해한 수수께끼를 보탤 수밖에 없지만, 어쨌든 솔로몬은 목표물과의 거리가 공격 가능한 범위로 줄어들었을 때 엄청난 발길질을 해대려다 말고 자제를 하여 힘

96

을 쭉 뺐다는 것이다. 그래서 그 결과는 사람이 힘껏 밀었을 때 생기는 피해 정도였던 것이다. 그나마 일부러 민 것도 아니고, 죽으려는 마음을 먹고 민 것과는 한참 거리가 멀었다. 이 중요한 정보를 몰랐기 때문에 어리둥절한 사제는 계속 되풀이하기만 했다, 천벌이었어, 천벌이야. 그날부터, 누가 사제가 있는 자리에서 코끼리 이야기를 할 때마다, 사실 이 안개 낀 아침에 그렇게 많은 증인들이 있는 자리에서 벌어진 일이라는 점을 고려할 때 그런 이야기가 자주 나올 수밖에 없었지만, 그때마다 사제는 이 겉으로 보기에는 야만적인 짐승이 사실은 아주 똑똑해서 라틴어를 대충 알 뿐 아니라, 보통 물과 성수도 구별할 줄 안다고 말하게 된다. 사제는 사람들의 도움을 받아 절뚝거리며 자단 의자로 갔다. 대수도원장이 앉아도 부끄럽지 않을 이 가구는 그의 가장 충성스러운 추종자 네 명이 교회로 달려가 가져온 것이었다. 그들이 마침내 마을로 돌아갈 때 우리는 이 자리에 없을 것이다. 이들은 격렬한 토론을 벌일 것이다. 그것은 이성을 사용하는 훈련이 덜 된 사람들, 아주 사소한 일에도, 심지어 이 경우처럼 그들의 목자를 집까지 운반하여 침대에 눕히는 경건한 과제를 수행하는 가장 좋은 방법이 무엇이냐 하는 문제를 결정하려 할 때조차도 치고받는 사람들에게는 당연한 일이지만, 사제는 그 논쟁을 해결하는 데 별 도움을 주지 못할 것이다. 그는 혼수상태에 빠져 모든 사람이 크게 걱정하게 될 것이기 때문이다. 다만 마을 마녀만 예외다. 걱정 마, 그녀가 말했다, 당장 죽을 것 같지는 않으니까, 오늘이나 내일 죽지는 않는다는 거야, 다친 데를 몇 번 힘차게 마사지해주고, 피를 깨끗이 해주고 염증이 생기지 않도록 약초 차를 주면 다 괜찮아져, 그리고 입들 좀 다물어, 그러다 울고불고할 일밖에 안 생겨, 당신들이 지금 할 일은 번갈아가며 이 사람을 들고 가는 거야, 쉰 걸음마다 자리를 바꾸면서, 그러다 보면 당신들끼리 우정도 생길 거 아냐. 마녀의 말이 옳았다.

사람, 말, 황소, 코끼리로 이루어진 호송대는 안개에 삼켜져, 그들이 이루고 있는 커다란 덩어리의 형체조차 분간할 수가 없다. 그들을 따라잡으려면 어서 달려가야겠다. 다행히도 우리가 마을 타이탄들의 말다툼에 귀를 기울이는 시간이 짧았기 때문에 호송대가 멀리 가지는 못한 것 같다. 시계(視界)가 보통 때 같았으면, 또는 안개가 감자 퓌레를 조금 덜 닮기만 했으면, 그냥 달구지나 병참 수레의 굵은 바퀴가 부드러운 흙에 남긴 자국만 쫓아가도 될 것이다. 하지만 지금은 코를 땅에 처박아도 누가 지나갔는지조차 알 수 없다. 사람들만이 아니다. 짐승, 그것도 황소나 말처럼 상당히 큰 짐승이 지나간 것도. 특히 포르투갈 궁정에서는 솔로몬이라고 알려진 후피 동물이 지나간 것도. 그는 거의 원형에 가까운 거대한 발자국을 땅에 남길 텐데. 공룡이 존재한다면 남겼을 둥근 발자국을. 짐승 이야기가 나와서 말인데, 리스본의 누구도 개 몇 마리를 데려올 생각을 못했다는 것은 믿어지지 않는 일이다. 개는 생명보험 증권이요, 소리의 추적자요, 네 발 달린 나침반이다. 그냥 한마디만 하면 된다, 가져와. 그러면 오 분이 안 되어 행복하게 꼬리를 흔들고 눈을 빛내며 돌아올 것이다. 바람은 없다. 그런데도 마치 보레아스* 자신이 북쪽 끝에서, 영원한 얼음의 땅에서 입으로 불어 내려보낸 것처럼 안개는 느리게 소용돌이치고 있다. 그러나 솔직히 말해서, 민감한 상황을 고려할 때, 지금은, 사실 그리 독창적이지도 않은 시적인 표현을 하기 위해 산문을 갈고닦을 때가 아니라고 할 수 있다. 이제 호송대 사람들은 누가 사라졌다는 것을 깨달았을 것이고, 아마 두 명이 가엾게도 뒤처진 사람을 구해 오겠다고 자원을 하고 나섰을 것이다. 그것은 환영할 만한 행동이지만, 뒤처진 사람에게는 평생 겁쟁이라는 평판이 쫓아다닐 것이다. 공적인 목소리는 말할 것이다, 누가 구하러 와주기를 기다리며 거기 그냥 쭈그리고 앉아 있는 꼴을 상상해 봐, 솔직히, 어떤 사람들은 도대체가 창피한 걸 모른다니까. 그가 앉아 있었

* 북풍의 신.

던 것은 사실이지만, 그래도 지금은 운명과 그 강력한 동맹자인 우연의 악한 마법을 떨쳐내기 위해 일어서서 첫걸음을·내디뎠다. 오른발을 먼저 내디뎠다. 그러나 왼발을 내미는 것을 갑자기 망설인다. 누가 그것을 탓할 수 있을까, 땅이 보이지도 않는데, 새로운 안개의 물결이 밀려들어오기 시작한 것 같은데. 세 번째 걸음을 내디딜 때는, 마치 갑자기 나타난 문에 코라도 찧을까 봐 앞으로 내밀고 있는 그 자신의 두 손도 보이지 않는다. 그때 그에게 다른 생각이 떠올랐다. 도로가 이쪽이나 저쪽으로 휘어 있으면 어쩔 것인가. 곧은 직선이기를 바라고 그가 택한 방향이 영혼과 몸에 파멸을 가져오는 불모의 장소라면 어쩔 것인가. 몸은 곧바로 영향을 받을 텐데. 그러니, 오, 불행한 운명이여, 위대한 순간이 도래했을 때 그의 눈물을 핥아줄 개 한 마리 없구나. 그는 다시 돌아가 안개가 저절로 걷힐 때까지 마을에서 몸을 쉬게 해달라고 부탁할까 하는 생각도 했지만, 이제는 완전히 방향감각을 잃어, 전혀 알지 못하는 곳에 와 있는 것처럼 동서남북이 어디인지도 알 수가 없었다. 그는 다시 바닥에 주저앉아, 운명, 우연, 숙명 가운데 어느 것이라도 좋으니, 아니면 그것을 다 합친 것이라도 좋으니, 제발 낙오자를 구조하러 나선 그 이타적인 자원자들을 그가 앉아 있는 이 작디작은 땅 한 조각으로, 아무런 통신수단도 없는 대양의 한 섬 같은 이곳으로, 아니, 더 적절한 비유를 사용하자면, 건초더미 속의 바늘 같은 이곳으로 이끌어주기만을 바라는 것이 최선이라고 판단했다. 삼 분이 안 되어 그는 완전히 잠이 들었다. 인간이란 얼마나 이상한 피조물인가. 아무 것도 아닌 일로도 끔찍한 불면증에 시달리면서, 전투 전날에는 또 통나무처럼 푹 잘 수도 있으니. 실제로 그랬다. 그는 깊은 잠에 빠져든 것이다. 만일 안개 속 어딘가에서 솔로몬이 천둥 같은 나팔 소리, 머나먼 갠지스 강변에서도 그 메아리가 들렸을 만한 소리를 내지 않았다면, 그는 지금도 자고 있을 것이다. 그는 갑자기 잠을 깨 정신이 없었기 때문에, 그 것이, 그가 얼어 죽는 것, 또는 더 나쁜 것으로, 이리에게 잡아먹히는 것으로부터 구해준 그 무적(霧笛)이 어디서 오는지 알 수가 없었다. 사실 이곳은 이리의 땅이며, 사람은 무방비 상태로 혼자 있을 때 이리 떼, 아니 이리 한 마리하고도 제대로 맞설 수가 없다. 솔로몬의 두 번째 나팔 소리는 첫 번째 소리보다 훨씬 컸으며, 목 깊은 곳에서 조용히 꼴깍거리는 소리와 함께 시작되었다. 마치 북을 연달아 두드려대다가, 그 직후 이 동물이 내는 소리의 특징인, 당김음을 넣어 시끄럽게 외쳐대는 소리가 뒤따랐다. 이 남자는 이제 창을 들고 돌격하는 기병처럼 안개를 뚫고 달리고 있다. 내내 한 가지 생각만 한다, 한 번 더, 솔로몬, 다시 한 번 더. 솔로

몬은 그의 소망을 받아들여 다시 나팔 소리를 냈다. 이번에
는 마치 자기가 거기 있다는 것을 확인만 시켜주려는 듯 아
까보다 작은 소리였다. 이제 뒤처진 사람이 헤매는 것이 아
니라, 오고 있기 때문이다. 저기 기병대 병참장교의 수레가
있다. 그렇다고 그것을 또렷하게 볼 수 있는 것은 아니지만.
사물도 사람도 그냥 흐릿하기만 하기 때문이다. 마치, 훨씬
곤혹스러운 생각이기는 하지만, 이 안개가 거죽, 사람, 말,
심지어 코끼리, 그래, 심지어 호랑이도 할퀼 수 없는 그 거대
한 코끼리의 거죽마저 부식해 버린 듯하다. 물론 모든 안개
가 똑같은 것은 아니다. 앞으로 언젠가 어떤 사람은, 가스다,
하고 소리칠 것이며, 그때는 얼굴에 꼭 끼는 마스크를 쓰지
않은 모든 사람이 화를 입을 것이다. 뒤처졌던 사람은 우연
히 옆을 지나가는 병사, 말의 고삐를 잡고 끌고 가는 병사
에게 구조 임무를 맡아 떠났던 자원자들이 돌아왔는지 묻
는다. 병사는 마치 선동가를 만난 듯 의심스러운 눈길을 던
진다. 종교재판소 서류를 잠깐 넘겨보면 확인될 일이지만,
십육 세기에는 그런 사람들이 많았기 때문이다. 병사는 냉
정하게 대꾸한다, 어쩌다 그런 생각을 하게 되었는지 모르
지만, 여기에서는 자원자를 모집한 적이 없소, 이런 상황에
서 유일하게 합리적인 행동은 우리가 하던 대로 안개가 걷
힐 때까지 그 자리에 그대로 있는 것뿐이오, 게다가 자원자

를 모집하는 것은 사실 부대장님 방식도 아니오, 부대장님은 보통 그냥 손가락으로 가리키면서, 너, 또 너하고 너, 얼른 뛰어가, 그렇게 하지, 또 부대장님은 영웅적인 행동 이야기가 나오면 늘 우리 모두가 영웅이 되거나 아니면 아무도 영웅이 되지 않을 거라고 말씀하시지. 병사는 이제 대화가 끝났다는 것을 분명히 보여주려는 듯, 얼른 말에 올라타 작별 인사를 하고 안개 속으로 달려갔다. 병사는 자기 자신에게 기분이 나빴다. 아무도 청하지 않은 설명을 했고, 이야기할 권한이 없는 이야기를 했기 때문이다. 그러나 자신이 이야기를 나눈 상대가, 비록 몸집은 그렇게 보이지는 않았지만, 어쨌든 달구지가 움직이는 속도가 느려질 때 밀거나 끄는 일을 돕기 위해 고용된 사람들, 말수가 적고 상상력은 더 적은 사람들 가운데 한 명임에 틀림없다는 생각에, 다른 가능성이 뭐가 있겠는가, 위안을 받았다. 그러나 상상력이 부족하다는 것은 일반적으로 그렇다는 이야기일 뿐이다. 안개 속에서 길을 잃은 사람은 상상력이 부족한 사람으로 보이지 않았기 때문이다. 그가 느닷없이, 아무런 근거도 없이, 자신을 구출하러 왔어야 할 자원자들 이야기를 끄집어낸 것을 보라. 이 사람의 공신력을 위해서는 다행한 일이지만, 코끼리는 자원자들과는 완전히 다른 문제다. 키도 크고, 몸집도 엄청나고, 배도 불룩하고, 소심한 생물들에게 겁을 줄 만한 목소리를 내고, 창조된 다른 어떤 동물의 코와도 다른 코가 달린 코끼리는 대담하건 황폐하건 어떤 사람의 상상력의 산물일 리 없기 때문이다. 코끼리는 존재하거나 아니거나 둘 중의 하나다. 따라서 이제 그를 찾아가 그가 신이 준 나팔을 그렇게 좋은 용도에 힘껏 써준 것에 감사를 해야할 때다. 만일 이곳이 여호사밧 골짜기*였다면 그 나팔 소리를 듣고 죽은 자들이 다시 일어났을 것이 틀림없다. 하지만여기는 안개에 싸인 평범한 포르투갈 땅이다. 다만 그곳에서 어떤 사람이 추위와 무관심 때문에 거의 죽을 지경에 이르러 있었다. 우리가 굳이 부담을 무릅쓰고 애써서 비교한것을 완전히 낭비하지 않기 위해서라도 이렇게 말해 볼 수는 있겠다. 어떤 경우에는 부활을 아주 솜씨 좋게 처리하는바람에, 가엾은 피해자가 미처 죽기도 전에 부활이 일어나버릴 수도 있다고. 코끼리는 이렇게 생각한 것 같다, 저 불쌍한 녀석이 죽겠구나, 내가 구해주어야겠다. 이제 그 불쌍한녀석이 그에게 감사에 감사를 거듭하며, 영원히 은혜를 잊지 않겠다고 맹세하고 있다. 마침내 마호우트가 묻는다, 코끼리가 무슨 일을 해주었기에 그렇게 감사를 하는 거요. 코끼리가 아니었으면 나는 얼어 죽거나 이리 떼에게 잡아먹혔

---

* 성경에 나오는 심판의 골짜기.

을 겁니다. 그래서 도대체 코끼리가 어떻게 해준 건데, 코끼리는 잠에서 깬 뒤로 여기서 움직인 적이 없거든. 움직일 필요가 없었죠, 그냥 나팔을 불어주기만 하면 됐으니까요, 내가 안개 속에서 길을 잃었을 때 나를 구해준 것이 코끼리의 목소리였습니다. 솔로몬이 한 일이나 행동에 관해 말할 자격이 있는 사람이 있다면, 내가 바로 그런 사람이오, 그래서 내가 솔로몬의 마호우트인 거요, 그러니 나한테 와서 솔로몬이 나팔을 불었다느니 어쩌니 하는 이야기는 하지 말아주시오. 코끼리는 나팔을 한 번만 분 게 아닙니다, 세 번이나 불었습니다, 언젠가 흙이 될 이 귀로 코끼리가 나팔을 부는 소리를 들었다니까요. 마호우트는 생각했다, 이자가 완전히 돌아버렸구나, 안개가 뇌에 들어가버린 게 틀림없어, 아마 그럴 거야, 그래, 그런 얘기를 들은 적이 있어. 이어 그는 소리를 내어 덧붙였다, 나팔 소리가 한 번인지, 두 번인지, 세 번인지, 그것 가지고 싸우지 맙시다, 가서 저기 있는 사람들한테 무슨 소리를 들었냐고 물어보쇼. 한 걸음 떼어놓을 때마다 흐릿한 윤곽만 흔들리고 떨리는 것처럼 보이던 사람들 속에서 즉시 질문이 나왔다, 이런 날씨에 어디 가시오. 그러나 우리는 이것이 코끼리가 말하는 소리를 들었다고 주장하는 사람이 물어본 것이 아님을 알고 있으며, 또 그들이 그에게 해주고 있는 대답을 알고 있다. 우리가 모르는 것은 이런 것들이 서로 관계가 있는 것인지, 있다면 어떤 것들이, 어떻게 관계가 있는지 하는 것들이다. 그때 해가 안개를 뚫고 나와 거대한 빛의 빗자루처럼 갑자기 안개를 쓸어 버렸다. 드러난 풍경은 평소의 모습 그대로였다. 돌, 나무, 협곡, 산. 세 남자는 이제 그곳에 없다. 마호우트는 말을 하려고 입을 열었다가 다시 닫는다. 코끼리가 말하는 것을 들었다고 주장하던 사람은 밀도와 실체를 잃고 움츠러들더니, 비누 거품처럼 둥글고 투명해진다. 과연 당시의 품질 나쁜 비누가 그런 거품, 누군가 놀라운 천재성으로 발명한 그 수정 같은 경이를 만들어낼 수 있었는지는 잘 모르겠지만. 이윽고 그는 갑자기 시야에서 사라진다. 폭 하더니 꺼져버린 것이다. 의성어는 아주 편리하다. 누가 사라지는 것을 우리가 자세히 묘사해야 한다고 상상해 보라. 적어도 열 페이지는 필요할 것이다. 하지만, 폭.

우연히, 아마 대기 변화의 결과 때문이겠지만, 지휘관은 자기도 모르게 처자식을 생각하고 있었다. 아내는 임신 오개월이었고, 아들과 딸은 각각 여섯 살과 네 살이었다. 이제 막 원시의 야만에서 벗어난 당시의 미개한 사람들은 평소에 사용하는 일이 없는 섬세한 감정에는 거의 주의를 기울이지 않는다. 일관되고 응집력 있는 민족 정체성을 창조하는 힘겨운 과정에서 어떤 감정들이 이미 부글부글 끓고 있었겠지만, 포르투갈은 아직 사우다지라고 알려진, 포르투갈만이 갖고 있는 갈망과 노스탤지어의 느낌, 그리고 그 모든 부산물을 습관적인 삶의 철학으로 끌어안지 않은 상태였다. 이 때문에 사회 전체에서 소통의 어려움이 적잖이 생겨났고, 개인적인 수준에서도 어느 정도 당혹감이 존재했다. 예를 들어, 기본적인 상식으로 판단하건대, 지금 지휘관에게 다가가, 저, 지금 부인과 어린 자식들에게 느끼는 것을 사우다지라고 말씀하실 수 있겠습니까, 하고 묻는 것은 권할 만한 일이 아니다. 대장은 이 이야기의 여러 지점에서 이미 확인할 기회가 있었던 것처럼 취향과 분별력이 전혀 없지는 않은 사람이지만, 타고난 겸손을 거스르지 않기 위해 늘 아주 신중한 태도를 유지하는 사람이지만, 우리의 요령 없는 태도에 깜짝 놀라 우리를 노려보며 이도 저도 아닌 어정쩡하고 공허한 대답을 할 것이다. 그러면 우리는 적어도, 이 부부의 사생활을 놓고 심각한 걱정을 하지 않을 수 없을 것이다. 물론 지휘관은 세레나데를 부른 적도 없고, 우리가 아는 한 소네트 한 편을 쓴 적도 없다. 하지만 그렇다고 해서 그가 창의력이 풍부한 동료 인간들이 창조한 아름다운 것들을 감상할 완벽한 능력을 타고나지 않았다는 뜻은 아니다. 예를 들어 그는 그런 아름다운 것 가운데 하나를 천에 잘 싸서 배낭에 넣어 올 수도 있었다. 실제로 더 전쟁다운 다른 원정에서는 그렇게 하기도 했지만, 이번에는 그냥 집에 안전하게 두고 오는 쪽을 택했다. 나라에서 그에게 주는 적은 돈, 그나마 종종 체불되는 돈은 재무부가 부대에게 어떤 사치도 허락할 생각이 없음을 분명하게 보여준다. 그래서 지휘관은 지금으로부터 십이 년 전에 그 보물을 사려고 가장 좋은 재료로 만든 데다 디자인도 섬세하고 장식도 풍부한 어깨띠를 팔아야 했다. 사실 그 어깨띠는 전장보다는 응접실에서 찰 만한 것이었지만, 어쨌든 외할아버지의 소유였던 그 훌륭한 군용장비는 보는 사람마다 눈독을 들이던 것이었다. 그 어깨띠 대신에, 용도가 그것과 똑같지는 않지만, 아마디스 데 가울라라는 제목이 달린 커다란 책이 자리를 잡게 되었다. 그 저자는 우리의 애국적이라고 할 수 있는 학자들 몇 명이 주장하는 바에 따르면, 십사 세기의 포르투갈 작가 바스쿠 데 로베이라라는 사람이라고 한다. 그의 작품은 가르시 로드리게스 데 몬탈보라는 사람의 카스티야어 번역판으로 천오백팔 년에 사라고사에서 출판되었는데, 이 번역자는 사랑과 모험의 장 몇 개를 추가했을 뿐 아니라, 원본도 다듬고 정정했다. 지휘관은 자신이 가진 책이 이런 잡종이라고, 우리 같으면 해적판이라고 부를 것이라고 생각하고 있는데, 이는 어떤 부정한 상업적 행위들은 아주 오래전부터 계속되어 왔음을 보여줄 뿐이다. 솔로몬이, 지금 말하는 솔로몬은 코끼리가 아니라 유다의 왕인데, 그가 해 아래 새로운 것은 없다고 썼을 때 그 말은 정말 옳았던 것이다. 그러나 우리로서는 그 성경 시대에 모든 것이 지금과 대체로 똑같았다고 상상하는 것은 어려운 일이다. 우리는 고집스러울 정도로 순진하게 그때가 서정적이고, 목가적이고, 전원적인 시대였다고 상상하곤 하는 것이다. 어쩌면 그때가 서구 문명을 창조하려는 첫 더듬거리는 시도가 이루어지던 시기와 그래도 아주 비슷한 편이기 때문에 그러는 것인지도 모른다.

지휘관은 아마디스를 네 번째인가 다섯 번째 읽는 중이다. 다른 기사도 소설과 마찬가지로, 유혈이 낭자한 전투는 부족함이 없다. 팔다리는 뿌리째 잘려나가고 몸은 두 조각이 난다. 이것은 그 영적인 기사들의 야수 같은 힘에 관해 많은 이야기를 해준다. 현재는 여느 일반 부엌칼에서도 볼수 있는 바나듐과 몰리브덴으로 만든 금속 합금의 절단력이 그때는 알려지지 않았을 뿐 아니라 상상도 할 수 없었다는 것을 고려할 때 그렇다는 것이다. 이것은 우리가 얼마나 멀리까지 진보해 왔는지, 그것도 올바른 방향으로 진보해왔는지 보여준다. 이 책은 가울라의 아마디스와 오리아나의 괴로운 사랑에 관해 즐거울 만큼 자세하게 이야기해 준다. 이 둘은 모두 왕의 자식이지만, 아마디스는 그럼에도 불구하고 어머니로부터 버림을 받았다. 어머니는 아마디스를 검과 함께 나무 상자에 넣어 바다에 던지라는 명령을 내렸다. 상자를 바다의 흐름과 파도의 힘에 맡겨두라는 것이었다. 가엾은 오리아나는 그녀의 의지에 반해 아버지가 로마 황제와 약혼을 시켰다. 그러나 그녀는 모든 욕망과 희망을 아마디스에게 걸고 있었다. 그녀가 일곱 살, 그는 열두 살 때부터 그녀는 아마디스를 사랑했다. 아마디스의 몸이 열다섯 살짜리처럼 보이기는 했지만. 그들이 서로 보고 사랑에 빠지는 데는 눈부신 한순간이면 족했으며, 이 순간이 평생 계속해서 그들을 눈부시게 했다. 당시는 편력하는 기사들이 신의 일을 완수하고 이 행성에서 악을 일소하겠다고 서약하던 때였다. 또 극단적이고 급진적인 성격의 사랑이어야만 사랑으로 여겨지는 때이기도 했다. 먹고 마시는 것이 몸에 자연스러운 것처럼 절대적 정절은 자연스러운 영적 재능이었다. 몸 이야기가 나와서 말인데, 아마디스의 몸이 비길 데 없는 오리아나의 완벽한 몸을 포옹할 때 어떤 상태였는지 생각해 볼 가치가 있다. 그의 몸은 틀림없이 흉터가 가득했을 것이다. 몰리브덴과 바나듐이 도와주지 않았기 때문에 갑옷은 거의 쓸모가 없었을 것이다. 이야기의 서술자는 허리에 두르는 갑옷과 쇠사슬 갑옷의 허약한 상태를 감추려 하지 않는다. 검으로 한 번만 치면 투구는 제 몫도 못하여 안의 머리가 쪼개졌다. 그런 사람들이 지금 세기까지 살아남았다는 것이 놀랍다. 나도 그러고 싶어, 지휘관이 한숨을 쉬었다. 그는 짧은 기간만이라도, 새로운 가올라의 아마디스처럼 말을 타고 피르미 섬의 해변을 따라 달리거나, 주님의 적들이 숨어 있는 숲과 산을 헤치고 나가는 일을 할 수 있다면, 부대장 자리라도 내놓을 용의가 있다. 평화의 때에 포르투갈 기병대 부대장의 생활은 한가하기 짝이 없다. 하루의 텅 빈 시간들을 유용하게 쓸 만한 일을 찾으려고 정말이지 머리를 쥐어짜야 한다. 부대장은 아마디스가 말을 타고 거친 땅을 달려가는 상상을 한다. 무자비한 돌들이 말발굽을 때려대고, 종자 간달림은 쉬어가자고 애원한다. 이 공상적인 소망 때문에 부대장의 생각은 완전히 비문학적인 쪽으로 방향을 틀었다. 그것은 군인의 규율의 가장 기본적인 규칙들과 관계가 있는 것으로, 다름 아닌 명령을 실행하는 것이었다. 앞서 우리가 묘사한 순간, 동 주앙 삼세가 솔로몬과 그를 호송하는 사람들이 거대하고 단조로운 카스티야 땅을 건널 것이라고 상상하던 순간에 지휘관이 왕의 계획에 관여할 수 있었더라면, 지휘관은 지금 여기에 있지 않을 것이다. 황소 몰이꾼이 잡석과 이판암에 덮여 처음 따라왔던 분명치 않은 길들이 사라질 때마다 원래 가려던 길에서 지나치게 벗어나지 않는 길을 찾으려고 노력할 필요도 없고, 지휘관은 이 협곡들을 오르내리거나 위험한 비탈을 피하려고 애쓸 필요도 없었을 것이라는 뜻이다. 물론 왕이 실제로 명확한 의견을 내놓은 것은 아니었고, 또 아무도 감히 왕한테 그런 사소한 문제에 관해 의견을 내달라고 요청하지도 않았다. 하지만 기병대의 총책임자인 장군은 왕의 생각을 읽고 동의를 했다, 그렇지요, 카스티야 평야를 가로지르는 길이 단연 최고이고 가장 쉽지요, 시골을 산책하는 것이나 다름없다고 할 수 있습니다. 당시에는 그렇게 보였고, 달리 이런 계획을 재고할 이유도 없는 것 같았다. 그러나 왕의 장관 페루 데 알카소바 카르네이루는 공교롭게도 왕과 장군 사이의 이런 교감을 알지 못하여 끼어들기로 결정했다. 장군님은 시골 산책이라고 부르지만, 내가 보기에는 좋은 생각이 아닌 것 같습니다, 장관이 말했다, 아주 조심하지 않으면, 심각하고, 심지어 위중한 부정적 결과를 낳을 수도 있습니다. 어, 나는 그 이유를 모르겠는데요. 카스티야를 가로지르는 동안 현지 주민에게 식량이나 물을 얻는 데 어려움을 겪으면 어떻게 할 겁니까, 그곳 사람들이 우리와 거래를 하지 않으려 하면 어쩔 겁니까, 그렇게 하는 것이 그 시점에서 그들에게 최선의 이익임에도 불구하고 말입니다. 그럴 가능성이 있지요, 장군이 말했다. 거기에는 도적이 여기보다 훨씬 많은데, 그 도적들이 코끼리가 제대로 보호받지 못하고 있다는 걸 알면 어쩔 겁니까, 사실 서른 명으로 이루어진 기병대가 대단한 건 아니지 않습니까. 아, 그 점은 나하고 생각이 다르시군요, 장관님, 장군이 끼어들었다, 예를 들어 테르모필레*에서 포르투갈 군인 서른 명이 어느 쪽으로든 가세했다면 그 전투 결과는 완전히 달라졌을 겁니다. 용서하십시오, 장군님, 물론 우리의 영광스러운 군대의 용맹을 의심할 생각은 추호도 없었습니다, 하지만, 내가 하려던 말을 계속하자면, 틀림없이 상아의 가치를 잘 알고 있을 그 도적들이 힘을 합쳐 우리를 공격하고, 코끼리를 죽여 엄니를 떼어 간다면 어쩔 거냐는 겁니다. 어떤 사람들은 코끼리 가죽은 총알도 뚫지 못한다고 주장하던데요. 그건 사실일지 모르지만, 코끼리를 죽이는 다른 방법이 틀림없이 있을 겁니다, 제가 전하께 생각해 주십사 청하는 것은, 무엇보다도, 우리가 스페인 땅에서 스페인 도적과 벌인 작은 싸움에서 막시밀리안 대공에게 드리는 선물을 잃을 경우에 우리가 감당해야 할 수치입니다. 그럼 우리가 어째야 한다고 생각합니까. 카스티야 길 말고 대안은 한 가지밖에 없습니다, 우리 영토에서 국경을 따라 카스텔루 로드리구까지 북쪽으로 가는 길입니다. 그쪽은 길이 아주 험한데, 장군이 말했다, 장관님은 그 지역을 모르시는 게 분명합니다. 모르죠, 하지만 다른 대안이 없습니다, 또 그 길에는 다른 이점도 있습니다. 뭐지요. 대부분 포르투갈 땅에서 여행을 할 수 있다는 겁니

* 기원전 480년 그리스군이 페르시아군과 싸워 전멸한 곳.

다. 중요한 점이네요, 틀림없습니다, 모든 것을 빠짐없이 생각하시는군요, 장관님.

이런 대화가 이루어지고 나서 두 주 뒤, 페루 데 알카소바 카르네이루 장관이 실제로는 모든 것을 빠짐없이 생각한 것은 아니라는 사실이 분명해졌다. 대공의 장관이 보낸 전령이 편지를 들고 도착했는데, 그 편지에는 읽는 사람의 관심을 다른 데로 돌릴 의도로 일부러 포함시킨 듯한 다른 사소한 일들 사이에서, 코끼리가 정확히 어디에서 국경을 넘을 것이냐고 묻고 있었다. 스페인 또는 오스트리아 병사들을 파견하여 코끼리를 접수하려 한다는 것이었다. 포르투갈 장관은 같은 전령을 통하여, 카스텔루 로드리구에서 국경을 넘을 것이라고 알린 뒤 즉시 반격에 나섰다. 평화가 이베리아의 이 두 나라를 지배하고 있었다는 점을 염두에 둘 때 반격이라는 표현은 심한 과장인 듯이 보이지만, 스페인 동료가 접수한다는 말을 사용한 대목에서 페루 데 알카소바 카르네이루의 육감이 고개를 들었다. 이 사람은 맞이한다거나 환영한다는 말을 사용할 수도 있었어, 하지만 안 그랬어, 이 사람은 자기 의도 이상으로 말을 한 것이거나, 흔히 말하듯이, 실수로 진실을 내뱉고 만 거야, 기병대 부대장한테 어떻게 일을 처리할지 몇 가지 지침을 내리면 어떤 오해라도 피할 수 있겠지, 페루 데 알카소바 카르네이루는 생각했

다, 저쪽 편도 똑같은 생각이라면 말이야. 이런 전략적 계획
의 결과로 나타난 현상을 다른 장소에서 며칠 뒤에, 그러니
까 바로 지금 이 순간 부관이 말하고 있는 중이다, 우리 뒤
에 기병이 둘 있습니다, 부대장님. 지휘관은 다가오는 말들
을 보았다. 긴 보폭과 빠른 속도로 판단하건대 순종이 분명
했다. 매우 서두르는 것 같았다. 부관은 부대에게 정지하라는
명령을 내리고, 혹시 몰라, 몰래 다가오는 말들을 향해 소총
몇 자루를 겨누게 했다. 말 두 마리는 다리를 떨고 입에서
거품을 뚝뚝 떨어뜨리며 그들 앞에서 멈추더니 숨을 몰아
쉬었다. 말을 탄 두 사람은 장교에게 인사를 했고, 둘 가운
데 한 사람이 말했다, 페루 데 알카소바 카르네이루 장관님
이 코끼리를 호송하는 기병대 지휘관에게 전하는 전갈을 가
져왔습니다. 내가 지휘관이오. 남자는 배낭을 열더니 넷으
로 접고 왕의 장관의 공식 인장을 찍어 봉인한 종이를 꺼내
지휘관에게 건네주었다. 지휘관은 그것을 읽으려고 몇 걸음
물러났다. 다시 다가왔을 때 그의 눈이 빛나고 있었다. 그는
부관을 한쪽으로 불러서 말했다, 부관, 병참장교를 불러 이
사람들한테 먹을 걸 좀 주고 돌아갈 때 먹을 것도 준비해 주
게. 네, 부대장님. 그리고 오늘 오후 휴식 시간은 반으로 줄
인다고 알리게. 네, 부대장님. 우리는 스페인 사람들보다 먼
저 카스텔루 로드리구에 도착해야 돼, 불가능한 일이 아니

야, 스페인 사람들은 우리와는 달리 미리 이야기를 듣지 못했을 테니까. 하지만 우리가 먼저 도착하지 못하면 어쩌죠, 부대장님, 부관이 대담하게 물었다. 우리가 먼저 도착할 거야, 하지만 어쨌든 먼저 도착한 쪽이 기다려야겠지. 간단한 것이었다. 먼저 도착한 쪽이 기다려야 한다. 하지만 페루 데 알카소바 카르네이루가 그런 말을 하려고 편지까지 썼을 것 같지는 않았다. 그 이상이 있는 것이 틀림없었다.

이리 떼는 다음 날 나타났다. 앞서 우리가 한 이야기를 듣고 마침내 등장하기로 결정한 것 같았다. 그러나 전쟁을 하러 온 것처럼 보이지는 않는다. 아마 어젯밤 늦게 사냥을 해서 배를 충분히 채웠기 때문인지도 모른다. 게다가 쉰 명 이상으로 구성된 이런 호송대라면, 거기에 다수가 무장을 한 상태라면, 어떤 존경심 같은 것이 생겨 신중해지지 않을 수 없다. 이리는 악할지는 모르나, 멍청하지는 않다. 그들은 양편의 힘을 비교 평가하는 데 전문가이며, 절대 의욕이 앞서가지 않고, 절대 자제력을 잃지 않는다. 아마 그들에게 명예심을 북돋을 깃발이나 군악대가 없기 때문인지도 모른다.

그래, 그들은 공격을 할 때는 이기려고 한다. 그러나 나중에 보게 되겠지만, 이 규칙에도 이따금씩 예외는 있다. 이 이리들은 코끼리를 본 적이 없다. 우리는 늘 이리가 인간과 유사한 사고 과정을 거친다고 가정하기 때문에, 상상력이 뛰어난 축에 드는 이리 몇 마리가 자신들이 마음대로 할 수 있는 엄청난 양의 고기가 바로 굴 밖에 있으면 얼마나 좋을까, 점심과 정찬과 저녁이 늘 차려져 있으면 얼마나 좋을까, 하는 생각을 했다고 해도 우리는 놀라지 않을 것이다. 이 정직한 이베리아 이리를 라틴어로 카니스 루푸스 시그나투스라고 부르는데, 이들은 총알도 코끼리 가죽을 뚫을 수 없다는 것을 모르고 있다. 물론 자신이 원하는 곳으로 정확히 갈 것이라고 절대 장담할 수 없는 구식 총알과 카스텔루 로드리구를 향한 여행의 다음 단계를 준비하는 사람, 말, 황소의 대오의 활기찬 모습을 언덕 꼭대기에서 굽어보는 이리 종족의 세 대표자의 이빨 사이에 엄청난 차이가 있다는 점은 염두에 두어야 할 것이다. 수백 년 동안 자신의 앞길을 가로지르는 것은 무엇이든 먹어치우며 생존해 온, 갈고 닦인 날카로운 이빨 세 무더기가 협동 작전을 폈을 때 솔로몬의 가죽이 오래 버티지 못할 가능성도 있는 것이다. 사람들은 이리 이야기를 하고 있다. 한 사람이 옆에 있는 사람들에게 말한다, 혹시 이리의 공격을 받았는데 몸을 방어할 것이 막대기

하나뿐이라면, 절대 이리가 그 막대기를 물지 못하게 하게. 왜, 다른 사람이 묻는다. 이리는 막대기를 단단히 물고, 달려들기 적당한 거리가 될 때까지 그 막대기를 타고 올라올 테니까. 악마 같은 짐승이군. 하지만 공정하게 볼 때, 이리는 인간의 타고난 적이라고 할 수는 없어, 정직하게 살아가는 이리에게 세상이 제공하는 모든 것을 그들 마음대로 사용하지 못하게 우리가 방해를 할 때만 가끔 나타나는 거니까. 저 세 마리는 특별히 적대적인 태도를 보이는 것 같지는 않은데. 이미 먹은 게 있나 봐, 게다가 우리 수가 너무 많으니 감히 공격을 못하는 거지, 예를 들어 저런 말 한 마리는 이리들한테는 아주 맛 좋은 고기일 텐데. 움직인다, 한 병사가 소리쳤다. 사실이었다. 도착한 순간부터 구름을 배경으로 실루엣만 드러낸 채 꼼짝도 하지 않고 앉아 있던 이리 떼가 이제 움직이고 있었다. 걷는다기보다는 미끄러지는 것 같았다. 이윽고 이리는 한 마리씩 사라졌다. 돌아올까, 그 병사가 물었다. 그럴 수도 있지요, 그냥 우리가 아직 여기에 있는지, 아니면 부상당한 말을 남겨두고 가지 않았는지 보려고 올지도 모릅니다, 이리를 잘 아는 남자가 말했다. 앞쪽에서 집합 나팔 소리가 울려 퍼졌다. 약 삼십 분 뒤 대오는 천천히 움직였다. 소달구지를 앞세우고, 코끼리와 짐꾼들이 그 뒤를 따르고, 그다음에 기병대가 서고, 맨 뒤에 병참장교의 수레가 따라왔다. 모두 진이 빠진 상태였다. 마호우트는 지휘관에게 솔로몬이 피곤하다고 알렸다. 리스본에서부터 온 거리 때문이라기보다는 형편없는 도로 사정 때문이었다. 그것을 도로라고 불러야 할지 모르겠지만. 지휘관은 마호우트에게 이제 하루, 기껏해야 이틀이면 카스텔루 로드리구가 보일 것이라고 말하고 나서 덧붙였다, 우리가 먼저 도착하면 코끼리는 스페인 사람들이 올 때까지 몇 시간이든 며칠이든 쉴 수 있을 거요, 사람이든 짐승이든 우리 일행 나머지도 마찬가지고. 우리가 스페인 사람들보다 늦게 도착하면 어떻게 됩니까. 그건 그들이 얼마나 급한지, 무슨 명령을 받았는지에 따라 다르오, 어쨌거나 내가 보기에는 그들도 적어도 하루는 쉬고 싶어 할 것 같지만. 우리는 부대장님 손 안에 있습니다, 내 한 가지 바람은 부대장이 원하시는 것과 우리가 원하는 것이 일치하면 좋겠다는 겁니다. 일치하고 있소, 지휘관이 말했다. 지휘관은 소몰이꾼을 격려하기 위해 박차를 가해 앞으로 달려 나갔다. 호송대의 전진 속도가 대체로 그의 소몰이 솜씨에 달려 있었기 때문이다. 이보시오, 그 소들 좀 제대로 움직이게 하시오, 지휘관이 소리쳤다, 이제 카스텔루 로드리구가 멀지 않았으니, 우리도 오래지 않아 다시 지붕 밑에서 잠을 잘 수 있을 거요. 그리고 인간답게 먹을 수도 있었으면 좋겠네요, 소몰이꾼이 아무도 듣지 못하게 낮은 목소리로 중얼거렸다. 어쨌든 지휘관의 명령은 효과적으로 전달되었다. 몰이꾼이 막대를 이용하여 소들을 다그치고, 모든 소몰이꾼이 공통적으로 사용하는 독특한 말로 소들을 격려하자, 즉시 효과가 나타났다. 이 추진력은 다음 십 분이나 십오 분 정도, 다시 말해서 소몰이꾼이 불길을 꺼뜨리지 않는 동안은 유지되었다. 살았다기보다는 죽은 상태에 가깝고, 배가 고팠지만 너무 지쳐 먹을 수도 없었던 호송대는 해가 이미 져서 밤이 깔렸을 때에야 텐트를 쳤다. 다행히도 이리 떼는 돌아오지 않았다. 만일 돌아왔다면 야영지 둘레를 반도 어슬렁거리지 않아 가장 맛있어 보이는 말을 고를 수 있었을 것이다. 물론 그런 거창한 도둑질은 의미가 없었을 수도 있다. 말은 너무 커서 그냥 끌고 갈 수가 없었을 것이기 때문이다. 그러나 만일 이리 떼가 성공을 했다면, 우리는 이리들이 야영지에 침투했다는 것을 깨달았을 때 이 여행자들이 느꼈을 공포를 표현할 강력한 말을 찾기 어려웠을 것이다. 모두 각자도생할 길을 찾으려 했을지도 모른다. 우리가 그런 시련을 면제받은 것을 하늘에 감사하자. 성의 당당한 탑들이 막 눈에 보이게 된 것도 하늘에 감사하자. 그것을 보니, 전에 다른 누가 그랬듯이, 오늘 네가 나와 함께 낙원에 있으리라, 하고 말하고 싶은 느낌이 든다. 아니면 지휘관의 더 세속적인 표현을 빌려, 우리는 오늘 밤에 다시 지붕 밑에서 잘 것이다, 하고 말하고 싶다. 하긴, 낙원마다 다 다르기는 할 것이다. 어떤 낙원에는 후리*가 있고, 어떤 낙원에는 없을 테니까. 우리가 어떤 낙원에 와 있는지 확인하려면, 문 너머에 무엇이 있는지 보기만 하면 된다. 하지만 차가운 북풍으로부터 몸을 보호할 벽, 비와 습한 밤공기를 막아줄 지붕이 있으면, 다른 것이 없어도 세상의 가장 큰 안락을 누릴 수 있다. 낙원의 기쁨마저 누릴 수 있다.

적절한 관심을 기울이며 이 이야기를 따라온 사람이라면 솔로몬이 마을 사제를 걷어찬 재미있는 에피소드 뒤에는 호송대가 지역 주민과 만난 일을 다시 언급하지 않은 것을 이상하게 여길지도 모르겠다. 마치 유럽의 문명국이 아니라 사막을 가로지르고 있는 것 같다. 하지만 초등학생들도 알듯이, 이 나라는 세상에 신세계를 준 나라 아닌가. 물론 몇 번 만난 적은 있다. 그러나 말 그대로 그냥 지나갔을 뿐이다. 사람들은 누가 오나 보려고 집에서 나왔다가 코끼리와 맞닥뜨렸다. 어떤 사람들은 놀라고 두려워 성호를 그었고, 어떤 사람들은 똑같이 두려웠지만 외려 웃음을 터뜨렸다. 아마 코끼리의 코를 보았기 때문일 것이다. 그러나 이것은 카스텔루 로드리구 사람들의 열광적인 태도와는 비교가 안

* 이슬람교도의 낙원에 있는 미녀.

된다. 숫자로 보아도 이곳의 소년들의 무리, 이따금씩 한가한 어른들까지 섞여 있는 무리와는 비교가 되지 않는다. 물론 어떻게 도착했는지야 아무도 몰랐지만. 그러니까 코끼리가 아니라, 코끼리가 온다는 소식이 말이다. 코끼리는 조금 더 있어야 무거운 몸을 들썩이며 시야에 나타날 것이다. 흥분하고 신경이 곤두선 지휘관은 부관에게 사람을 보내 큰 아이에게 스페인 병사들이 도착했는지 물어보게 했다. 질문에 질문으로 대응을 하는 것을 보니, 질문을 받은 소년은 갈리시아인이 틀림없다, 그 사람들이 왜 여기 오는데요, 전쟁이 벌어지는 건가요. 질문에 대답이나 해라, 스페인 사람들이 왔어, 안 왔어. 안 왔는데요. 이 정보가 지휘관에게 전해지자, 그의 얼굴에 행복이 넘치는 미소가 번졌다. 의문의 여지가 없었다. 운명은 포르투갈 부대의 편을 들겠다고 결정한 것 같았다.

호송대 전체가 도시에 들어오는 데는 거의 한 시간이 걸렸다. 사람 짐승 할 것 없이 워낙 지쳐 서 있기도 힘이 들었다. 카스텔루 로드리구 주민이 그들을 맞이하며 보내는 환호에 팔을 올리거나 귀를 꿈틀거려 아는 체를 할 힘도 없었다. 시장이 보낸 사람이 그들을 성의 연병장으로 데려갔다. 그런 호송대를 열은 수용할 수 있는 크기였다. 성주의 가족 세 명이 거기서 기다리고 있다가, 지휘관과 함께 사람들이 묵을 만한 곳을 살피러 갔다. 스페인 사람들이 성 밖에서 야영하지 않겠다고 할 경우 그들이 묵을 곳을 살피는 일도 잊지 않았다. 나중에 지휘관이 인사를 하러 가자 시장이 말했다, 그 사람들은 성벽 밖에서 야영을 할 거요, 그래야 다른 건 몰라도 서로 부딪칠 가능성을 줄일 수 있으니까. 왜 부딪칠지 모른다고 생각하시는 겁니까, 지휘관이 물었다. 스페인 사람들은 장담할 수 없거든, 황제를 둔 뒤로는 아주 건방져졌어, 하지만 만일 스페인 사람들이 아니라 오스트리아 사람들이 나타나면 훨씬 심각할 거요. 나쁜 사람들인가요, 지휘관이 물었다. 자기들이 그 누구보다 잘났다고 생각하지. 그거야 아주 흔한 죄 아닙니까, 예를 들어 저 자신도 제 부하들보다 낫다고 생각하고, 제 부하들은 우리와 함께와 힘든 일을 하는 일꾼들보다 자기들이 낫다고 생각하는데요. 그럼 코끼리는, 시장이 물으며 웃음을 지었다. 코끼리는 의견이 없지요, 이 세상에 속하지 않았으니까, 지휘관이 대답했다. 그렇지, 창으로 코끼리가 도착하는 걸 봤소, 정말 멋진 짐승이더군, 가까이서 봐도 되겠소. 얼마든지요. 하지만 코끼리를 어째야 할지는 모르겠소, 먹이를 주는 것 말고는. 어, 미리 말씀드리는데, 시장님, 코끼리는 엄청나게 먹습니다. 그렇다고 들었소, 그래서 코끼리를 소유하고 싶은 야심은 전혀 없소, 나는 그저 일개 시장일 뿐이니까. 그러니까

왕도 대공도 아니시란 말씀이지요. 바로 그렇소, 왕도 대공도 아니지, 나한테는 내 개인 소유라고 부를 수 있는 것밖에 없소. 지휘관은 자리에서 일어섰다. 더 시간을 빼앗지 않겠습니다, 시장님, 친절한 환영에 감사드립니다. 나야 부대장을 환영하는 것이 곧 왕을 섬기는 일이니까, 하지만 카스텔루 로드리구에 머무는 동안 내 집에 손님으로 와 있으라는 초대를 부대장이 받아들인다면, 그건 다른 문제가 되겠지. 제가 상상할 수도 없는 명예를 베풀어주시니 초대에 감사를 드릴 수밖에 없습니다만, 저는 부하들하고 함께 있어야 합니다. 그래, 이해하오, 사실 나로서는 이해할 수밖에 없지, 하지만 빠른 시일 안에 적어도 저녁이라도 함께했으면 좋겠소. 저야 기쁠 따름이지요, 하지만 그것은 제가 얼마나 기다려야 하느냐에 달려 있습니다, 예를 들어 스페인 사람들이 내일이라도, 아니 오늘이라도 나타나면 어쩌겠습니까. 성 밖의 내 정찰병들이 미리 알려줄 거요. 어떤 방법으로요. 전서구(傳書鳩)로. 지휘관은 회의적인 표정으로 시장을 보았다. 전서구라고요, 그가 물었다, 저도 들어는 봤습니다만, 솔직히 비둘기가 사람들이 말하는 대로 몇 시간씩 날아서 엄청난 거리를 이동한 뒤 자신이 태어난 비둘기 집으로 어김없이 돌아온다는 게 믿어지지 않습니다. 부대장 눈으로 직접 보게 될 기회가 있을 거요, 부대장이 허락한다면, 전서구가 도착했을 때 부르러 보내리다, 와서 새의 다리에 묶인 편지를 떼어서 읽는 걸 직접 보시구려. 그게 사실이면 오래지 않아 비둘기 없이도 편지들이 공중을 날아다니겠군요. 그건 좀 더 어려울 것 같소만, 내 생각으로는 말이오, 시장이 말하며 웃음을 지었다, 하지만 이 세계가 존재하는 한, 뭐가 불가능하겠소. 이 세계가 존재하는 한. 그게 유일한 길이오, 부대장, 세계가 핵심이오. 아, 시간을 더 빼앗으면 안 되겠군요. 이야기를 나눌 수 있어 정말 즐거웠소. 저도 마찬가지입니다, 시장님, 오랜 여행 뒤라 시원한 물 한 잔을 마신 느낌입니다. 이런, 물 한 잔 권하지 못했구려. 다음에 마시지요. 내 초대 잊지 마시오. 지휘관은 돌계단을 내려가다 시장의 말을 듣고 말했다, 꼭 오겠습니다, 시장님.

지휘관은 성에 들어가자마자 부관을 불러, 짐꾼 서른 명의 임박한 운명에 관한 명령을 내렸다. 이제 그들은 필요하지 않기 때문에 다음 날은 쉬고, 그다음 날 리스본에 돌아가게 하라는 것이었다. 병참 담당한테 먹을 것을 적절하게 준비하라고 하게, 서른 명이면 입이 서른, 혀가 서른이고, 이는 엄청나게 많아, 따라서 리스본까지 가는 동안 내내 충분히 먹을 만큼 줄 수는 없겠지만, 가면서 알아서 해결을 하겠지, 일을 하든가. 아니면 훔쳐서라도요, 지휘관이 말을 끊자 부관이 채워 넣었다. 그냥 그들이 잘 견디어낼 수 있을 거라고만 해두지, 지휘관은 더 나은 말이 없었기 때문에 보편적인 만병통치약을 구성하는 구절 가운데 하나에 의존했다. 그런 구절의 완벽한 예는 개인적이고 사회적인 위선을 보여주는 가장 뻔뻔스러운 표현, 즉 가난한 사람에게 적선을 거부해 놓고 인내심을 가지라고 다그치는 것이다. 십장 역할을 맡게 된 사람들은 품삯을 언제 받을 수 있는지 알고 싶어 했으나, 지휘관은 자기도 모른다고, 궁에 가서 장관이나 장관 대리인과 이야기를 하고 싶다는 요청을 넣어보라고 말을 전했다. 하지만 내가 충고하는데, 부관은 그 충고를 말 그대로 전했다, 집단으로 몰려가지는 마라, 그러면 완전히 잘못된 인상을 주게 될 테니까, 누더기를 걸친 남자 서른 명이 당장 공격이라도 할 것처럼 궁 밖에 서 있는 광경을 상상해 보라, 내 생각으로는 십장들만 가는 게 좋을 거다, 그 사람들도 가능한 한 깨끗하고 깔끔하게 보이려고 최선을 다해야 한다. 나중에 이 사람들 가운데 하나가 우연히 지휘관을 만나 이야기를 나누게 해달라고 하더니, 바야돌리드까지 계속 갈 수 없다는 것이 얼마나 아쉬운지 모르겠다고 말했다. 지휘관은 무슨 말을 해야 할지 알 수가 없었다. 두 사람은 잠시 서로 말없이 마주 보다가, 각자 제 갈 길을 갔다.

지휘관은 병사들에게 상황을 빠르게 요약해 주었다, 우리는 스페인 사람들이 올 때까지 기다려야 한다, 그때가 언제일지는 아직 모르지만, 아직까지는 아무런 소식이 없다. 그러나 마지막 순간에 전서구 이야기는 하지 않기로 했다. 규율이 흐트러질 위험이 있다는 것을 알았기 때문이다. 지휘관은 부하들 가운데 비둘기 애호가가 두 명 있다는 것을 모르고 있었다. 당시에는, 혹시 입문자들 사이에서라면 몰라도, 아직 비둘기 애호가란 용어가 존재하지 않았을 것이다. 하지만 이 용어는 모든 새로운 단어가 그렇듯이 멍한 태도로 문을 두드리고 돌아다니면서 안에 들여보내달라고 요청을 하고 있었을 것이 틀림없다. 병사들은 쉬어 자세였다. 그들은 임의로 그런 자세를 취하고 있었으며, 우아한 자세를 취하려는 시도는 하지 않았다. 그러나 병사가 형식적으로 쉬어 자세를 취하는 것이 근위대가 차려 자세를 취하는 것만큼이나 많은 노력이 필요할 때가 올 것이다. 적이 도로 건너편에서 기다리며 엎드려 있을 테니까. 바닥에는 건초 꾸러미가 흩어져 있었다. 고집 세고 단단한 판석에 병사들의 어깨가 직접 닿지 않도록 완충 역할을 할 만큼 두툼했다. 소총은 한쪽 벽을 따라 걸려 있었다. 이 아이들이 저걸 쓸 일이 없기를 바라야지, 지휘관은 생각했다. 솔로몬을 넘겨주는 것이 이쪽이나 저쪽의 요령 부족 때문에 개전의 이유가 될지도 모른다고 걱정하고 있었기 때문이다. 그는 페루 데 알카소바 카르네이루 장관의 말을 분명히 기억하고 있었다. 물론 편지에 적힌 말만이 아니라, 행간에서 읽을 수 있는, 적히지 않은 말까지 기억했다. 만일 스페인 사람들이나 오스트리아 사람들, 또는 양쪽이 불쾌하거나 도발적인 행동을 하면 그에 따라 행동하라는 것이었다. 지휘관은 그들을 향해 행군해 오는 병사들이 스페인 사람이건 오스트리아 사람이건 도발적인, 또는 불쾌한 행동을 할 만한 이유를 상상할 수 없었다. 기병대 부대장에게는 국무장관의 지능도 정치적 기지도 없었다. 따라서 행동의 순간이 온다면 그런 순간이 올 때까지, 자기보다 많이 아는 사람의 안내를 받는 것이 지혜로운 일이었다. 지휘관이 이런 생각을 하고 있는데, 부관이 사려 깊게 건초 꾸러미 몇 개를 아껴두었다가 꾸며준 임시 침소로 수브흐로가 들어왔다. 지휘관은 수브흐로를 보자 어색함을 느꼈다. 카스텔루 로드리구에 도착했으니 이제 임무는 끝이 났다는 듯이 솔로몬의 건강 상태를 묻지도 않고, 심지어 보러 가지도 않았다는 사실을 불편하게 의식하고 있었기 때문이다. 솔로몬은 어떻소, 지휘관이 물었다. 자고 있는 걸 보고 이리로 왔습니다, 마호우트가 대답했다. 대단한 짐승이로군, 지휘관이 짐짓 열띤 표정으로 소리쳤다. 그냥 이끄는 대로 따라온 거죠, 지금 그가 갖고 있는 힘과 저항력은 원래 타고난 것이지, 솔로몬만의 장점은 아닙니다. 가엾은 솔로몬한테 아주 심하게 구는군그래. 내

조수 하나가 방금 해준 이야기 때문인 것 같습니다. 무슨 얘긴데, 지휘관이 물었다. 어떤 암소 얘깁니다. 암소도 얘기가 있소, 지휘관이 웃음을 지으며 물었다. 이 암소는 그렇더군요, 이 암소는 갈리시아의 산속에서 열두 낮 열두 밤을 보냈습니다, 추위, 비, 얼음, 진흙 속에서요, 칼처럼 예리한 돌과 못처럼 뾰족한 덤불 사이에서요, 싸우고 공격을 막는 중에 잠깐씩밖에 못 쉬면서요, 울부짖는 소리와 음매 하는 소리들 사이에서요, 이건 송아지와 함께 들판에서 길을 잃었다가 열두 낮 열두 밤 동안 이리 떼에 둘러싸여 있던 암소 얘깁니다, 이 암소는 그 기나긴 전투에서 자신과 어린 송아지를 방어할 수밖에 없었죠, 죽음 직전에 다가간 삶의 괴로움을 견디면서 말입니다, 갑자기 공격하곤 하는 이빨과 떡 벌린 아가리에 둘러싸인 채, 뿔로 받을 때마다 적을 정확히 맞추어야 한다는 것을 잘 알고 있었죠, 그렇게 자신의 목숨과 자기를 방어할 힘도 없는 어린것의 목숨을 지키기 위해서 싸웠던 겁니다, 송아지가 어미의 젖꼭지를 찾아 천천히 빠는 그 순간 이리 떼가 낮게 엎드려 귀를 바짝 세우고 다가오면 어떻게 하나 걱정하면서. 수브흐로는 깊은 숨을 들이쉬더니 말을 이어갔다, 열두 날이 지났을 때 사람들은 이 암소와 송아지를 찾아내 구해주었지요, 그래서 의기양양하게 마을로 데려왔습니다, 하지만 이야기는 거기서 끝나는 게 아닙니다, 마을에 와서 이틀이 지났는데 죽임을 당한 겁니다, 열이틀 동안 내내 암소를 괴롭혔던 이리 떼가 아니라 암소를 구해준 사람들한테 도살을 당한 거예요, 어쩌면 진짜 주인이 죽인 건지도 모르죠, 이 암소가 거칠어지고 자기를 방어하게 된 걸 알고요, 아무도 이 암소를 길들이기는커녕 가까이 다가가지도 못했거든요, 사람들은 전에는 유순하고 말도 잘 듣던 짐승이 싸우는 방법을 알게 되고, 한번 싸우면 절대 멈추지 않게 된 것을 이해할 수 없었던 겁니다.

사람들은 예의를 지켜 입을 다물고 있었다. 잠시 정적이 돌로 둘러싸인 커다란 방을 지배했다. 그곳에 있는 병사들은 전쟁 경험이 많지 않았다. 가장 어린 병사는 전장의 화약 냄새를 맡아본 적도 없었다. 그래서 이 병사들은 이성이 없는 짐승이 보여준 용기에 놀랐다. 상상해 보라. 이 암소에게 가족에 대한 사랑, 개인적 희생이라는 재능, 극한까지 밀어붙이는 극기 같은 인간적 정서와 능력이 있다는 것이 드러난 것 아닌가. 처음 입을 연 사람은 이리를 잘 알고 있는 듯한 병사였다, 아주 멋진 이야기로군요, 그는 수브흐로에게 말했다, 그 암소는 용기와 무공을 기념하는 훈장을 받을 자격이 있네요, 하지만 방금 그 이야기에는 분명치 않고 진실처럼 들리지 않는 점이 몇 가지 있네요. 예를 들어, 마호우트가 싸울 자세를 취하는 사람 같은 말투로 물었다. 예를 들어, 그 이야기를 누구한테 들은 겁니까. 갈리시아 사람이오. 그 사람은 그 이야기를 어디서 들었답니까. 다른 사람에게서 들었겠지. 아니면 읽었거나요. 내가 아는 바로는 그 사람은 글을 모르오. 좋습니다, 아마 그 사람은 그 이야기를 듣고 외웠겠지요. 그랬겠지, 하지만 나는 그 이야기를 최대한 그대로 다시 전하는 데에만 관심이 있었을 뿐이오. 기억력이 뛰어나군요, 그리고 그 이야기를 하는 데 사용하는 언어도 보통 수준이 아닙니다. 고맙소, 수브흐로가 말했다, 하지만 어서 그 이야기 가운데 어디가 분명치 않고 진실처럼 들리지 않는지나 말해 보시오. 첫째, 우리가 듣고 이해한 바로는, 아니, 그 이야기가 분명히 밝힌 바로는, 암소와 이리 떼 사이의 전투가 열두 낮과 열두 밤 동안 계속되었습니다, 그 말은 이리 떼가 첫날 밤에 암소를 공격했다가 열두째 날 밤에야 물러났다는 뜻이지요, 아마도 피해를 입고 물러났겠지요. 거기 없었으니 어떻게 됐는지 보지는 못했소. 그렇겠지요, 하지만 이리를 아는 사람이라면 이리가 무리를 지어 살기는 하지만 사냥은 혼자 한다는 걸 압니다. 무슨 얘기를 하려는 거요, 수브흐로가 물었다. 내 말은 이리 서너 마리가 협동 공격을 펼쳤다면 암소는 열이틀은커녕 한 시간도 버티지 못했을 거라는 겁니다. 그러니까 이리와 싸운 암소 얘기는 다 거짓말이라는 거요. 아닙니다, 과장된 부분만 거짓이죠, 온전한 진실인 체하지만 사실은 언어상의 꾸밈과 반쪽짜리 진실뿐인 것들 말입니다. 그럼 진상이 뭐라는 거요, 수브호로가 물었다. 어, 내 생각에 암소는 정말로 길을 잃었고, 이리 한 마리의 공격을 받았고, 이리와 싸워 이리를 쫓아냈던 것 같습니다, 이리는 아마 심한 부상을 입었겠죠, 그런 뒤에 암소는 계속 그 자리에서 풀을 뜯고 송아지에게 젖을 빨리다가 사람들 눈에 띄었을 겁니다. 다른 이리가 또 올 수는 없었을까. 있지요, 하지만 가능성은 낮습니다, 어쨌든 이리 한 마리를 물리친 것만으로도 용기와 무공을 기념하는 훈장을 받을 만한 자격은 충분하고도 남습니다. 청중은 박수를 치며, 모든 점을 고려할 때 그 갈리시아의 암소는 훈장을 받을 자격만이 아니라 진실을 얻을 자격도 있다고 생각했다.

다음 날 아침 일찍 모여 총회를 연 짐꾼들은 올 때보다 쉽기도 하고 위험하지도 않은 길을 따라 리스본으로 돌아가기로 만장일치로 결정을 보았다. 발밑의 흙도 부드럽고, 이리의 노란 눈빛이나 그 짐승이 서서히 피해자의 정신을 사로잡는 그 구불구불하고 우회적인 방식을 두려워할 필요도 없는 길을 따라가기로 한 것이다. 그렇다고 해안 지역에서는 이리가 전혀 보이지 않는다는 이야기는 아니다. 오히려 종종 무리를 지어 다니며 양 떼를 공격하기도 한다. 그러나 보기만 해도 가슴이 떨리는 뾰족한 바위가 삐죽삐죽 솟은 험한 곳을 걷는 것과 어부들이 자주 찾는 해변의 시원한 모래를 밟는 것은 엄청난 차이가 있다. 그 착한 사람들은 보트를 끌어당길 때 조금 도와주는 시늉만 해도 그 대가로 정어리 대여섯 마리를 주곤 한다. 짐꾼들은 이미 양식을 챙기고, 수브흐로와 코끼리가 와서 작별 인사를 하기를 기다리고 있다. 작별 인사를 하자는 것은 아마 마호우트의 생각이었겠지만, 아무도 이 주제에 관해 써놓은 것이 없기 때문에, 어쩌다 이런 행사가 벌어졌는지는 아무도 모른다. 이제 코끼리가 사람을 어떻게 포옹하는지 볼 수 있지만, 그에 해당되는 동작은 도무지 상상을 할 수가 없다. 악수를 나누는 것은 불가능할 것이다. 인간의 변변찮은 다섯 손가락으로는 나무줄기만 한 거대한 발을 절대 잡을 수가 없다. 수브흐로는 일꾼들에게 앞에 다섯 명, 뒤에 다섯 명씩 두 줄로 서되, 앞뒤 사람 사이에는 한 엘 정도 거리를 두라고 명령을 내려놓았다. 코끼리가 마치 부대를 사열하듯이 그들을 지나 걸어가기만 할 것임을 암시하는 이야기였다. 그런 뒤에 수브흐로는 다시 입을 열어 솔로몬이 각 사람 앞에 발을 멈출 것이며, 사람들은 그때 오른손 손바닥을 위로 올려 앞으로 내밀고 솔로몬이 작별 인사를 하기를 기다리라고 말했다. 두려워하지 마시오, 솔로몬은 슬픈 거지 화가 난 게 아니니까, 솔로몬은 여러분한테 익숙해졌고, 이제야 여러분이 떠난다는 걸 알게 되었소. 어떻게 알았습니까. 그건 물어볼 가치도

없는 질문이오, 여러분이 솔로몬한테 직접 물어본다면 솔로
몬은 아마 대답하지 않을 거요. 알지 못해서입니까, 아니면
대답하고 싶지 않아서입니까. 솔로몬의 마음에서 원치 않는
것과 알지 못하는 것은 그가 사는 세계에 관한 훨씬 큰 문
제의 한 부분을 이루고 있소, 그건 아마 코끼리나 사람 할
것 없이 우리 모두가 물어야 하는 질문일 거요. 수브흐로는
곧바로 자신이 뭔가 멍청한 소리를 했다는 것을 깨달았다.
진부한 말들의 명단에서 명예로운 자리를 차지할 만한 말이
었다. 다행히도, 그는 코끼리를 데리러 가면서 중얼거렸다,
아무도 이해하지 못했어, 그게 무지의 좋은 점이지, 우리를
엉터리 지식으로부터 보호해 주잖아. 일꾼들은 안달이 났
다. 어서 떠나고 싶었다. 그들은 안전을 위하여 도루 강의 왼
쪽 강변을 따라 오포르투까지 가기로 했다. 오포르투는 사
람들을 따뜻하게 환영하는 곳으로 유명했으며, 일꾼 몇 명
은 아예 그곳에 눌러앉아 가정을 이룰까 하는 생각을 하고
있었다. 물론 그 전에 임금 문제가 해결되어야 하는데, 그러
려면 리스본으로 가야만 했다. 그래서 솔로몬이 사 톤에 달
하는 살과 뼈, 삼 미터에 달하는 키를 끌고 쿵쿵거리며 나타
났을 때는 모두 각자 자기 생각에 깊이 몰두해 있었다. 일꾼
들 가운데 소심한 편에 속하는 몇 사람은 이 작별 열병식에
서 뭔가 일이 잘못될 수도 있다는 생각에 갑자기 뱃속이 팽

팽해지는 느낌을 받았다. 이것은 아무런 참고 문헌이 없는 주제, 즉 서로 다른 동물 종이 작별 인사를 나누는 주제이기 때문이다. 수브호로는 솔로몬의 넓은 어깨 위에 앉은 모습으로, 이제 곧 무위의 즐거움을 누리던 시절을 끝내야 할 조수들과 함께 나타났다. 그 모습에 도열해서 기다리던 일꾼들은 더 불안해졌다. 모든 사람의 마음속에 있는 의문은 똑같았다. 저렇게 높이 앉아서 어떻게 우리한테 작별 인사를 하겠다는 건가. 마치 강한 바람을 맞은 듯 줄은 계속 흔들렸지만, 일꾼들은 그 자리에 단단히 발을 딛고 서 있었기 때문에 흩어지지는 않았다. 흩어져봐야 소용도 없었다. 그러다 코끼리한테 밟히기 십상이었기 때문이다. 수브호로는 첫 줄 맨 오른쪽에 있는 일꾼 앞에서 코끼리를 세우더니 또렷한 목소리로 말했다, 손을 내미시오, 손바닥은 위로. 일꾼은 시키는 대로 했다. 이제 그의 손이 앞으로 나와 있었다. 흔들리지는 않는 것 같았다. 코끼리는 코끝을 손바닥 위에 얹었다. 일꾼은 본능적으로 반응하여, 마치 사람 손이기라도 한 것처럼 내민 코를 꽉 잡으면서 동시에 목구멍에서 생기는 덩어리를 억누르려 했다. 그냥 놓아두면 그 덩어리는 결국 눈물이 될 것 같았다. 일꾼은 머리에서부터 발끝까지 몸을 떨었고, 수브호로는 저 높은 곳에서 다정한 눈길로 굽어보았다. 다음 사람도 대체로 비슷했다. 그러나 서로 거부하는 경우도 있었다. 일꾼이 손을 내밀지 않고 코끼리도 코를 거두어들이는 경우였다. 서로 간의 이런 강력하고 본능적인 반감은 아무도 설명할 수 없었다. 여행 동안 둘 사이에 그런 적대감의 전조가 될 만한 일이 벌어진 적이 없기 때문이다. 한편 강렬한 감정이 터져 나오는 순간도 있었다. 몇 년 동안 헤어졌던 사랑하는 사람과 다시 만난 듯 진심으로 흐느끼는 일꾼이 그런 경우였다. 코끼리는 그를 특별히 관대하게 받아주었다. 그 일꾼의 머리와 어깨를 코로 쓰다듬어주고, 마치 인간처럼 포옹을 했다. 모든 동작에 부드러움과 따뜻함이 깃들어 있었다. 인간 역사상 처음으로 짐승이 인간 몇 명에게, 마치 우정과 존경심을 느끼는 것처럼, 문자 그대로 작별 인사를 하고 있었던 것이다. 그런 우정과 존경심은 우리의 행동 규범에 나오는 도덕적 가르침으로는 확인되지 않지만, 코끼리 종족의 기본법에는 황금 문자로 새겨져 있을지도 모른다. 이 두 문건을 비교해서 읽으면 틀림없이 많은 것을 배우게 될 것이며, 무척 안타까운 일이었지만 진실을 위해 위에 묘사할 수밖에 없었던, 조금 전 서로의 부정적인 반응을 이해하는 데도 도움을 얻을 수 있을지 모른다. 아니면, 코끼리와 사람은 서로를 절대 진정으로 이해하지 못할지도 모른다. 솔로몬은 방금 아주 크게 나팔을 불었기 때문에, 피게이라 데 카스텔루 로드리구 주위 일 리그 안에서는 모두 그 소리를 들었을 것이다. 아, 이 리그는 현대의 리그가 아니라 옛날의 리그, 짧은 리그다. 코끼리를 거의 알지 못하는 우리 같은 사람들이 솔로몬의 허파에서 분출되는 이 귀에 거슬리는 외침 뒤에 놓인 의도와 동기를 판독하는 것은 쉽지 않다. 수브흐로에게 전문가로서 이 문제를 어떻게 생각하느냐고 묻는다면, 그는 틀림없이 분명한 대답을 하지 않고, 대신 더 질문이 나오지 않도록 문을 닫아버리는 모호한 답만 할 것이다. 사람들이 서로 다른 언어를 사용할 때 불가피하게 생기는 이런 불확실한 점들에도 불구하고, 코끼리 솔로몬이 이 작별 의식을 즐기고 있다고 말해도 무리는 없을 것이라는 느낌이 든다. 짐꾼들은 이미 출발했다. 군인들과 함께 살다 보면 스스로 깨닫지도 못하는 사이에 어떤 규율 잡힌 습관들이 몸에 배게 마련이다. 예를 들어 대오를 형성하는 방법을 배우다 보면 나올 수 있는 습관 같은 것. 무리를 지어 이동을 하는 경우에는 이열 종대로 서느냐 삼열 종대로 서느냐를 선택하게 되는 것이다. 서른 명을 조직할 때는 이런 선택이 차이를 가져오기 때문이다. 첫 번째 방법을 선택하면 열다섯 줄로 이루어진 종대가 나올 것이다. 개인적이든 집단적이든 아주 작은 혼란만 생겨도 쉽게 깨질 수 있는, 터무니없을 정도로 긴 줄이다. 반면 두 번째 방법은 열 줄로 이루어진 견고한 블록을 형성하여, 여기에 방패만 보태면 로마의 거북 대형과 흡사해질 것이다. 그 차이는 무엇보다도 심리적인 것이다. 이 사람들은 앞으로 긴 행군을 해야 한다는 것을 잊지 마라. 따라서 지극히 당연한 일이지만, 그들은 가면서 시간을 보내기 위해 서로 이야기를 나눌 것이다. 자, 만일 두 사람이 한 번에 두세 시간씩 함께 걸어야 한다면, 그들이 소통을 하고자 하는 아주 강렬한 욕망을 느낀다 해도, 조만간 필연적으로 어색한 침묵에 빠지고, 결국에는 서로 혐오감을 느낄 수도 있다. 어떤 사람은 동료를 가파른 강둑 아래로 내던지고 싶은 유혹에 저항하지 못할지도 모른다. 흔히 셋이 신의 수이자 평화와 일치의 수라고 하는데, 그 말은 정말 옳다. 셋이 있으면, 셋 가운데 하나가 몇 분 동안 입을 다물고 있어도 그 침묵이 두드러지지 않는다. 물론 함께 걷는 셋 가운데 하나가 어떻게 하면 이웃을 없애버리고 그의 몫의 양식을 챙겨서 도망칠 수 있을까 궁리를 한다면 문제가 생길 수도 있다. 세 번째 사람에게 이 괘씸한 계획에 협력해 달라고 권유했다가, 불만스러운 대답을 듣게 될 수도 있다, 안됐지만, 그렇게는 못하겠네, 이미 자네를 죽이기로 저 친구와 약속을 했거든.

말발굽이 빠르게 움직이는 소리가 들렸다. 지휘관이 짐꾼들에게 작별 인사를 하고 안전한 여행이 되기를 빌어주러 온 것이었다. 이것은 아무리 훌륭한 사람으로 소문이 났다

해도 장교에게서는 기대할 수 없는 예의였다. 또 브라가의 성당만큼이나 오래된 가르침, 모든 것에는 제자리가 있고 모든 것은 그 자리에 있어야 한다는 가르침을 고집스럽게 고수하는 그의 상관들은 좋게 보지 않을 예의였다. 가사를 능률적으로 돌보는 기본 원리로서는 이보다 가상한 것이 없겠으나, 사람들을 서랍 속에 단정하게 정돈해 넣으려 한다면 나쁜 원리가 된다. 물론 이 가운데 몇 사람의 머릿속에서 부화하고 있는 살인 음모가 현실로 나타난다면 이 짐꾼들은 그런 예의 바른 대접을 받을 자격이 없는 것이 분명하다. 따라서 그들은 그들의 운명에 맡겨두고, 늙은 다리가 허용하는 가장 빠른 속도로 우리를 향해 서둘러 다가오는 다른 사람에게로 눈길을 돌리도록 하자. 마침내 말이 들리는 거리에 이르렀을 때 그가 숨 가쁘게 쏟아놓은 말은 이런 것이다, 시장님이 비둘기가 도착했다는 말을 전하라고 하셨습니다. 시장의 집은 거기에서 멀지 않지만, 부대장은 점심때까지 바야돌리드에 도착하기를 바라는 사람처럼 힘껏 말을 달렸다. 오 분이 안 되어 부대장은 저택 문간에서 말을 내렸다. 그는 층계를 달려 올라가다가 처음 만나는 하인을 붙들고 시장에게 데려다 달라고 말했다. 그러나 그럴 필요가 없었다. 시장이 이미 그를 맞으러 황급히 달려오고 있었기 때문이다. 그의 얼굴에는 오직 자신이 돌보는 새의 성취를 자랑하는 비둘기 애호가들의 얼굴에만 나타날 것 같은 만족스러운 표정이 나타나 있었다. 왔소, 왔습니다, 어서 갑시다, 시장이 열띤 목소리로 소리쳤다. 그들은 지붕이 덮인 넓은 발코니로 나갔다. 고리버들로 만든 거대한 새장이 벽면 대부분을 차지하고 있었다. 우리 영웅이 여기 있군, 시장이 말했다. 비둘기의 한쪽 다리에는 편지가 아직 묶여 있었다. 주인이 얼른 말했다, 보통의 경우라면 새가 도착하자마자 편지를 풀지요, 그래야 비둘기가 괜히 서둘러 왔다고 생각하지 않을 테니까, 하지만 이번에는 부대장이 직접 볼 수 있도록 기다리고 싶었소. 정말 감사합니다, 시장님, 오늘은 저한테도 아주 중요한 날입니다, 아시겠지만. 아, 당연히 그렇겠지요, 부대장, 인생에는 미늘창과 소총 말고도 다른 것들이 있다오. 시장은 새장 문을 열고 손을 집어넣어 비둘기를 잡았다. 비둘기는 저항을 하지도 않았고 달아나려 하지도 않았다. 오히려 왜 지금까지 자기를 무시하고 있었는지 궁금해하는 것 같았다. 시장은 빠르고 능란한 동작으로 매듭을 풀고 편지를 펼쳤다. 편지지는 좁은 띠 같은 종이였다. 비둘기의 움직임을 최대한 방해하지 않을 크기로 잘라낸 것이 분명했다. 정찰병은 짧은 문장으로, 마흔 명쯤 되는 병사들은 모두 흉갑기병이고, 부대장을 포함하여 모두 오스트리아 사람들이며, 그의 판단으로는 민간인은 한 명도 따라오지 않

았다고 보고했다. 가볍게 움직이는군요, 포르투갈 부대장이
말했다. 그런 것 같구려, 시장이 말했다. 무기는 어떻지요.
무기 이야기는 없소, 아마 그런 정보를 여기 집어넣는 건 신
중하지 못하다고 생각했을 거요, 어쨌든 정찰병이 하는 말
로는 이 사람들의 속도로 보건대 내일 한낮이면 국경에 도
착할 거라오. 빠르군요. 그들을 점심 식사에 초대해야 할 것
같군. 오스트리아 사람 마흔 명인데요, 시장님, 저는 그게
좋은 생각 같지 않습니다, 아무리 가볍게 움직이더라도 자
기 먹을 것은 들고 다니거나 아니면 사 먹을 돈이 있을 겁니
다, 게다가 그 사람들은 우리가 먹는 걸 좋아하지 않을지도
모릅니다, 어쨌든 마흔 명을 먹이는 건 바로 준비해서 될 일
이 아닙니다, 우리는 이미 물자 부족을 느끼고 있습니다, 제
생각으로는 안 좋습니다, 시장님, 양편이 각자 알아서 하고,
신이 우리 모두를 돌보게 하는 게 최선입니다. 그렇다 해도
부대장한테 내일 저녁 초대를 면제해 주지는 않을 거요. 아,
그 점은 염려하지 마십시오, 하지만 제가 잘못 생각하는 게
아니라면, 오스트리아 부대장도 초대하실 생각이시지요. 제
대로 맞추었소. 무례한 질문인지 모르지만, 그 사람은 왜 초
대하는 겁니까. 정치적이고 회유적인 행동이지요. 그런 행
동이 정말 필요하다고 보십니까, 지휘관이 물었다. 경험에
따르면 두 부대가 국경을 사이에 두고 마주 보고 있을 때는

144

무슨 일이든 일어날 수 있소. 어, 저는 최악의 사태를 피하기 위해 제가 할 수 있는 일을 할 겁니다, 제 부하를 한 명이라도 잃고 싶지 않으니까요, 하지만 무력을 사용해야 할 일이 생긴다면 망설이지 않을 겁니다, 자, 시장님, 괜찮으시다면, 제 부하들이 할 일이 많아서요, 우선 군복부터 빨아야 합니다, 사실 비가 오든 해가 나든 지금까지 거의 두 주를 계속 입고 있었으니까요, 그동안 그걸 입고 자고 그걸 입고 일어났으니, 우리는 지금 파견 나온 군인이 아니라 거지 선발대 꼴입니다. 물론이오, 부대장, 내일 오스트리아 사람들이 도착하면, 나는 내 의무대로 부대장 옆에 서 있을 거요. 고맙습니다, 시장님, 그 전에라도 제가 필요하시면 부르기만 하십시오.

성으로 돌아온 지휘관은 부대를 소집했다. 그는 길게 말하지는 않았지만 필요한 말은 다 했다. 우선, 어떤 일이 있어도 오스트리아인을 성에 들여놓아서는 안 된다는 것. 설사 그들을 막는 과정에서 그들, 포르투갈 군인들이 무력에 의존하는 일이 있더라도 그것은 안 된다고 했다. 그러면 전쟁이 벌어질 것이다, 부대장은 말을 이어나갔다, 물론 그렇게까지 되지 않기를 바란다, 어쨌든 오스트리아 사람들에게 우리가 장난하는 것이 아님을 빨리 보여줄수록, 우리의 목표도 빨리 달성하게 될 것이다, 우리는 성벽 밖에서 그들이 도착하기를 기다릴 것이며, 그들이 강제로 들어오려 해도 그 자리에서 절대 물러나지 않을 것이다, 내가 귀관들의 지휘관으로서 책임지고 모든 이야기를 할 것이다, 처음에는 귀관들에게 단 한 가지만을 원한다, 여러분의 얼굴이 펼쳐놓은 책 같기를, 그리고 거기에는 단지 이 말, 출입금지, 라는 말 한마디만이 적혀 있기를 바란다, 우리가 성공한다면, 무슨 일이 있어도 우리는 성공해야 하는데, 그러면 오스트리아 부대는 성벽 밖에서 야영을 할 수밖에 없을 것이며, 그러면 그들은 처음부터 불리한 입장에 놓이게 될 것이다, 일이 말처럼 쉽게 풀리지 않을지도 모른다, 하지만 장담하거니와, 나는 우리가 우리 인생을 바쳐온 기병대의 명예를 더럽힐 가능성이 있는 말은 오스트리아인들에게 단 한마디도 내뱉지 않을 것이다, 전투가 없다 해도, 총알 한 발을 발사하는 일이 없다 해도, 승리는 우리 것이 될 것이며, 그들이 우리에게 무기를 사용하도록 강요한다 해도 결과는 마찬가지일 것이다, 이 오스트리아 부대가 피게이라 데 카스텔루 로드리구에 온 것은 오로지 우리를 환영하고 우리와 함께 바야돌리드까지 가기 위한 것이지만, 우리에게는 그들의 진짜 목적이 솔로몬만 데려가고 우리는 여기에 남겨놓아 우리를 바보로 만들려는 것이라고 의심할 만한 이유가 있다, 하지만 저들이 그런 생각을 하는 거라면, 그건 완전히 잘못 생각한 것이다, 내일 오전 열 시까지 성의 가장 높은 탑들에 보초를 두 명 배치해라, 혹시 우리가 아직 말에게 물을 먹이고 있을 때 들이닥치려고 한낮에 도착할 거라는 소문을 퍼뜨린 건지도 모르니까 말이다, 오스트리아 사람들은 절대 속을 알 수 없으니까. 부대장은 지금 오고 있는 사람들이 그가 평생 처음, 또 어쩌면 마지막으로 만나보게 될 오스트리아 사람들이라는 것도 잊고 맨 끝에 그렇게 덧붙였다.

지휘관의 의심은 사실로 확인되었다. 열 시가 지나자마자 탑의 보초들이 큰 소리로 경보를 내렸기 때문이다, 적이 보인다, 적이 보인다. 오스트리아 사람들, 적어도 오스트리아 군인들이 이 포르투갈 군인들 사이에서 좋은 평판을 얻지 못한 것은 사실이었지만, 보초들은 둔감하게도 그들을 적이라고 불렀다. 상식이 있는 사람이라면 경솔한 판단으로 증거도 없이 사람들을 비난할 위험이 있다고 지적하며 이 성급한 사람들을 심하게 책망하지 않을 수 없을 것이다. 그러나 그들도 할 말이 있다. 보초들은 경보를 내리라는 명령만 받았지, 아무도, 심지어 보통 때는 신중한 지휘관마저 어떤 식으로 경보를 내리라는 말은 해줄 생각을 하지 않았기 때문이다. 민간인도 이해할 수 있는, 적이 보인다, 하는 말과 매우 군인답지 않은, 손님이 오고 있다, 하는 말을 놓고 고민에 빠지게 되자, 그들이 입고 있는 군복이 대신 결정을 내려주었다. 그 결과 보초들은 자신들에게 어울리는 어휘를 사용하여 자신들의 생각을 표현한 것이다. 그 경보의 마지막 메아리가 아직 허공에 울려 퍼지고 있을 때 군인들은 이미 성가퀴에서 적을 보고 있었다. 적은 사오 킬로미터 정도 되는 그 거리에서는 검은 얼룩에 지나지 않았고, 움직이는지 정지했는지도 분간하기 어려웠다. 기대와는 달리 그 얼룩 속에서 갑옷 흉갑이 반짝이지도 않았다. 한 병사가 설명을 했다, 그건 저 사람들이 해를 등지고 있어서 그래. 이것은, 빛이 그들 뒤쪽에 있잖아, 하고 말하는 것보다 훨씬 멋지고 문학적임을 인정하지 않을 수 없다. 말들은 농담(濃淡)의 차이는 있지만 모두 밤색이었기 때문에 전체적으로 거무스름한 빛깔을 띤 얼룩은 날렵하게 속보로 다가오고 있었다. 설사 걷는 속도로 다가왔다 해도, 그 차이는 거의 없었을 것이다. 그러나 그랬다면 막을 수 없는 전진처럼 보이는 심리적 효과는 사라졌을 것이다. 또 그렇게 빨리 오면 모든 것이 완벽하게 통제되어 있다는 인상을 주기도 한다. 물론 빛의 여단의 돌격처럼 검을 높이 뽑아 들고 최대 속도로

질주해 왔다면 훨씬 볼 만한 특별한 효과가 났겠지만, 아주
쉬운 승리를 약속해 주는 일에 꼭 필요한 수준 이상으로 말
을 지치게 하는 것도 우스꽝스러운 일일 것이다. 중부 유럽
의 전장에서 오랜 경험을 쌓은 오스트리아 부대장은 그렇게
생각했으며, 또 부하들에게도 그렇게 말했다. 한편 카스텔
루 로드리구는 전투를 준비하고 있었다. 말에 안장을 얹은
병사들은 말을 끌고 밖으로 나와 그곳에 놓아두고, 그런 임
무에 가장 적합한 동료 대여섯 명이 지키게 했다. 사실 성의
문간에 적당한 목초지만 있다면, 그냥 거기에 풀어놓고 풀만
뜯게 하면 될 일인 듯했다. 부관은 시장에게 오스트리아 부
대가 오고 있다고 보고하러 갔다. 아직은 시간이 좀 있습니
다만, 준비를 해야 합니다, 부관이 말했다. 좋소, 시장이 말했
다, 함께 가지. 그들이 성에 이르렀을 때 부대는 이미 입구에
대오를 형성하여 접근을 차단하고 있었고, 지휘관은 마지막
연설을 할 준비를 하고 있었다. 공짜 마술(馬術) 시범이나 다
름없는 구경거리와 코끼리가 나올지도 모른다는 가능성 때
문에 남자와 여자, 애와 노인 할 것 없이 도시 주민 다수가
연병장에 모여 있었다. 그것을 보고 지휘관은 시장에게 조용
히 말했다, 이 많은 사람들이 지켜보고 있는 가운데 적대 행
위가 일어날 것 같지는 않습니다. 내 생각도 바로 그렇소, 하
지만 오스트리아 사람들 속은 알 수 없는 일이라. 혹시 무슨

나쁜 경험이라도 있었습니까, 지휘관이 물었다. 좋은 경험도 나쁜 경험도 없소, 사실 전혀 경험이 없소, 하지만 늘 오스트리아 사람들이 저기 있다는 것은 알고 있었고, 나에게는 그걸로 족하오. 지휘관도 같은 생각이라는 뜻으로 고개를 끄덕였다. 하지만 사실 시장의 수수께끼 같은 말을 이해하지는 못했다. 오스트리아 사람을 적과 동의어로 받아들이지 않으면 이해할 수 없는 말이었다. 이런 이유 때문에 지휘관은 즉시 연설에 나서기로 했다. 그는 이 연설로 혹시 처져 있을지도 모르는 일부 부하들의 사기를 끌어 올리기를 바라고 있었다. 잘 들어라, 지휘관이 말했다, 오스트리아 부대가 가까이 와 있다, 그들은 와서 코끼리를 바야돌리드로 데려가겠다고 할 것이다, 하지만 그들이 무력으로 자신들의 요구를 관철시키려 한다 해도 우리는 그 요구를 들어줄 수 없다, 포르투갈 군인은 오직 그들의 왕, 그들의 군과 민간의 상급자가 내린 명령만 따를 뿐, 그 외에 다른 누구의 명령도 따르지 않는다, 오스트리아 대공 전하께 코끼리 솔로몬을 선물로 준다는 왕의 약속은 말 그대로 지켜질 것이나, 오스트리아 사람들은 선물을 주고받는 방식을 제대로 존중해야 한다, 우리가 고개를 높이 들고 고향에 돌아갈 때, 우리는 이날이 영원히 기억될 것이고, 포르투갈이 존재하는 한 오늘 여기 있는 모든 사람을 두고, 저 사람이 피게이라 데 카스텔루 로드리구에 있었다, 하는 말을 하게 될 것임을 확신할 수 있을 것이다. 이 연설은 자연스럽게 끝에 이를 여유, 웅변의 김이 빠지고 시들 해지다 훨씬 수준 낮은 진부한 말로 변하는 지점에 이를 시간 여유가 없었다. 오스트리아 부대가 이미 그들의 지휘관을 선두에 세우고 연병장에 이르렀기 때문이다. 모인 군중 가운데 몇 명이 미지근하게 박수를 쳤다. 루시타니아* 부대의 부대장은 말을 타고 시장과 나란히 몇 미터를 나아갔다. 가장 세련된 예절 규칙에 따라 방문객들을 맞이한다는 점을 분명히 보여준 것이다. 그 순간 오스트리아 병사들의 동작 때문에 그들의 광택이 나는 강철 흉갑이 해를 받아 반짝거렸다. 이것이 기다리던 군중에게 강한 인상을 주었다. 사방에서 터져 나오는 박수갈채와 놀라서 내지르는 탄성을 볼 때 오스트리아 제국이 총 한 방 쏘지 않고 최초의 작은 전투에서 승리를 거둔 것이 분명했다. 포르투갈 지휘관은 즉시 반격을 해야 한다는 것을 깨달았지만, 방법을 알 수가 없었다. 시장이 그를 이런 곤경에서 구해주었다. 시장은 그에게 소곤거렸다, 시장으로서 내가 먼저 말을 해야 하오, 차분하게 계시오. 지휘관은 말을 약간 뒤로 물렀다. 그의 말과 오스트리아 지휘관이 타고 있는 밤색 암말이 힘과 아름다움에서 엄

* 이베리아 반도 중서부의 옛 이름.

청난 차이가 난다는 점을 의식했기 때문이다. 시장은 벌써 이야기를 하고 있었다, 나는 내가 영광스럽게도 시장으로 있는 피게이라 데 카스텔루 로드리구의 시민의 이름으로 용감한 오스트리아 손님들을 환영하며, 그들이 이곳을 찾아온 목적을 성공적으로 달성하기를 바랍니다, 나는 오스트리아 손님들이 우리 두 나라를 묶고 있는 우호 관계를 강화하는 데 기여할 것이라고 확신합니다, 따라서, 다시 한 번, 피게이라 데 카스텔루 로드리구에 오신 것을 환영합니다. 노새를 탄 남자가 앞으로 나와 오스트리아 부대장의 귀에 대고 소곤거리자, 부대장은 짜증을 내며 얼굴을 돌렸다. 남자는 통역이었다. 그가 통역을 마치자, 부대장은 쩌렁쩌렁 울리는 목소리, 자기 말에 불복종은커녕 주의를 기울이지 않는 것에도 익숙지 않은 목소리로 말했다, 여러분은 우리가 여기에 왜 왔는지 알고 있소, 여러분은 우리가 코끼리를 바야돌리드로 데려가려고 왔다는 것을 알고 있소, 지금 가장 중요한 일은 우리가 지체 없이 즉각 운송 준비를 시작해야 한다는 거요, 그래야 내일 가능하면 일찍 떠날 수 있기 때문이오, 그것이 이런 지침을 내리는 데 가장 적합한 분께서 우리에게 내린 지침이며, 나는 나에게 주어진 권위로 그 명령을 이행할 거요. 이것은 분명히 왈츠를 추자는 권유가 아니었다. 시장이 중얼거렸다, 그럼 저녁 식사는 무효가 되는 거네. 그런 것 같은데요, 지휘관이 말했다. 이번에는 그가 말할 차례였다, 나 또한 지침을 내리는 데 가장 적합한 분으로부터 지침을 받았는바, 내가 받은 지침은 조금 다르오, 하지만 아주 간단한 것이오, 즉 바야돌리드까지 코끼리와 동행하여 대공께 직접 전달하라는 것이었소, 중개자 없이. 이 의도적으로 자극을 한 말, 심각한 결과를 낳을 수도 있는 말부터는 통역이 끼어든 대목을 생략하겠다. 단지 이 말로 하는 창 싸움을 신속히 처리하려는 것만이 아니라, 지금부터 이어지는 말의 대결을 포함하여 모든 대화는 쌍방이 실시간으로 이해한다는 설정을 해두려는 것이다. 자, 이제 오스트리아 부대장이 말을 한다, 안됐지만 귀관의 약간 편협한 태도가 이 분쟁의 평화로운 해결에 장애가 될 것 같소, 물론 이 분쟁의 중심에는 코끼리가 있고, 코끼리는 누가 데려가든 바야돌리드까지 가야 하오, 하지만 몇 가지 고려해야 할 중요한 세부사항들이 있소, 첫째는 막시밀리안 대공께서 선물을 받겠다고 하는 순간 그분은 사실상 코끼리의 주인이 된 것이며, 그 말은 이 문제에 관한 대공 전하의 생각이 다른 모든 것의 우위에 있다는 뜻이오, 물론 다른 생각들도 존중해 주기는 하겠지만, 어쨌든 그래서 나는 즉시, 지체 없이 코끼리를 넘겨줄 것을 요구하는 바요, 그렇지 않으면 내 부하들이 힘으로 성에 진입하여 그 짐승을 잡아 올 수밖에 없소. 나도 그렇게 하는 걸 한번 보고 싶소, 하지만 나는 성 입구에 서른 명을 배치해 두었고, 그들에게 귀관 쪽 마흔 명이 지나가도록 비키라거나 길을 내주라고 말할 생각이 없소. 이제 연병장에 있던 시민들은 거의 사라졌고, 타는 냄새가 허공을 채우기 시작했다. 이런 경우에는 늘 유탄에 맞을 가능성, 아무렇게나 휘두른 검에 등을 베일 가능성이 있기 때문이다. 전쟁이 구경거리인 한은 좋다. 그러나 우리를 선수로 끌어들이려고 할 때, 특히 우리가 아무런 준비나 경험이 없을 때 문제가 시작된다. 이런 이유 때문에 포르투갈 부대장의 오만한 발언에 대한 오스트리아 부대장의 답을 들어보려고 기다린 사람은 거의 없었다. 내가 간단한 명령만 내리면, 내가 그 명령을 내리는 데 걸린 시간도 걸리지 않아 내 휘하 흉갑기병들이 이 허약한 부대, 내 부하들을 진짜 막으려 하기보다는 그냥 상징적으로 배치해 둔 부대를 쓸어버릴 거요, 귀관이 지휘관으로서 이렇게 어리석게 계속 고집을 부리고 있으면 내 부하들은 반드시 그렇게 할 거요, 따라서 나는 불가피한 인명 손실, 포르투갈 측의 인명 손실, 저항 정도에 따라 전원 몰살이 될 수도 있는 인명 손실은 전적으로 귀관의 책임이라는 점을 경고해 두지 않을 수 없소, 그러니 나중에 나한테 와서 불평하지 마시오. 내가 귀관의 말을 제대로 이해했다면, 귀관은 우리를 모두 죽이겠다는 것이니, 죽고 나서야 어차피 불평을 할 수는 없는 것 아니겠소, 하지만 내가 보기에는, 오스트리아 막시밀리안 대공께 코끼리를 선물로 드리기로 하고, 그 선물을 건네는 규칙을 정해놓으신 왕의 권리를 옹호하고자 할 뿐인 병사들에게 그런 폭력을 휘두르는 일을 귀관이 정당화하는 데는 어려움이 좀 있을 것 같소, 오스트리아 대공께서는 아마도 이번 경우에는 정치적으로나 군사적으로 아주 형편없는 조언을 들으신 것 같소. 오스트리아 부대장은 바로 대답하지 않았다. 빈과 리스본 양쪽에 엄청난 영향을 줄 수도 있는 행동을 정당화해야 한다는 생각이 여전히 머릿속에서 맴돌고 있었기 때문이다. 그 생각은 머릿속에서 한 바퀴 맴을 돌 때마다 더 복잡해지는 것 같았다. 마침내 그는 타협적인 제안에 이르렀다는 느낌이 들었다. 자신과 부하들이 코끼리의 건강 상태를 확인하기 위해 성 안에 들어가게 해달라는 것이었다. 내가 알기에 귀관의 부하들은 수의사들이 아닌 것 같은데, 포르투갈 지휘관이 대꾸했다, 귀관은 글쎄, 잘 모르겠지만, 귀관도 짐승을 기르는 데 전문가는 아닌 것 같소, 따라서 성 안에 들어가는 것을 허락해야 할 이유를 모르겠소, 적어도 귀관이 내가 바야돌리드까지 가서 대공 전하께 코끼리를 직접 전달할 권리를 인정하기 전에는 말이오. 오스트리아 부대장은 다시 입을 다물었다. 아무런 답이 없자 시장이 입을 열었다, 내가 가서 이야기를 해보지요. 몇 분 뒤 시장은 만족한 표정으로 돌아왔다, 동의한답니다. 포르투갈 부대장이 말했다, 함께 코끼리를 방문하게 해준다면 영광으로 알겠다고 전해주십시오. 시장이 왔다 갔다 하는 동안 포르투갈 부대장은 부관에게 부대를 이열 횡대로 편성하라는 지침을 내렸다. 명령이 이행되자, 부대장은 앞으로 나아가 오스트리아 부대장의 암말과 나란히 선 다음 통역에게 자기 말을 전해달라고 했다. 다시 한 번, 카스텔루 로드리구에 온 것을 환영하오, 이제 가서 코끼리를 봅시다.

병사 몇 명, 정확히 말하자면 양편 각각 세 명 사이에 가벼운 드잡이가 있었던 것을 빼면, 바야돌리드까지 가는 여행은 대체로 무사히 이루어졌다. 다만 포르투갈 부대장이 호의의 표시로 호송대의 조직 문제, 즉 누가 앞서고 누가 뒤서느냐 하는 문제를 오스트리아 부대장에게 맡겼다는 점은 언급해 둘 가치가 있다. 오스트리아 부대장은 분명하게 선택을 했다, 우리가 앞서 가겠소, 나머지 사람들은 알아서 가장 좋다고 생각하는 방식으로 가시오, 리스본을 떠날 때 채택했던 방식이 마음에 들면 그대로 해도 좋소. 오스트리아 부대가 앞장을 서려고 한 데에는 매우 그럴듯하고 분명한 두 가지 이유가 있었다. 첫째는 그들이 어느 모로 보나 자국 영토에 들어와 있다는 점이었다. 둘째는 말은 하지 않았지만, 지금처럼 하늘이 맑은 동안에는, 그리고 해가 천정에 이를 때까지는, 다시 말해서 아침나절에는 태양왕을 바로 앞에 두게 되어 흉갑이 반짝이는 데 분명히 도움을 받을 수 있다는 점이었다. 전처럼 민간인 대오를 만드는 것은 가능하지 않다는 사실을 우리는 알고 있다. 이미 짐꾼들은, 먼 미래의 일이기는 하지만, 정복당하는 것을 거부하고 끝까지 충성을 다하게 될 도시 오포르투를 통과하여 리스본으로 가고 있기 때문이다. 어쨌든 이 문제를 오래 생각할 필요는 없었다. 호송대에서 가장 느린 집단이 전진 속도를 결정한다는 규칙을 안다면, 황소가 흉갑기병들 뒤에 가야 한다는 것은 분명하다. 흉갑기병들은 당연히 원할 때마다 앞으로 자유롭게 질주를 할 것이고, 그래야 도로에 나와 행렬을 구경하는 사람들도 카스티야 속담에서 말하는 대로 슈라와 메리나를 혼동할 위험이 없기 때문이다. 슈라란 빨지 않은 양털이고 메리나는 깨끗한 양털인데, 우리가 이런 속담을 사용하는 것은 우리가 현재 카스티야에 들어와 있고, 약간의 지방색을 보태면 효과가 좋다는 것을 잘 알기 때문이다. 약간 다르게 표현하면, 말, 특히 햇빛에 반짝이는 흉갑기병이 탄 말과 비쩍 마른 두 쌍의 황소는 완전히 다르다고 말할 수도 있겠다. 황소들은 지금, 어깨에 사람을 태우고 바로 뒤에서 따라오는 코끼리를 위한 물통과 꼴을 실은 달구지를 끌고 있다. 코끼리 바로 뒤에는 포르투갈 기병대가 온다. 그들은 지금도 전날, 몸으로 성문을 막았을 때 자신들이 보여주었던 용맹한 태도에 대한 자부심에 몸을 떨고 있다. 이 병사들 가운데 누구도, 아무리 오래 산다 해도, 오스트리아 부대장이 코끼리를 보고 난 뒤 자신의 부관에게 밖에서, 연병장에서 야영을 하라는 명령을 내리던 순간을 잊지 못할 것이다. 오늘 하룻밤뿐이다, 오스트리아 부대장은 그 결정을 정당화하려고 그렇게 말했다. 그들은 떡갈나무 몇 그루의 그늘에 자리를 잡았다. 이 나무들의 나이로 볼 때 그동안 많은 것을 보았겠지만, 보병 삼개 사단과 그 각각의 군악대까지 너끈히 수용할 수 있는 성을 옆에 두고 축축한 밤공기 속에서 자는 군인들을 본 적은 없을 것이다. 오스트리아 사람들의 오만한 허세에 대한 이런 압도적 승리는 동시에, 이런 상황에서는 특별한 일이지만, 상식의 승리이기도 했다. 두 부대가 싸웠을 경우 카스텔루 로드리구에서 얼마나 많은 피를 흘리게 되었을지는 몰라도, 어쨌든 포르투갈과 오스트리아가 전쟁을 벌인다는 것은 터무니없을 뿐 아니라 실행 가능한 일도 아니었기 때문이다. 두 나라가 예를 들어 두 나라 사이의 중간쯤 되는 프랑스의 어떤 지역을 세내어 거기에 각각의 군대를 내보내 전투를 벌인다면 또 모를까. 아무튼 끝이 좋으면 다 좋은 것이다.

그러나 수브흐로는 그 위로가 되는 격언에서 위로를 받아도 좋은 것인지 자신할 수가 없다. 그를 보자. 지금 그는 혹시 대모가 있다면 그 대모를 찾아갈 때나 입을 만한 화려한 색깔의 멋진 새 옷을 입고 삼 미터 높이에 앉아 있다. 그가 지금 그런 옷을 입고 있는 것은 개인적 허영심 때문이 아니라, 자신의 출신국의 명예 때문이다. 아마 입을 떡 벌리고 그가 지나가는 광경을 지켜보는 사람들은 그가 특별한 권능이라도 부여받은 줄 알 것이다. 사실 이 가엾은 인도인은 눈앞의 미래에 벌어질 일을 생각하며 부들부들 떨고 있는데. 그의 생각으로는 바야돌리드에 갈 때까지는 일자리가 보장되어 있다. 누군가 그의 시간과 노동에 대한 대가를 줄 것이다. 코끼리 등에 타고 가는 것이 쉬워 보일지 모르지만, 그것은 예를 들어 솔로몬이 왼쪽으로 돌고 싶어 할 때 오른쪽으로 돌리는 일을 한 번도 안 해본 사람의 관점일 뿐이다. 어쨌든 바야돌리드를 넘어가면 전망이 흐릿하다. 당연히 그는 첫날부터 자신의 임무가 빈까지 솔로몬과 함께 가는 것이라고 생각했다. 그러나 이 가정은 암묵적인 것들의 영역에 속한다. 코끼리에게 전용 마호우트가 있으면, 코끼리가 어디를 가든 그 마호우트도 가는 것이 당연하다. 그러나 지금까지 누구도 실제로 그의 눈을 보면서 그렇게 말한 적은 없다. 그가 바야돌리드까지 간다는 것, 그래, 그 이야기는 했다. 하지만 그 이상은 없다. 따라서 수브흐로의 상상력이 최악의 상황을 예상하는 것도 불가피하다. 즉, 바야돌리드에 도착해 보니 다른 마호우트가 기다리고 있다가 배턴을 넘겨받아 빈까지 간다는 것이다. 그 뒤에 새 마호우트는 빈의 막시밀리안 대공의 궁정에서 떵떵거리며 살 것이다. 그러나 물질적 이해관계를 진정한 영적 가치 위에 두는 데 익숙한 우리가 혹시 생각할지도 모르는 것과는 달리, 수브흐로가 한숨을 쉬는 것은 먹을 것과 마실 것과 매일 새로 정돈해 주는 침대 때문이 아니다. 이 코끼리를 사랑하기 때문에 헤어지고 싶지 않다는 사실을 갑자기 깨달았기 때문이다. 사실 엄격하게 말하자면, 갑작스럽지도 않고 깨달은 것도 아니다. 오히려 잠재적인 마음 상태에 가깝다. 그러나 그런 마음 상태도 무시하면 안 된다. 물론 정말로 바야돌리드에 코끼리를 인계받을 마호우트가 기다리고 있다면, 수브흐로의 마음속의 이유들은 대공의 공평무사한 저울에서 거의 무게가 나가지 않을 것이다. 그랬기 때문에 코끼리 걸음의 박자에 따라 흔들리던 수브흐로는 아무도 그의 말을 들을 수 없는 높은 곳에서 큰 소리로 말했다, 너하고 진지하게 이야기를 좀 해야겠어, 솔로몬. 다행히도 다른 사람은 없었다. 만일 있었다면 마호우트가 미쳤다고 생각했을 것이고, 그 결과 호송대의 안전은 심각한 위험에 처했을 것이기 때문이다. 그 순간부터 수브흐로의 꿈은 다른 쪽으로 방향을 틀게 되었다. 마치 그와 솔로몬이 불행한 연인들인 것처럼, 어떤 이유에서인지 모든 사람이 그들의 사랑을 격렬하게 반대하는 것처럼, 수브흐로는 꿈속에서 코끼리와 함께 달아나 평원을 가로지르고, 언덕을 넘고, 산을 오르고, 호수를 에두르고, 강을 첨벙첨벙 건너고, 숲을 뚫고 나아갔다. 늘 추격자들, 흉갑기병들보다 한 걸음 앞서 나아갔다. 흉갑기병들의 빠르게 달리는 말은 거의 도움이 되지 않았다. 코끼리는 원하기만 하면 아주 빠른 속도로 움직일 수 있기 때문이다. 그날 밤 솔로몬에게서 멀리 떨어져 자본 적이 없는 수브흐로는 그에게 다가가, 깨우지 않으려고 조심하면서 그의 귀에 대고 소곤거리기 시작했다. 그는 알아들을 수 없는 말로 그 귓속에 그가 하고 싶은 이야기를 쏟아부었다. 힌디어일 수도 있고 벵골어일 수도 있고 그들만 아는 다른 언어, 그들이 외로웠던 시절에 낳아서 기른 언어일 수도 있었다. 그들은 계속 외로웠다. 가끔 리스본 궁정에서 온 하급 귀족이 소리를 질러댈 때도, 도시나 그 주변 사람들이 큰 소리로 놀려댈 때도, 그전에 포르투갈로 오는 긴 항해에서 뱃사람들이 비웃을 때도 그들은 외로웠다. 우리는 수브흐로가 무슨 언어로 말

163

을 하는지 모르기 때문에, 그가 무슨 말을 하는지도 밝힐 수가 없다. 그러나 수브흐로가 어떤 불안한 생각에 몰두해 있는지는 알기 때문에, 그 대화를 상상하는 것이 불가능하지는 않다. 수브흐로는 그저 솔로몬의 도움을 요청하며, 어떻게 행동해야 할지 실질적인 제안을 하고 있을 뿐이다. 예를 들어 혹시라도 현재의 마호우트와 억지로 헤어져야 하는 상황이 오면 코끼리에게 가능한 모든 표현 수단, 심지어 과격한 표현 수단을 동원해서라도 그가 얼마나 불행한지 보여주라는 것이다. 회의주의자는 코끼리가 마호우트의 청원에 대답을 하지 않을 뿐 아니라 계속 고요하게 잠만 잔다는 점을 고려하여, 이런 대화에서는 별로 기대할 것이 없다고 이의를 제기할 것이다. 그러나 그런 사람은 코끼리에 관해서는 아무것도 모르는 것이 분명하다. 코끼리의 귀에 힌디어나 벵골어로 소곤거리면, 특히 자고 있을 때 그렇게 하면, 코끼리는 램프 속의 지니와 같은 존재가 된다. 지니는 병에서 나오자마자 묻지 않는가, 무엇을 원하십니까, 주인님. 사실이 무엇이든, 우리는 바야돌리드에서 성가신 일이 전혀 일어나지 않을 것임을 알고 있다. 실제로 다음 날 밤, 수브흐로는 뉘우치는 마음으로 솔로몬에게 앞서 했던 말은 무시하라고, 자신이 지독한 자기중심주의에 빠져 행동했던 거라고, 그렇게 해서는 절대 문제가 풀리지 않는다고 말했다, 만일 내가 걱정하는 대로 일이 진행되면, 대공한테 함께 있게 해달라고 책임감 있게 설득해야 하는 사람은 바로 나야, 무슨 일이 일어나더라도 너는 가만히 있어, 괜찮아, 가만히 있어. 아까 그 회의주의자가 지금 여기 있다면 잠시 회의주의를 제쳐두고 말할 것이다, 아주 훌륭한 태도로군, 이 마호우트는 아주 품위 있는 친구야, 늘 소박한 사람들에게서 가장 좋은 교훈을 얻을 수 있다는 말은 정말 옳아. 수브흐로는 영혼의 평화를 얻어 밀짚 매트로 돌아갔고, 금세 잠이 들었다. 다음 날 아침 잠을 깨어 전날 밤 자신의 결정이 기억나자 그는 자문하지 않을 수 없었다, 이미 마호우트가 있는데 대공이 왜 다른 마호우트를 원할까. 이어 그는 계속 추리해 나갔다, 흉갑기병대 부대장이 나의 증인이고 보증인이 되어줄 거야, 그 사람은 성에서 우리를 보고 인간과 짐승 사이에 그런 완벽한 결합을 보는 것은 정말 드문 일이라고 생각했을 거야, 물론 그 사람은 코끼리는 잘 모르지, 하지만 말은 잘 알아, 그게 중요해, 다들 솔로몬이 선량하다는 걸 인정하지, 하지만 다른 마호우트가 있었다면 그때처럼 짐꾼들한테 작별 인사를 했을까, 그렇다고 내가 그걸 가르친 건 아니지, 그 점은 분명히 해두고 싶어, 그건 그냥 솔로몬의 영혼에서 자연스럽게 솟아 나온 거야, 나는 솔로몬이 그 사람들한테 가서, 기껏해야 코를 좀 흔들어주거나 크게 나팔을 불어주고, 댄

스 스텝을 잠깐 밟아준 다음, 안녕, 잘 가, 그럴 줄 알았어, 하지만 나는 솔로몬을 잘 알기 때문에, 솔로몬이 그 큰 머리로 뭔가 꾸미고 있다는 느낌을 받았지, 우리 모두를 놀라게 할 만한 걸 말이야, 아마 코끼리라는 종에 관해서는 많은 이야기가 기록되었을 것이고 앞으로도 많이 기록될 거야, 하지만 그런 기록자들 가운데 내가 카스텔루 로드리구에서 목격한 것, 나 자신의 눈으로 보면서도 믿기 힘들었던 것에 비길 수 있는 행동을 하는 코끼리 신동을 보거나 그런 신동의 이야기를 들을 수 있을지 의심스러워.

흉갑기병들 사이에 약간 의견 차이가 있다. 몇 사람, 아마 젊은 축에 속하여 아직 피가 끓고 충동에 휘둘리는 사람들이겠지만, 이 몇 사람은 지휘관이 어떤 대가를 치르더라도 카스텔루 로드리구에 도착했을 때 갖고 있던 전략을 끝까지 고수했어야 한다고 말한다. 즉 무력으로 설득을 하는 한이 있어도 코끼리의 즉각적이고 무조건적인 항복을 받아냈어야 한다는 것이다. 붙으면 진다는 것을 뻔히 알고 있었을 텐데도 싸우고 싶어 안달을 하던 것처럼 보이던 포르투갈 부대장의 도발적인 자세에 갑자기 굴복해 버린 것은 용납할 수 없다는 것이다. 그들은 효과를 노린 단순한 행동, 예를 들어 검 마흔 개를 동시에 칼집에서 뽑아 들고 공격 준비를 한다든가 하는 행동 정도면 꾀죄죄한 포르투갈 군의 비타협적인 태도도 바로 박살이 나버려, 카스텔루 로드리구 사람들은 성문을 활짝 열고 오스트리아 정복자들을 맞아들일 수밖에 없었을 것이라고 생각했다. 그들과 마찬가지로 부대장의 유순한 태도에 당황했던 다른 병사들은 그의 첫 실수가 성에 도착하여 아무 생각 없이 그냥, 코끼리를 내놓아라, 우리는 낭비할 시간이 없다, 하고 선언한 것이라고 생각했다. 중부 유럽에서 태어나 교육받은 오스트리아인이라면 이런 상황에서 말을 건네며 상대를 매혹시키는 방법을 안다. 먼저 가족의 안부를 묻고, 포르투갈 말의 훌륭한 상태와 카스텔루 로드리구 요새의 당당하고 웅장한 모습에 관해 아첨을 하고, 그다음에 마치 갑자기 다른 용건도 있다는 사실이 문득 기억난 것처럼, 아, 그래, 코끼리, 하고 말을 꺼내야 하는 것이다. 그러나 삶의 가혹한 현실을 더 잘 아는 또 다른 병사들은 만일 동료들이 바라는 대로 일이 진행되었다면, 그들은 지금 코끼리와 함께 길에 있겠지만, 코끼리를 먹일 수단은 없었을 것이라고 주장했다. 포르투갈 사람들이 꼴과 물을 실은 달구지를 빌려주고, 그것을 돌려줄 때까지 언제까지인지도 모르는 기간 동안 집에도 못 가고 카스텔루 로드리구에서 죽치며 기다린다는 것은 말이 안 되기 때문이었다. 설명은 한 가지뿐이야, 신중해 보이는 병장이 말했다, 실제로는 부대장님이 대공이나 다른 누구에게서도 코끼리를 즉시 건네달라고 요구하라는 명령을 받지 못했다는 거야, 나중에서야, 카스텔루 로드리구에 가는 길이나 거기에 도착했을 때에야, 부대장님 머리에 그런 생각이 떠오른 거야, 내가 이 카드 게임에서 포르투갈 사람들을 떼어내면 모든 영광은 나와 내 부하들 차지가 되겠지, 부대장님은 그렇게 생각한 거야. 그런 생각만 하고 그것을 실행에 옮길 진지함은 전혀 갖추지 못한 사람이 어떻게 오스트리아 흉갑기병 부대장으로 임명될 수 있는지 의문이 아닐 수 없다. 애들도 이해할 수 있는 일이지만, 병사들을 다정하게 언급한 것은 모두를 배제한 혼자만의 야망을 위장하는 술수에 지나지 않았던 것이다. 정말 창피한 일이다. 우리는 점점 장점은 사라지고 결점만 남는 것 같다.

바야돌리드 시는 오래 기다리던 후피 동물을 맞이하기 위해 마치 대규모 행렬을 맞이할 준비를 하듯이 있는 대로 화려하게 장식을 했다. 심지어 발코니에 휘장과 약간 색이 바랜 기까지 드리워, 이제 거의 가을로 접어든 계절의 바람에 그 천들이 나풀거렸다. 이 비위생적인 시대에 가능한 한 가장 깨끗하게 차려입은 가족들이 별로 깨끗하지 않은 거리를 메우고 있었다. 그들이 이렇게 쏟아져 나온 목적은 주로 두 가지였다. 코끼리가 어디 있는지 알아내고, 어떻게 되는지 보자는 것이었다. 코끼리가 온다는 것은 뜬소문일 뿐이고, 언젠가 나타날 수도 있지만, 언제일지는 아무도 모른다는 소리로 흥을 깨는 사람도 몇 명 있었다. 바야돌리드까지 오느라 길고 험한 길을 걸어오는 바람에 가엾게도 지쳐 버린 짐승은 어제 이미 도착하여 지금은 쉬고 있다고 맹세까지 하는 사람들도 있었다. 코끼리는 먼저 리스본에서 피게이라 데 카스텔루 로드리구까지 왔는데, 그다음에 그 포르투갈 국경 도시에서 지금 이 도시 바야돌리드까지 오느라 얼마나 힘들었겠냐는 것이었다. 바야돌리드는 지난 이 년 동안 스페인 섭정 역할을 한 막시밀리안 대공 전하와 그 부인인, 카를로스 오세의 딸 마리아라는 두 고귀한 인물의 거주지라는 명예를 누리고 있었다. 우리가 이 이야기를 하는 것은 이 사람들의 중요성을 보여주려는 것인데, 이들은 모두 왕족 중의 왕족으로, 솔로몬의 시대에 살았으며, 이런 저런 방식으로 솔로몬의 존재를 잘 알고 있었을 뿐 아니라, 그의 서사시적인 이야기와 지금까지 이룩한 평화로운 공적도 알고 있었다. 대공 부부는 지금 황홀한 표정으로 코끼리를 씻기는 광경을 보고 있다. 이 자리에는 궁정의 주요 인사들과 성직자들, 그리고 화가도 몇 명 있다. 화가들은 물론 종이, 나무, 캔버스에 이 짐승의 얼굴과 당당한 몸을 영원히 남겨놓으려고 부른 것이다. 코끼리의 분신 수브흐로가 목욕을 담당하고 있다. 이번에도 대량의 물과 더불어 전에도 사용했던 손잡이가 긴 비가 등장한다. 수브흐로는 행복하다. 도착한 지 스물네 시간 이상이 지났지만, 자신을 대신할 마호우트는 그림자도 보지 못했기 때문이다. 다만 대공의 집사에게서 이제부터 솔로몬을 술레이만이라고 부를 것이라는 공식 통보를 받았을 뿐이다. 수브흐로는 이렇게 이름을 바꾸는 것이 몹시 싫었지만, 그래도 흔히 말하듯이, 반지는 잃었을지 몰라도 손가락은 그대로 붙어 있지 않은가. 술레이만은, 그래, 체념하자, 우리도 그를 그렇게 부를 수밖에 없다, 이렇게 전신 목욕을 하고 나자 보기가 훨씬 나아졌다. 거기에다 하인 몇 명이 한참 애를 쓴 끝에 몸 위에 거대한 안장 방석을 얹자 정말 화려해 보였다. 심지어 눈부셔 보이기까지 했다. 이 안장 방석은 수를 놓는 여자 스무 명이 몇 주 동안 쉬지 않고 일한 결과물로, 세상 어디에도 이에 비길 것은 찾기 힘들었다. 보석도 푸짐하게 달려, 모두가 비싼 것은 아니지만 마치 그런 것처럼 반짝거렸다. 금실과 아낌없이 사용한 벨벳은 말할 것도 없었다. 말도 안 되는 낭비야, 대주교가 대공에게서 멀지 않은 자리에 앉아 속으로 투덜거렸다, 저런 짐승에게 돈을 낭비하는 대신 성당의 웅장한 천장을 새로 장식할 수도 있었을 텐데, 그랬다면 우리가 만날 똑같은 낡은 천장 밑을 걸어 다닐 필요가 없었을 텐데, 여기가 어디 시골구석의 이류 마을도 아니고 바야돌리드인데 말이야. 그러나 섭정의 행동이 이런 전복적인 생각을 방해했다. 그의 말을 이해할 필요는 없었다. 그냥 이 왕족의 움직임만으로 충분했다. 그는 처음에는 위를, 이어 아래를 가리켰다. 대공이 마호우트와 이야기를 하고 싶어 하는 것이 분명했다. 궁정 하급 관리와 함께 걸어가던 수브흐로는 이미 꾼 꿈을 다시 꾸고 있는 듯한 느낌을 받았다. 벨렝의 더러운 우리에 살던 시절 때 턱수염을 길게 기른 어떤 남자에게로 이끌려 갈 때 꾸던 꿈이었다. 그 남자는 포르투갈 왕주앙 삼세였다. 지금 그를 부른 신사는 턱수염을 기르지 않았다. 말끔하게 면도를 한 얼굴이다. 두려움이나 특별한 호의 없이도, 객관적으로 인물이 좋은 사람이라고 말할 수 있다. 그의 옆에는 아름다운 부인 마리아 대공비가 앉아 있다. 그러나 그녀의 얼굴과 몸의 아름다움은 오래 지속되지 않을 것이다. 계속해서 열여섯 번이나 아이를 낳아, 아들 열과 딸 여섯을 둘 것이기 때문이다. 어마어마하지 않은가. 수브흐로는 이제 대공 앞에 서서 질문이 시작되기를 기다리고 있다. 정확하게 예측할 수 있는 일이지만, 첫 번째 질문은 불가피하게, 네 이름이 무엇이냐, 일 수밖에 없었다. 제 이름은 수브흐로입니다, 전하. 수브 뭐. 수브흐로, 전하, 그게 제 이름입니다. 그 이름에 무슨 뜻이 있는 것이냐. 희다는 뜻입니다, 전하. 어디 말로. 뱅골 말입니다, 전하, 인도의 여러말 가운데 하나지요. 대공은 잠시 입을 다물더니, 이윽고 다시 물었다, 너는 인도에서 왔느냐. 네, 전하, 이 년 전에 코끼리와 함께 포르투갈에 왔습니다. 네 이름이 마음에 드느냐. 제가 선택한 게 아닙니다, 전하, 저한테 주어진 이름입니다. 할 수 있다면 다른 이름을 택하겠느냐. 잘 모르겠습니다, 전하, 생각해 본 적이 없습니다. 내가 네 이름을 바꾼다면 뭐라 하겠느냐. 전하께서 그러실 만한 이유가 있어야겠지요. 있다. 수브흐로는 대꾸를 하지 않았다. 왕에게 질문을 하는 것은 허락되어 있지 않다는 것을 너무 잘 알았기 때문이다. 아마 그것 때문에 신민은 어느 왕에게서도 자신을 괴롭히는 의심이나 당혹스러운 일에 관해서 대답을 전혀, 는 아니라 하더라도 거의 얻어낼 수 없었을 것이다. 이윽고 대공이 말했다, 네 이름은 발음을 하기가 어렵구나. 그렇다고 들었습니다, 전하. 빈의 누구도 그 이름을 이해하지 못할 것이다. 그렇다면 저에게는 불행한 일이 되겠지요, 전하. 하지만 고칠 방법이 있다, 이제부터 너를 프리츠라고 부를 것이다. 프리츠요, 수브흐로가 고통스러운 목소리로 말했다. 그래, 그건 기억하기 쉬운 이름이다, 게다가 오스트리아에는 이미 프리츠가 엄청나게 많다, 따라서 너는 많은 사람 가운데 하나가 될 것이다, 하지만 코끼리와 함께 있는 프리츠는 너밖에 없을 것이다. 전하께서 허락하신다면 제 이름을 그냥 갖고 있고 싶습니다만. 아니, 이미 결정했다, 그리고 미리 경고

173

하지만, 이 이야기를 다시 꺼내면 내가 화를 낼 것이다, 그냥 네 이름은 프리츠지 다른 게 아니라고 머릿속에 집어넣어라. 네, 전하. 그러자 대공은 호화로운 의자에서 일어서더니 쩌렁쩌렁 울리는 큰 목소리로 말했다, 잘 들어라, 이 사람은 내가 부여한 프리츠라는 이름을 방금 받아들였다, 이 사실, 그리고 이 사람이 코끼리 술레이만을 지키는 자로서 짊어진 책임을 고려하여, 모두 이 사람을 사려 깊게 존중하라는 결정을 내리도록 하겠다, 나의 소망을 무시하는 자는 누구든 나의 분노의 결과를 감당해야 할 것이다. 그러나 이 경고는 잘 받아들여지지 않았다. 곧이어 일어난 순간적인 웅성거림에는 명령을 따르는 경의, 악의 없는 비꼼, 상처 받은 노여움 등 온갖 감정이 뒤섞여 있었다. 상상해 보라. 마호우트, 짐승을 길들이는 사람, 야생 동물의 악취가 풍기는 사람을 나라의 귀족이라도 되는 것처럼 공경해야 하다니. 그러나 한 가지는 확실하다. 대공이 이런 변덕스러운 결정을 금세 잊어버릴 것이라는 점. 진실을 기록하기 위하여, 첫 번째 웅성거림에 뒤이어 바로 두 번째 웅성거림이 들려왔다는 사실도 말해 두어야겠다. 이 웅성거림에는 어떤 적대적인 느낌이나 거스르는 느낌이 없었다. 순수한 감탄의 웅성거림이었기 때문이다. 코끼리가 코와 엄니 하나의 도움을 받아 마호우트를 들어 올려, 탈곡장만큼 넓은 자신의 어깨에 내려놓았던 것이다. 마호우트가 그곳에서 말했다, 우리는 수브호로와 솔로몬이었지만, 이제부터 프리츠와 술레이만이 될 것입니다. 그는 딱히 누구를 향해 말하는 것이 아니었다. 자기 자신에게 말하고 있었다. 그러나 그 이름들이 원래의 이름들을 대체하기는 했지만, 원래의 이름과는 달리 아무런 의미가 없음을 알고 있었다. 나는 프리츠가 아니라 수브호로로 태어났는데, 그는 생각했다. 그는 술레이만을 그에게 할당된 구역으로 데려갔다. 그곳은 궁 안의 뜰로, 안뜰이었음에도 바깥에서 쉽게 접근할 수 있었다. 그는 그곳에 먹이, 물통과 더불어 리스본에서부터 동행했던 조수 두 명을 술레이만과 함께 남겨두었다. 수브호로, 아니, 프리츠, 바뀐 이름에 적응하기가 쉽지 않다, 어쨌든 그는 지휘관, 우리 지휘관과 이야기를 해야 한다. 오스트리아 흉갑기병대 지휘관은 다시 나타나지 않는다. 어디 가서 피게이라 데 카스텔루 로드리구에서 보여주었던 한심한 모습을 참회하고 있는 것이 틀림없다. 지금은 작별 인사를 할 때는 아니다. 포르투갈 사람들은 내일 떠나기 때문이다. 수브호로는 그저 자신을 기다리는 삶에 관해 약간 이야기를 하고, 지휘관에게 자신과 코끼리의 이름이 바뀌었다고 알리고 싶을 뿐이다. 그리고 부대장과 병사들의 무사 귀환을 빌고, 그래, 영원히 작별하는 인사를 나누고 싶다. 병사들은 도시에서 약간 떨어진 곳에서 야영을 하고 있다. 잎이 많은 곳으로, 가운데로 맑은 냇물이 흐른다. 대부분 이미 그 냇물에서 멱을 감았다. 지휘관이 수브흐로를 맞으러 갔다가 시름에 잠긴 표정을 보고 묻는다, 무슨 일이 있소. 우리 이름을 바꿨습니다, 저는 이제 프리츠이고, 솔로몬은 술레이만입니다. 누가 바꾼 거요. 그럴 수 있는 유일한 사람이요, 대공 말입니다. 왜. 뭐 그럴 만한 이유가 있겠지요, 하지만 제 경우는 수브흐로가 발음하기 힘들답니다. 우리는 익숙해졌는데. 그래요, 하지만 아무도 대공한테 익숙해져야 한다고 말하지 않더군요. 어색한 침묵이 흘렀다. 지휘관은 최선을 다해 그 침묵을 깼다. 우리는 내일 떠나오, 그가 말했다. 네, 압니다, 수브흐로가 대답했다. 그래서 작별 인사를 하러 온 겁니다. 우리가 다시 보게 될까, 지휘관이 물었다. 아마 못 보겠지요, 빈은 리스본에서 머니까요. 안된 일이오, 이제 우리는 친구가 되었는데. 친구는 과분하지요, 부대장님, 저야 그저 이름을 바꾸라는 명령을 받은 마호우트에 불과한데요. 나는 그저 이 여행을 하면서 내적 변화를 겪은 기병대 부대장에 불과하오. 이리는 처음 보신 거 아닙니까. 아, 예전에 한 마리 본 적이 있소, 어렸을 때, 언제인지는 정확하게 기억나지 않지만. 어쨌든 이리를 보면 사람들이 많이 바뀌나 봅니다. 그것 때문에 변한 게 아니오. 그럼 코끼리로군요. 그게 더 그럴듯하군, 물론 나

176

는 고양이나 개는 대체로 이해할 수 있어도, 코끼리는 이해 못하지만. 고양이나 개는 우리와 나란히 살죠, 그래서 관계를 맺는 것이 더 쉽습니다, 설사 우리가 뭘 잘못하더라도, 지속적인 친밀한 관계 때문에 늘 어김없이 문제가 해결됩니다, 반면 고양이나 개도 뭘 잘못했을 때 스스로 그걸 아는지는 우리가 알 수는 없지만요. 코끼리는. 전에도 한 번 말씀드렸듯이, 코끼리는 완전히 다릅니다, 모든 코끼리에는 코끼리가 두 마리 들어 있습니다, 가르치는 것을 배우는 코끼리와 그것을 다 무시하는 코끼리, 이렇게 둘 말입니다. 어떻게 아시오. 제가 코끼리와 똑같다고, 저의 한 부분은 배우려 하고 다른 부분은 배운 모든 것을 무시하려 한다는 것을 깨달았을 때, 오래 살수록 점점 더 무시한다는 것을 깨달았을 때 알게 되었습니다. 당신 말장난은 이해할 수 없구려. 제가 말을 가지고 장난을 하는 게 아닙니다, 저 사람들이 저를 가지고 장난을 하는 거죠. 대공은 언제 떠나는 거요. 사흘 뒤인 것 같습니다. 어, 당신이 보고 싶을 거요. 저도 부대 장님이 보고 싶을 겁니다, 수브호로, 아니, 프리츠가 말했다. 지휘관이 그에게 손을 내밀었고, 수브호로는 상처를 주고 싶지 않은 것처럼 그 손을 아주 부드럽게 잡고 흔들었다. 내일 뵙게 되겠지요, 그가 말했다. 그래, 내일 보게 될 거요, 지휘관이 말했다. 이어 그들은 서로에게 등을 돌리고 걸어갔다. 둘 다 돌아보지 않았다.

다음 날 아침 일찍 수브흐로는 야영지에 다시 갔다. 이번에는 코끼리를 데려갔다. 조수 두 명도 데려갔다. 그들은 아주 즐거운 여행을 기대하며 즉시 달구지에 올라탔다. 병사들은 말을 타라는 명령을 기다리고 있었다. 지휘관은 마호우트에게 다가가 말했다, 이제 서로 갈 길을 가야겠군. 어, 부대장님이나 병사들이나 모두 편안한 여행이 되시기를 바랍니다. 당신과 솔로몬은 아직도 먼 길을 가야겠군, 아마 빈에 가기 전에 겨울을 맞을 듯한데. 솔로몬 등에 실려 가니 저야 별로 피곤하지 않을 겁니다. 듣기에 그쪽 땅은 아주 춥다던데, 온통 눈과 얼음이라 하더라고, 리스본에 있으면 전혀 할 필요 없는 고생을 하겠군. 뭐 솔직히 말해서 리스본도 가끔 쌀쌀하지 않나요, 부대장님. 그렇지, 물론 리스본은 세상에서 가장 추운 도시지, 부대장이 말하며 웃음을 지었다, 하지만 그 지리적 위치 덕분에 실제로 그런 도시가 되는 걸 피할 수 있잖소. 수브흐로도 웃음을 지었다. 대화를 즐기고 있었다. 아침 내내, 그리고 오후까지 그곳에 있다가 다음 날 떠나도 괜찮을 것 같았다. 스물네 시간 뒤에 집에 도착한들 뭐가 달라질까. 그 순간 지휘관은 고별 연설을 하기로 결심했다, 보라, 수브흐로는 우리에게 작별 인사를 하러 왔다, 그리고 기쁘게도 우리가 지난 몇 주 동안 책임지고 안

전하게 지켜온 코끼리도 데려왔다, 이 사람과 함께 보낸 시간은 내 인생에서 가장 행복한 경험으로 손꼽을 만하다, 아마도 인도는 우리가 알지 못하는 것을 알기 때문인 듯하다, 나는 이 사람을 잘 안다고 자신 있게 말할 수 없지만, 이 사람과 나는 단지 친구가 아니라 형제도 될 수 있다고 절대적으로 확신한다, 빈은 여기서 멀리 떨어져 있고, 빈에서 리스본은 여기보다 훨씬 더 멀다, 따라서 우리는 다시 만나지 못할지 모르나, 어쩌면 그게, 지나간 이 며칠의 기억을 그대로 유지하는 게 나을지도 모른다, 그러면 우리가 비록 보잘것없는 포르투갈 군인들이지만, 그래도 우리에게 코끼리의 기억은 남아 있다고 말할 수 있지 않겠나. 지휘관은 그 뒤에도 십오 분 정도 더 이야기를 하지만, 가장 중요한 말은 이미 다 했다. 지휘관이 말을 하는 동안 수브흐로는 솔로몬이 어떻게 나올지 궁금했다. 짐꾼들에게 작별 인사를 할 때처럼 행동할까. 하지만 반복은 거의 언제나 실망스럽다. 광채가 사라진다. 자연스러움이 사라진 것이 눈에 확 띈다. 자연스러움이 사라지면 다른 것도 다 사라진다. 그냥 헤어지는 게 최선일 거야, 마호우트는 생각했다. 그러나 코끼리의 생각은 달랐다. 연설이 끝나고 부대장이 수브흐로를 포옹하러 다가오자 솔로몬은 두 걸음 앞으로 나가더니 코끝으로, 그 민감하고 중요한 가죽으로 지휘관의 어깨를 건드렸다. 군이 말하자면 짐꾼들과의 작별이 더 극적이었다. 그러나 지금 이 작별은 군인들의 마음을 건드렸다. 어쩌면 군인들은, 조국의 눈이 너를 보고 있으니 네 조국에게 영광을 돌려라, 하는 그런 종류의 작별에 익숙해서 그런 것인지도 몰랐다. 어쨌든 적잖은 병사들이 약간 창피해 하면서도 피코트인지 재킷인지, 당시에는 군복 상의를 뭐라고 불렀는지 몰라도, 어쨌든 상의 소매로 눈물을 훔쳐냈다. 마호우트도 솔로몬과 함께 사열을 했는데, 이 또한 그 나름으로 작별 인사를 하는 방법이었다. 그는 지금처럼 보이지 않는 눈물이 뺨에 흘러내리고 있을 때에도 사람들 앞에서 감정을 드러내는 사람이 아니었다. 병사들은 소달구지를 앞에 두고 대오를 이루어 출발했다. 그것으로 끝이었다. 우리는 그들을 이 극장에서는 다시 보지 못할 것이다. 하지만 인생이 그런 것이다. 배우들은 등장하고, 얼마 후면 무대를 떠난다. 그것은 당연한 일이다. 늦든 빠르든 언젠가는 반드시 그렇게 된다. 그들은 자기 역에 주어진 대사를 하고, 뒷문, 정원으로 통하는 문으로 사라진다. 저 앞에서 길이 휜다. 병사들은 고삐를 당겨 말을 세우고, 한쪽 팔을 들어 올려 마지막으로 작별 인사를 한다. 수브흐로도 손을 흔들고 솔로몬은 가장 큰 소리로, 가장 처연한 소리로 나팔을 분다. 그들이 할 수 있는 일은 그것뿐이다. 막은 내려가고 다시 올라가지 않는다.

사흘째 되는 날 아침에는 비가 내리고 있었다. 대공에게 는 특별히 짜증스러운 일이었다. 가장 유용하고 효율적인 방법으로 호송대 조직을 책임질 사람들이 부족하지 않았음 에도, 그는 행렬 가운데 코끼리의 위치를 자신이 정하겠다 고 고집을 부렸다. 그는 간단하게 생각했다. 술레이만은 그 들 부부가 타고 갈 마차 바로 앞에서 걸어가면 되는 것이었 다. 그러자 대공이 신임하고 속을 털어놓는 부하가 코끼리 도 예를 들어 말처럼 움직이면서 대변, 소변을 다 본다는 잘 알려진 사실을 생각해 보라고 간청했다. 그런 광경은 불 가피하게 섬세하신 전하께 불쾌감을 줄 수밖에 없습니다, 그 신하는 공민의 가장 깊은 우려를 드러내는 표정으로 그 렇게 말했다. 그러나 대공은 걱정하지 말라고, 그런 자연스 러운 퇴적 현상이 생길 때마다 그것을 치워줄 사람이 호송 대에는 늘 있다고 말했다. 사실 최악은 비였다. 비는 코끼리 의 기분이나 속도에는 영향을 주지 않았다. 오히려 몬순에 워낙 익숙해 있었기 때문에 코끼리는 지난 이 년 동안 비를 몹시 그리워했다. 해결해야 할 문제는 대공 쪽에 있었다. 사 실 충분히 이해할 수 있는 일이었다. 코끼리 뒤에서 스페인 의 반을 가로지르면서도 안장 방석, 어쩌면 세상에서 가장 아름답게 수를 놓은 것일지도 모르는 안장 방석, 그것도 그 자신이 만들라고 명령한 안장 방석을 단지 비 때문에 엉망

이 되어 마을 교회의 천장 장식으로도 쓰지 못하게 될까 봐
사용해 보지도 못한다는 것, 이것은 대공에게 그의 치세 전
체에 걸쳐 가장 실망스러운 일이 될 것 같았다. 막시밀리안
은 술레이만을 태양에 반짝이는 화려한 안장 방석으로 덮
어줄 수 있을 때까지는 한 걸음도 움직이려 하지 않았다. 그
는 이렇게 말했다, 비야 언젠가는 멈출 것 아니냐, 그러니 비
가 멈출 때까지 기다리자. 실제로 그렇게 되었다. 비는 두 시
간 내내 쉬지 않고 내렸지만, 그 뒤에 하늘이 개기 시작했
다. 아직 구름이 몇 점 남았지만 그렇게 어둡지는 않았다.
갑자기 비가 그쳤다. 해가 마침내 얼굴을 내밀자, 그 첫 햇
살에 공기가 가벼워졌다. 거의 투명해진 느낌이었다. 대공
은 너무 좋아서 대공비의 허벅지를 장난스럽게 꽉 쥐었다.
잠시 후 평정심을 회복한 대공은 시종 무관을 불러 반짝이
는 홍갑기병대가 기다리고 있는 호송대 맨 앞으로 달려가라
고 명령했다, 당장 출발하라고 하게, 낭비한 시간을 벌충해
야지. 한편 담당 하인들은 약간 힘겨운 표정으로 거대한 안
장 방석을 들고 와, 프리츠가 시키는 대로 술레이만의 단단
한 등에 펼쳐놓았다. 그러자 좋은 직물로 화려하게 재단한
옷, 그가 리스본에서 가져온 옷보다 훨씬 멋지고, 멋진 만큼
국고의 돈궤도 꽤 축낸 옷을 입은 프리츠는 술레이만의 등
으로 올라갔다. 그는 그곳에서 호송대 전체의 당당한 모습

을 저 앞에서 저 뒤까지 한눈에 바라볼 수 있었다. 모두가 그의 밑에 있었다. 엄청난 권력을 쥔 오스트리아 대공도 예외가 아니었다. 사람 한 명과 코끼리 한 마리의 이름을 바꿀 권력이 있는 대공도 가장 평범한 사람의 눈높이 그대로 마차에 실려 가고 있었으며, 그 마차 안에는 바람에 계속 실려 오는 바람에 세상의 온갖 향수로도 가리지 못한 역겨운 냄새가 진동하고 있었다.

이 호송대 전체가 빈까지 가게 되는 것인지 알고 싶을지도 모르겠다. 그 답은 아니라는 것이다. 여기서 화려하게 꾸미고 여행을 시작한 사람들은 대부분 프랑스 국경 근처 로사스라는 항구까지만 갈 것이다. 그곳에서 그들은 대공 부처에게 작별 인사를 할 것이며, 틀림없이 승선 과정을 지켜볼 것이다. 무엇보다도 술레이만의 사 톤이라는 엄청난 무게가 배에 어떤 영향을 주는지 불안한 마음으로 관찰할 것이다. 후갑판이 그런 무게를 감당할 수 있을지, 아니면 배가 침몰했다는 소식을 듣고 바야돌리드로 돌아가야 하는지. 그들 가운데 비관적인 사람들은 코끼리가 배가 흔들리는 것에 놀라 예민해져서 자꾸 움직이면 배에 영향을 주어 무사하지 못할 것이라고 예측한다. 생각하고 싶지도 않아, 그들은 애처로운 목소리로 동료들에게 말한다. 그들은 나중에 자기가 하게 될 말을 미리 떠올리면서 입맛을 다시고 있다,

봐, 내가 그럴 거라고 했잖아. 하지만 그런 식으로 초나 치는 사람들은 무시하라. 이 코끼리는 멀리서, 머나먼 인도에서 왔으며, 오는 길에 인도양과 대서양의 폭풍우에 두려움 없이 맞섰다. 그래서 지금 여기에서도 마치 평생 배로 여행을 다니기만 한 것처럼 단호하고 확고한 태도로 서 있다. 물론 거리, 장거리를 가는 것은 다른 문제일 수 있다. 지도란 건 잠깐만 봐도 피곤해진다. 그래도 어쨌든 모두 아주 가까이 있는 것처럼 보인다. 말하자면 쉽게 닿을 수 있는 거리라는 것이다. 물론 그 이유는 축척 때문이다. 지도의 일 센티미터가 현실의 이십 킬로미터와 같다는 사실을 받아들이기는 쉽다. 하지만 우리가 그 과정에서 흔히 놓치는 것은 우리 자신도 마찬가지로 크기가 작아져야 한다는 것이다. 그래서 그렇지 않아도 지표의 점들에 불과한 우리는 지도에서는 훨씬 더 작아지는 것이다. 예를 들어 인간의 발이 그런 축척에서는 얼마만 한지 알면 흥미로울 것이다. 또 코끼리의 발은. 또 오스트리아 막시밀리안 대공 일행은.

이틀밖에 안 지났음에도 행렬의 광채는 많이 사라졌다. 출발하던 날 아침에 끈질기게 내리던 비가 큰 마차와 작은 마차의 휘장, 나아가서 의무 때문에 긴 시간이든 짧은 시간이든 용감하게 비를 맞아야 했던 사람들의 옷에도 끔찍한 영향을 주었다. 이제 호송대는 세상이 시작된 이후로 비가 내린 적이 없는 것처럼 보이는 지역을 통과하고 있다. 흉갑기병대가 통과하자 먼지가 뿌옇게 일어난다. 비는 흉갑기병대도 봐주지 않았다. 흉갑은 밀폐되고 봉인된 상자가 아니기 때문이다. 그 구성 부품들이 늘 완벽하게 서로 맞아 들어가는 것은 아니며, 부품들을 연결하는 사슬은 검이나 창이 쉽게 뚫고 들어갈 수 있는 틈을 남긴다. 결국 피게이라데 카스텔루 로드리구에서 자랑스럽게 과시하던 그 모든 광채는 실제로는 거의 쓸모가 없는 것이다. 흉갑기병대 뒤로 짐을 나르거나 하인들 무리를 수송하는 등 온갖 용도에 사용되는 온갖 유형의 달구지, 수레, 마차가 거대하게 줄을 지어 간다. 이들은 훨씬 많은 먼지를 일으키는데, 바람이 없기 때문에 이 먼지는 날이 저물도록 공중에 자욱할 것이다. 이번에는 책임자들이 가장 느린 것이 전체 호송대의 속도를 결정한다는 격언을 무시하는 바람에 코끼리의 먹이와 물을 실은 소달구지 두 대는 행렬의 맨 뒤로 밀려났다. 그래서 호송대 전체가 이따금씩 발을 멈추고 꾸물거리는 짐승들이 따라붙기를 기다려야 한다. 그러나 무엇보다도 대공을 비롯하여 모든 사람의 마음에 들지 않았던 것, 대공이 짜증을 감추지 못했던 것은 술레이만이 오후마다 낮잠을 자야한다는 것이다. 결국 모두가 이 시간을 그 나름으로 활용하게 되지만, 그렇다고 불평이 그치는 것은 아니다, 이러다간

길바닥에서 세월 다 보낼 거야. 처음 호송대가 멈추면서 술레이만이 쉬어야 하기 때문이라는 말이 돌자 대공은 프리츠를 불러 누가 결정권자라고 생각하느냐고 물었다. 아, 정확하게 그런 말로 물었다는 것은 아니다. 오스트리아 대공은 절대 자기 아닌 다른 사람이 행여나 결정권자가 될 가능성이 있다는 것을 인정할 만큼 몸을 낮게 숙이는 사람이 아니었다. 어쨌든, 비록 우리가 그 질문을 무척이나 통속적인 말투에 담아내기는 했지만, 프리츠가 보여줄 수 있는 유일하게 적절한 반응은 수치감 때문에 몸 둘 바를 모르고 땅바닥에 넙죽 엎드리는 것뿐이었을 것이다. 하지만 지난 며칠 동안 우리는 수브흐로가 쉽게 겁을 먹는 사람이 아님을 알았다. 따라서 지금 이렇게 새로운 이름으로 대공 앞에 나났을 때도, 그가 갑자기 겁을 먹고 멍한 표정을 지으며 꼬리를 두 다리 사이에 감추면서, 하명만 하십시오, 전하, 하고 말하는 장면을 상상하는 것은 설사 불가능하지는 않더라도, 매우 어려운 일이다. 그의 대답은 모범적이다, 오스트리아 대공께서 그 권위와 출생과 전통에 따라 대공께 속한 절대 권력, 원래 신민으로 태어난 자이든 저 자신의 경우처럼 나중에 신민이 된 경우든 모든 신민이 인정하는 권력을 다른 사람에게 위임하시지 않는다면 모든 권한은 전하께 있지요. 꼭 학자처럼 말하는군. 아, 저는 그저 삶에 관한 책을 조금 읽어본 마호우트에 불과할 뿐입니다. 술레이만의 이 일은 도대체 무엇이냐, 오후가 되자마자 쉬어야 하다니 도대체 어떻게 된 거냐. 그건 인도의 관습입니다, 전하. 우리는 지금 인도가 아니라 스페인에 있는 거다. 전하께서 제가 코끼리를 안다고 생각하는 만큼 코끼리를 아신다면, 어디든 인도코끼리가 있는 곳에는 인도가 존재한다는 것도 아실 것입니다, 저는 지금 제가 한 번도 경험한 적이 없는 아프리카코끼리 이야기를 하는 것이 아닙니다, 그 인도는 무슨 일이 있어도 그의 안에 늘 말짱하게 존재할 겁니다. 그건 다 좋다, 하지만 나는 긴 여행을 앞두고 있는데 저 코끼리는 하루에 서너 시간씩 낭비를 하게 하지 않느냐, 앞으로 술레이만은 하루에 한 시간, 오직 한 시간씩만 쉴 것이다. 안타깝게도, 전하, 정말이지, 저는 전하의 말씀에 동의할 수 없어 참담할 따름입니다, 한 시간은 충분치 않습니다. 곧 알게 되겠지. 명령은 내려졌지만, 다음 날 바로 취소되었다. 우리는 논리적이어야 합니다, 프리츠는 말하고 있었다, 술레이만이 살아가는 데 필요한 먹이와 물의 양을 삼분의 일로 줄이는 것이 좋은 생각이라고 말할 사람은 없을 터인데, 그와 마찬가지로 그에게서 그가 받아 마땅한 휴식의 큰 부분을 빼앗아가는 데는 동의할 수 없고, 항의하지 않을 수 없다는 것입니다, 그런 휴식이 없으면 그는 그에게 매일 요구되는 엄청난 노력을 감당하며 살아남을 수 없다는 것입니다, 인도 정글에서는 코끼리가 동이 틀 때부터 해가 질 때까지 몇 킬로미터씩 걸어 다닌다는 것이 사실입니다, 하지만 그곳은 자기 땅이지요, 고양이 한 마리 들어갈 그늘도 없는 이런 황량한 곳이 아닙니다. 프리츠가 수브호로라는 이름을 쓰던 시절에 솔로몬의 휴식을 네 시간에서 두 시간으로 줄이는 데 이의를 제기하지 않았다는 사실을 잊지 말자. 하지만 그때는 다른 시절이었다. 포르투갈 기병대 지휘관은 이야기를 나눌 수 있는 사람, 친구였지, 권위적인 대공이 아니었다. 대공은 카를로스 오세의 사위라는 것을 빼면, 이렇다 하게 내세울 장점이 없는 사람이었다. 프리츠는 지금 불공정한 태도를 보여주고 있었다. 적어도 그는 지금 경멸을 당하고 있는 오스트리아의 대공만큼 술레이만을 대접해 준 사람은 없다는 점만큼은 인정해야만 했다. 안장 방석 하나만 보아도 그렇다. 인도의 라자가 소유한 코끼리도 그런 응석받이 대접을 받아본 적은 없을 것이다. 그럼에도 대공은 행복하지 않았다. 반항의 분위기가 너무 강하여 영 마음에 들지 않았던 것이다. 프리츠가 그런 무엄한 말을 한 것을 벌하는 것은 얼마든지 정당한 일이었지만, 대공은 빈에서 다른 마호우트를 구할 수 없다는 사실을 너무나 잘 알았다. 설사 어떤 기적에 의해 그런 라라 아비스(rara avis)*가 존재한다 해도, 그와 코끼리가 서로 알아가야 하는 기간이 필요할 터였다. 그렇지 않으면 이런 커다란 동물이 어떻게 행동을 할지 알 수가 없었다. 대공을 포함한 모든 인간이 코끼리의 마음의 움직임을 예측하는 것은 아무런 승산 없이 무작위로 아무 데나 거는 내기를 하는 것이나 다름없었다. 코끼리는 사실 완전히 이질적인 존재였다. 워낙 이질적이라 이 세상과는 아무런 관계가 없었다. 코끼리는 알려진 어떤 도덕률에도 맞지 않는 규칙에 따라 자신을 관리했다. 그래서, 곧 분명해지지만, 대공의 마차 앞에서 가든 뒤에서 가든 전혀 상관하지 않았다. 대공 부처는 이제 술레이만에게서 배설물이 나오는 되풀이되는 광경을 견딜 수가 없었다. 매우 다른 냄새에 익숙해 있던 섬세한 콧구멍이 그 고약한 냄새를 들이마셔야 한다는 것은 말할 필요도 없이 고역이었다. 실제로 대공은 코끼리가 아니라 프리츠를 벌하고 싶었다. 그래서 그는 며칠간 그곳에 있는 모든 사람에게 수행원들 가운데 가장 위엄 있는 존재로 보였지만, 이제는 부차적인 존재로 전락하고 말았다. 그는 여전히 호송대의 선두 근처에 있지만, 이제 대공의 마차 꽁무니밖에 보지 못할 것이다. 프리츠는 자신이 벌을 받고 있다고 생각하

---

* 원래 의미는 진귀한 새로, 희한한 인물을 가리키는 라틴어.

지만, 정의를 호소할 수가 없다. 호송대에서 막시밀리안 대공과 카를로스 오세의 딸인 그의 부인 마리아가 겪는 감각적 불편을 막기 위해 코끼리의 위치를 바꾸기로 결정한 것이 바로 그 정의였기 때문이다. 그 문제를 해결하자 다른 문제도 해결되었다. 그것도 바로 그날 밤에. 마리아는 코끼리가 뒤따라오는 지위로 강등된 것이 기분 좋아 남편에게 안장 방석도 풀어달라고 요청한 것이다, 등에 저걸 차고 있는 것이 가엾은 술레이만에게는 부당한 벌인 것 같아요, 게다가. 게다가 뭐요, 대공이 물었다. 저런 크고 당당한 짐승이 마치 교회의 예복처럼 보이는 것을 입고 있는 것을 보면 처음에는 충격을 받지만, 충격이 사라지면 그 광경이 금세 우스꽝스럽고, 괴상해져요, 보면 볼수록 괴상해지죠. 안장 방석을 얹자는 건 내 생각이었소, 대공이 말했다, 하지만 당신 생각이 옳은 것 같소. 안장 방석은 바야돌리드의 주교에게 보내겠소, 거기서 쓸데가 있을 거요, 우리가 스페인에 계속 머문다면, 우리의 거룩한 어머니 교회에서 가장 좋은 옷을 입은 주교 하나가 안장 방석으로 만든 천장 밑을 거들먹거리며 걸어가는 모습을 보는 기쁨을 누릴 수도 있을 텐데 아쉽구려.

코끼리의 여행이 바로 여기에서, 로사스의 바다에서 끝이 날 것이라고 예측한 사람들도 있었다. 술레이만의 사 톤 무게를 감당하지 못해 배다리가 무너지거나, 큰 파도 때문에 그가 균형을 잃고 머리부터 깊은 바다에 빠질 것이라는, 그래서 한때 행복한 솔로몬이었다가 이제 슬프게도 술레이만이라는 야만적인 이름을 갖게 된 이 코끼리가 여기에서 그의 마지막 시간을 맞이하게 될 것이라는 이야기였다. 대공에게 작별 인사를 하러 로사스에 온 고귀한 인물들은 대부분 평생 코끼리를 한 번도 본 적이 없었다. 그래서 그런 동물, 게다가 삶의 어떤 시점에서 바다 여행을 해본 동물이라

면, 보통 좋은 바다 다리*라고 부르는 것을 갖고 있다는 사
실을 알지 못한다. 그에게 배의 방향을 잡거나, 팔분의나 육
분의를 이용하거나, 활대 끝에 올라가 돛을 줄이는 일을 도
와달라는 말은 하지 마라. 그냥 키 앞에만 갖다 놓아라. 당
당한 말뚝 같은 다리 네 개로 거기에 서 있게 하라. 그런 다
음에 가장 거친 폭풍우를 불러라. 그러면 코끼리가 아무리
사나운 맞바람이라도 행복하게 맞이하는 것을 보게 될 것이
다. 일류 키잡이와 같은 우아한 자세와 기술로 바람을 옆
으로 맞는 것을 보게 될 것이다. 그가 어렸을 때 배우고 익
혀, 변화무쌍한 운명으로 인해 나무줄기를 이리저리 운반하
거나 천박한 구경거리를 좋아하는 촌뜨기들의 호기심을 견
디며 서커스에서 서글프게 일용할 양식을 번다 해도 절대
잊지 않는 네 권의 베다 경전에 그런 기술이 담겨 있기라도
한 것처럼. 사람들은 코끼리에 관해 아주 잘못된 생각을 갖
고 있다. 그들은 코끼리가 무거운 금속 공 위에서, 발을 간
신히 올려놓을 수 있는 아주 작고 둥근 면에서 균형을 잡는
것을 즐긴다고 상상한다. 그들이, 특히 인도에서 온 코끼리
들이 그렇게 마음씨가 고운 것이 천만다행이다. 그들은 인
간을 견디려면 많은 인내심이 필요하다는 것을 깨달아 알

* 멀미를 하지 않는다는 뜻.

고 있다. 심지어 우리가 상아를 얻기 위해 그들의 엄니를 자르거나 뽑으려고 그들을 쫓아가 죽일 때도 마찬가지다. 코끼리들은 그들의 예언자가 남긴 유명한 말을 기억한다, 아버지, 저들을 사하여 주옵소서, 자기들이 하는 것을 알지 못함이니이다. 여기서 저들은 우리로 읽힌다. 특히 술레이만이 죽나 안 죽나 보러 온 사람들, 오로지 곡예사가 안전그물 너머로 떨어지는 날 그 자리에 있고 싶어 어디든지 서커스단을 따라다니는 구경꾼처럼 좌절감을 느끼며 바야돌리드로 돌아가는 길에 나선 사람들. 아, 그래, 우리가 하고 싶었던 말이 또 있었다. 코끼리의 키를 잡는 능력에는 논란의 여지가 없을 뿐 아니라, 인간이 바다에 나선 그 오랜 세월 동안, 닻을 감아올리는 캡스턴을 조작하는 데도 코끼리에 비길 만한 사람은 아직도 찾을 수 없다는 것이다.

프리츠는 갑판에 올라온 술레이만을 가로장으로 둘러싼 구역에 집어넣었다. 가로장은 튼튼해 보이지만, 사실 그 기능은 실용적이라기보다는 상징적이다. 그 나무 막대기는 이 동물의 자주 바뀌는 변덕스러운 기분에 전적으로 의존하고 있기 때문이다. 프리츠는 새로운 소식이 없나 찾으러 나섰다. 아주 당연하지만 그가 가장 먼저 알고 싶은 것은 이 배가 어디로 가느냐 하는 질문에 대한 답이다. 그는 친절해 보이는 늙은 선원에게 그 질문을 던지고, 바로 간단한 진실을 얻는다, 제노바요. 그게 어디 있는 거지요, 마호우트가 물었다. 선원은 이 세상에 사는 사람이 제노바가 어디 있는지도 모른다는 것을 도무지 이해하기 힘든 것 같았다. 그는 그냥 손가락으로 동쪽을 가리키며 말했다, 저쪽. 그럼 이탈리아인가요, 프리츠가 다시 물었다. 지리적 지식은 제한되어 있었지만 그럼에도 한번 모험을 해본 것이다. 그렇소, 이탈리아요, 선원이 확인을 해주었다. 그럼 빈은, 그건 어디 있습니까, 프리츠가 물었다. 훨씬 북쪽이지, 알프스 너머에. 알프스가 뭐죠. 알프스는 거대한 산맥이지, 넘기가 아주 어려운, 특히 겨울에는, 그렇다고 내가 거기 가본 건 아니고, 넘어가본 사람들한테 이야기를 들은 거지만. 그게 사실이면 가엾은 솔로몬은 무척 고생을 하겠는데요, 솔로몬은 인도에서 왔는데, 아시다시피, 거기는 더운 나라거든요, 솔로몬은 진짜 추위는 한 번도 겪어본 적이 없습니다, 우리 둘 다 그렇죠, 나도 인도 출신이니까요. 솔로몬이 누구요, 선원이 물었다. 솔로몬은 코끼리가 술레이만이라는 새 이름을 갖기 전에 가졌던 이름입니다, 내가 지금은 프리츠이지만 그 전에는 이 세상에 온 이후로 쭉 수브흐로였던 것처럼요. 누가 이름을 바꾸었는데. 그럴 수 있는 권력을 가진 유일한 분이요, 대공 전하 말입니다, 지금 이 배를 타고 계시죠. 대공이 코끼리 주인이오, 선원이 물었다. 네, 나는 관리인이고요, 돌보는 사람이죠, 마호우트가 정확한 명칭이지만, 솔로몬과 나는 포르투갈에서 이 년을 보냈습니다, 그곳은 살기에 가장 나쁜 곳이라고 할 수는 없지요, 이제 우리는 빈으로 가는 길입니다, 사람들 말로는 그곳이 최고라던데요. 그렇게들 말하지. 그럼 소문대로이기를 바라야겠군요, 또 가엾은 솔로몬도 마침내 좀 쉴 수 있었으면 좋겠고요, 솔로몬은 이렇게 돌아다니는 데 익숙하지가 않거든요, 고아에서 리스본까지 배를 타고 오는 것만으로도 굉장했지요, 솔로몬은, 아시다시피, 원래 포르투갈 왕 동 주앙 삼세 소유였습니다, 하지만 왕이 대공한테 솔로몬을 선물로 주면서 솔로몬을 데리고 처음에는 포르투갈까지, 그리고 이제 빈까지 먼 길을 가는 것이 제 임무가 된 거죠. 그런 걸 사람들은 세상 구경이라고 부르잖소, 선원이 말했다. 어르신이 항구에서 항구로 돌아다닐 때만큼 많이 보지는 못하지만, 마호우트는 대꾸하려 했지만 말을 마무리하지 못했다. 어디를 가나 붙어 다니는 수행원들과 함께 대공이 다가오고 있었기 때문이다. 하지만 대공비는 없었다. 대공비는 이제 술레이만을 전만큼 따뜻한 눈으로 보아주지 않는 것 같았다. 수브흐로는 몸을 움츠리며 길에서 물러났다. 그렇게 하면 눈에 띄지 않을 것이라고 생각하기라도 하는 것처럼. 그러나 대공은 어김없이 그를 찾아냈다. 프리츠, 따라와라, 코끼리를 보러 가는 길이다,

대공이 말했다. 마호우트는 앞으로 나섰지만 어디에 서야 할지 알 수가 없었다. 그러나 대공이 문제를 정리해 주었다, 먼저 가서 다 제대로 되어 있는지 봐라. 다행이었다. 술레이만은 마호우트가 없는 동안 나무 갑판이 볼일을 보기에 최적의 장소라고 판단했던 것이다. 그 결과 그는 지금 대변과 소변이 양탄자처럼 두툼하게 깔린 곳에서 말 그대로 미끄럼을 타고 있었다. 술레이만 옆에는 갑자기 목이 마를 때 지체 없이 갈증을 해소할 수 있도록, 아직 물이 거의 가득 찬 통이 놓여 있었다. 물통과 더불어, 대부분 선창으로 내려가 몇 꾸러미 없었지만 꼴도 있었다. 수브흐로는 얼른 생각을 했다. 그 결과 상당히 튼튼한 선원 대여섯 명의 도움을 얻어 물통을 기울여 물을 쏟을 수 있었다. 물은 폭포처럼 쏟아져 갑판을 가로질러 곧장 바다로 들어갔다. 효과는 바로 나타났다. 빠른 물살과 물의 해체하는 속성 덕분에 악취 나는 대변 수프가 뱃전 너머로 쏠려 나간 것이다. 코끼리의 발바닥에 남은 것이 있기는 했지만, 두 번째로, 아까보다는 적은 양의 물이 쏟아져 나가자 술레이만은 대체로 봐줄 만한 모습이 되면서, 다시 한 번 최선은 선(善)의 적일 뿐 아니라, 선이 아무리 노력을 해도 절대 최선의 신발 끈을 푸는 것도 감당할 수 없음을 증명했다. 이제 대공이 등장해도 문제가 없다. 하지만 대공이 등장하기 전에 바야돌리드에서 로사스까지 장장 백사십 리그를 물통과 꿀 꾸러미를 신고 온 달구지에 관한 정보가 없는 것 때문에 걱정하는 독자들부터 안심시키도록 하자. 프랑스에는 이 무렵부터 사용하기 시작한 속담이 있다, 파 드 누벨, 본 누벨(pas de nouvelles, bonnes nouvelles).* 따라서 우리 독자들은 걱정하지 않아도 된다. 소달구지는 바야돌리드로 돌아가는 길이고, 그곳에서는 지금 모든 사회 계급 출신의 처녀들이 꽃으로 화환을 만들고 있다. 황소들이 도착하면 뿔에 걸어주려는 것이다. 이들에게 왜 그런 일을 하고 있느냐고 묻지 마라. 누구한테 하는 말인지는 몰라도 그들 가운데 한 명이 하는 이야기가 들린 것 같다. 일하는 황소에게 화환을 씌워주는 것은 그리스나 로마 시대로까지 거슬러 올라가는 오래된 관습일지도 모른다는 것이다. 로사스까지 갔다가 돌아오는 것, 약 이백팔십 리그의 거리를 걷는 것은 분명히 일이라고 쳐줄 수 있다고 여긴 바야돌리드의 귀족과 평민 공동체는 그 관습을 열렬히 환영했다. 그들은 지금 많은 사람들이 참여하는 큰 축제를 열어, 마상 창 시합도 벌이고 불꽃놀이도 하고, 가난한 사람들에게 음식과 옷과 구호품도 나누어 주고, 그 외에도 흥분한 이들의 머릿속에 떠오르는 무슨 일이든 다 할 것

---

* 무소식이 희소식.

이다. 우리 독자들의 현재와 미래의 마음의 평화에 불가결한 이런 설명을 하는 바람에 우리는 대공이 실제로 코끼리에게 도착하는 순간을 놓쳤다. 그렇다고 독자들이 놓쳐서 아쉬워할 만한 일이 벌어졌다는 이야기는 아니다. 이 이야기가 진행되는 동안 우리가 묘사했다시피, 또 묘사하지 않았다시피, 이 대공은 여러 번 아무런 사고 없이 궁정 의전이 요구하는 대로, 그렇게 요구하지 않는다면 의전도 아닐 테지만, 어쨌든 여러 곳에 이르렀기 때문이다. 우리는 대공이 자기 코끼리 술레이만의 건강과 행복에 관해 물었고, 프리츠가 적절하게 대답했음을 알고 있다. 특히 대공 전하가 가장 듣고 싶어 하는 대답을 했다. 이것은 한때 초라했던 마호우트가 얼마 되지도 않는 기간에 궁정인의 섬세함과 교활함을 얼마나 많이 배웠는지 보여준다. 살롱의 세련보다는 고해실과 성물실(聖物室)의 종교적 위선에 기울어 있는 순진한 포르투갈 궁정은 그에게 안내자 역할은 해준 적이 없었기 때문이다. 실제로 벨렝의 구질구질한 울타리 안에 갇혀 있을 때는 견문을 넓힐 최소한의 기회도 얻지 못했다. 대공이 이따금씩 코에 주름을 잡으며 계속 향수를 뿌린 손수건을 사용하는 것이 눈에 띄었다. 물론 이것은 선원들의 무쇠같은 후각 체계를 놀라게 했을 것이다. 그들의 후각은 온갖 지독한 냄새에 익숙하여, 갑판을 물로 씻어냈고 바람이 불고 있음에도 여전히 공기 중에 남아 있는 냄새에 무감각했기 때문이다. 대공은 자신의 소유물의 안전을 걱정하는 소유주의 의무를 이행한 뒤 서둘러 물러났고, 궁정의 아첨꾼들로 이루어진 화려한 공작 꼬리가 그 뒤를 따랐다.

배에 짐을 싣는 일이 끝났다. 갑판의 좁은 구역에 사 톤짜리 코끼리가 있었기 때문에 그 일에는 평소보다 복잡한 계산이 필요했다. 이제 배는 떠날 준비가 되었다. 닻을 내리고 돛을 올렸다. 하나는 사각이었고, 나머지는 모두 삼각이었다. 삼각돛은 포르투갈 선원들이 백 년쯤 전에 머나먼 지중해의 과거로부터 되찾은 것이며, 나중에는 대삼각범(大三角帆)이라고 부르게 된다. 배는 처음에는 비틀거리며 서툴게 파도를 타다가, 돛들이 한번 펄럭이고 난 다음부터는 늙은 선원이 마호우트에게 말한 대로 동쪽 방향으로 제노바를 향해 빠르게 나아가기 시작했다. 바다를 가로지르는 데는 꼬박 사흘이 걸렸으며, 그동안 대개 거친 바다와 질풍을 헤치고 가야 했다. 바람은 사나운 비까지 몰고 와 코끼리의 등에 두른, 또 갑판에 나온 선원들이 최악의 추위로부터 자신들을 보호하기 위해 몸에 두른 삼베 위에 내리꽂았다. 대공은 그림자도 보이지 않았다. 안의 따뜻한 곳에서 대공비와 함께 세 번째 자식을 생산하기 위해 쉬지 않고 노력을 하고 있을 것이 틀림없었다. 비가 그치고 바람이 헐떡거리며 물러나자, 선실에 있던 승객들이 나타나 침침한 날빛 속에서 눈을 껌뻑이며 휘청거렸다. 안색이 몹시 안 좋아 보였고, 눈 밑은 시커멨다. 예를 들어 흉갑기병들은 이제는 머나먼 테라 피르마(terra firma)*에 대한 기억으로부터 억지로 군인다운 분위기를 끌어내려 했다. 정말 필요하다면 카스텔루 로드리구의 기억에서라도 끌어내야 할 판이었다. 비록 말도 형편없고 장비도 형편없는 추레한 포르투갈 기병들한테 총 한 방 쏘지 못하고 창피하기 짝이 없는 패배를 당하기는 했지만. 넷째 날 동이 터 잔잔한 바다와 맑은 하늘이 드러났을 때, 수평선은 리구리아 해안으로 바뀌었다. 현지인들한테는 등불이라는 애칭으로 알려진 눈에 잘 띄는 제노바 등대에서 내보내는 빛은 아침이 밝아오며 희미해졌지만, 그래도 배를 항구로 안내할 만큼은 강했다. 두 시간 뒤 수로안내인을 태운 배는 만으로 들어가 모든 돛을 거의 말아 내린 상태에서 부두의 텅 빈 계류장으로 미끄러져 들어갔다. 곧 누구의 눈에나 빤히 드러났지만, 부두에서는 다양한 목적에 사용되는 다양한 유형의 마차와 수레가 호송대를 기다리고 있었다. 거의 모두 노새에 묶여 있었다. 그 시절에 통신이 얼마나 느리고 힘들고 비효율적이었는지 생각한다면, 한쪽이

* 단단한 땅. 육지를 가리키는 라틴어.

다른 한쪽을 기다리게 만드는 일체의 지체나 차질도 없이 시간에 딱 맞게 이런 식으로 부두에서 상대를 맞이할 수 있게 해준 복잡한 이 병참 작전에서 전서구가 다시 한 번 큰 역할을 했을 것이라고 생각할 수밖에 없다. 이 대목에서 우리는 이 책에서 오스트리아나 그곳 사람들 이야기를 할 기회가 있을 때마다 우리 입에서 새어 나간 경멸적이고 비꼬는 말투가 공격적일 뿐 아니라 분명히 불공평했음을 인정한다. 그것이 우리의 의도였던 것은 아니다. 글을 쓴다는 것이 어떤 것인지 잘 알지 않는가. 그냥 함께 있으면 좋게 들린다는 이유만으로 한 단어가 다른 단어를 불러오곤 하지 않는가. 그렇게 하다가 경박 때문에 존중을 희생하고, 미학 때문에 윤리를 희생하는 일이 생긴다 해도. 이런 글에도 때로는 그런 엄숙한 개념들이 어울리기도 하고, 그것을 무시하는 것이 종종 아무에게도 도움이 안 된다 해도. 이런 식으로 또 다른 식으로 우리는 거의 깨닫지도 못하는 새에 살면서 아주 많은 적을 만드는 것이다.

처음 나타난 것은 흉갑기병들이었다. 그들은 말이 배다리에서 미끄러지지 않도록 이끌고 나갔다. 보통 매우 세심하게 돌보고 관심을 기울이는 기병대 말들이지만 지금은 웬지 한동안 좀 소홀히 다루어져 온 듯한 느낌이 든다. 털이 반들거리고 갈기에서 빛이 나려면 한참 빗질을 해주어야겠다.

지금 우리 앞에 나타나는 것을 보니, 그 말들이 오스트리아 기병대에 수치를 안겨준다고 말해도 좋을 듯하다. 하지만 그것은 바야돌리드에서 로사스까지 길고 긴 여행을 잊어버린 매우 불공정한 판단이다. 이들은 거친 바람과 비를 맞아가며, 내리쬐는 해를 가끔 땀범벅이 되도록 그대로 받아내며, 무엇보다도 먼지, 점점 짙어지는 먼지를 뚫고 칠백 킬로미터에 이르는 길을 쉬지 않고 행군해 왔다. 따라서 지금 상륙하는 말들이 마치 중고품처럼 약간 바랜 느낌을 주는 것도 놀랄 일이 아니다. 그럼에도 부두에서 조금 떨어진 곳, 달구지, 마차, 수레가 장막을 이루고 있는 곳 뒤에서 병사들이 우리가 이미 만났던 부대장의 직접적인 명령을 받아 말이 좀 나아 보이게 하려고 최선을 다하고 있는 모습을 볼 수 있다. 그래야 대공이 배에서 내리는 순간이 왔을 때 의장병이 유명한 대공의 합스부르크 가문이 관련된 행사에서 사람들이 기대하는 위엄 있는 모습을 보여줄 수 있을 터이기 때문이다. 대공 부처는 배에서 맨 나중에 내릴 것이기 때문에, 말들이 평소의 광채를 적어도 조금은 회복할 여유가 있을 것이다. 지금은 수화물, 그리고 옷을 비롯하여 귀족 부부의 계속 늘어만 가는 살림을 이루는 수많은 물건과 장식물들이 담긴 상자, 궤, 트렁크 수십 개가 내려오고 있다. 보통 사람들도 나와 있다. 그 수도 아주 많다. 오스트리아 대공이 곧 배에서 내리는데 그와 함께 인도에서 온 코끼리도 내릴 것이라는 소문이 불이 붙은 도화선처럼 도시를 관통했으며, 그 결과 호기심을 잔뜩 품은 남녀 수십 명이 항구로 달려 나왔고, 곧 그 수는 수백 명으로 불어났다. 너무 많아서 짐을 내리고 싣는 데 방해가 될 정도였다. 대공은 아직 선실에서 나오지 않았기 때문에 그들은 대공을 아직 보지 못했다. 그러나 코끼리는 있었다. 갑판에 서 있었다. 거대한 몸은 거의 검은색이었다. 굵은 코는 채찍처럼 유연했다. 엄니는 날카로운 기병도 같았다. 호기심은 많지만 술레이만의 온순한 기질은 잘 모르는 사람들의 상상 속에서 엄니는 틀림없이 강력한 전쟁 무기로 사용되다가 불가피하게 십자가와 성골함으로 바뀔 터였다. 실제로 상아를 깎아 만든 이런 물건들이 지금까지 기독교 세계를 가득 채워왔다. 부두에서 손짓을 해가며 명령을 내리는 사람은 대공의 집사다. 그는 노련한 눈으로 잽싸게 흘끗거리기만 하면 어느 달구지나 수레에 어느 상자, 궤, 트렁크를 실어야 하는지 결정을 내릴 수 있다. 이 집사는 나침반이다. 이쪽저쪽으로 아무리 많이 방향을 틀어도, 비틀고 빙빙 돌려도 늘 북쪽을 가리킬 것이기 때문이다. 심지어 우리는 나라가 제대로 기능을 하는 데 집사, 나아가 거리 청소부의 중요성이 아직 제대로 연구되지 않았다고 이야기할 수도 있다. 지금까지 선창에서 대공 부처의 모든 사치품과 함께 여행을 해왔지만, 이제부터는 주로 자신의 기능적 성격에 맞게 선택된, 즉 가능한 한 많은 꾸러미를 싣기 위해 선택된 달구지에 실려 갈 꼴을 내리고 있다. 물통도 꼴과 함께 여행을 하지만, 지금은 비어 있다. 앞으로 보게 되겠지만 이탈리아 북부와 오스트리아의 겨울 길에서는 필요할 때마다 그 통을 채울 물이 부족하지 않을 것이기 때문이다. 이제 코끼리 술레이만이 내려올 차례다. 시끌벅적한 제노바 보통 사람들은 흥분하여 안달하고 있다. 이 사람들에게 가까이서 가장 보고 싶은 게 누구냐, 대공이냐 코끼리냐, 하고 물으면 코끼리가 큰 표 차로 승리를 거둘 것 같다. 이 작은 군중이 간절한 기대감을 품고 크게 소리를 질러대는 가운데 코끼리가 코로, 소지품이 든 작은 가방을 든 남자를 등에 태웠다. 어느 쪽을 좋아하느냐에 따라 수브흐로일 수도 있고 프리츠일 수도 있는 이 돌보는 사람, 관리인, 마호우트는 대공에게 그런 수모를 당했지만, 지금 부두에 모인 제노바 사람들의 눈앞에서는 거의 완벽한 승리를 구가하고 있다. 그는 이제 더러운 작업복 차림으로 코끼리 어깨에 앉아 두 다리 사이에 가방을 놓고 마치 정복자처럼 오만한 태도로, 입을 떡 벌리고 그를 지켜보고 있는 사람들을 굽어보았다. 사람들은 이렇게 입을 떡 벌리는 것이 놀라움의 가장 절대적인 표현이라고 하는데, 절대적이기 때문이어서 그런지 실생활에서는 좀처럼 보기 힘들다. 수브호로는 솔로몬의 등에 탈 때마다 세상이 늘 작아 보였다. 하지만 오늘 제노바 항구의 부두에서 눈앞의 놀라운 볼거리에 홀린 사람들 수백 명의 관심의 초점이 되자, 프리츠는 그들이 관심을 가지는 것이 그 자신이든 아니면 그의 모든 명령을 따르는 거대한 동물이든 상관하지 않고, 어떤 경멸 같은 것을 품고 군중을 보았다. 명료함과 상대성이 번쩍 하고 빛나는 이 드문 순간에 그는 모든 것을 고려해 볼 때 대공, 왕, 황제도 사실 코끼리에 올라탄 마호우트에 불과한 것이 아닌가 하는 생각이 들었다. 그는 막대기로 찰싹 때려 술레이만을 배다리 쪽으로 몰았다. 군중 가운데 가장 가까운 곳에 있던 사람들은 놀라서 뒤로 물러났다. 배다리를 반쯤 내려온 코끼리가 영원히 알 수 없는 이유로 크게 나팔을 불자 뒤로 더 물러났다. 그 소리가 얼마나 컸던지, 이런 비유를 해도 좋다면, 사람들의 귀에 마치 여리고의 나팔 소리*처럼 들렸고, 겁이 많은 사람들은 그 자리에서 흩어졌다. 하지만 코끼리는 부두로 내려서자 착시의 결과인지 갑자기 키와 몸피가 줄어든 것처럼 보였다. 여전히 밑에서 보아야 하는 것은 마찬가지였지만, 아까처럼 고개를 뒤로 잔

---

* 나팔을 불자 여리고의 성이 무너졌다는 이야기가 성경에 나온다.

뜩 젖히고 볼 필요는 없었다. 이것은 익숙해진 결과다. 이 짐 승은 여전히 무시무시한 크기이지만 제노바 사람들에게 최초의 분위기, 즉 월하(月下)의 세계 팔대 불가사의라는 분위기는 사라졌다. 이제 그냥 코끼리라고 부르는 동물에 불과할 뿐, 그 이상이 아니었다. 권력과 그것을 뒷받침하는 것들의 본성에 관하여 최근에 많은 발견을 했음에도 프리츠는 사람들 마음에서 일어난 이런 변화에 몹시 불쾌했다. 그러나 최후의 일격을 가한 것은 역시 갑판에 나타난 대공 부처였다. 그들은 측근 수행원들, 그리고 무엇보다도 두 여자, 틀림없이 유모였고 지금도 유모일 두 여자의 품에 안겨 있는 두 아이라는 새로운 볼거리를 제공했다. 우리는 이제 이 아이들 가운데 하나, 즉 두 살 먹은 어린 여자아이가 장차 스페인의 펠리페 이세이자 포르투갈의 펠리프 일세로 부르게 될 왕의 네 번째 부인이 될 것이라고 말할 수 있다. 흔히 말하듯이 원인은 작으나, 결과는 큰 것이다. 이것으로 대공 부처의 수많은 자녀, 기억하고 있는지 모르겠지만 어린 안나를 선두로 열여섯 명에 관한 정보 부족 때문에 어리둥절해 하던 독자들의 호기심이 충족되었기를 바란다. 우리가 말을 하는 동안 대공이 막 나타나 환호와 갈채가 터졌다. 대공은 장갑을 낀 오른손을 관대하게 흔들어 아는 체를 했다. 대공 부처는 그때까지 하역 경사로로 사용되던 배다리를 사용하

206

지 않고, 그 옆에 있는, 새로 박박 문지르고 씻어낸 배다리를 사용했다. 말발굽이나 코끼리의 거대한 다리나 부두 인부의 맨발이 남긴 땟자국에는 조금이라도 닿지 않겠다는 뜻이었다. 우리는 대공이 그런 능률적인 집사를 둔 것을 축하해야 한다. 그는 혹시 다이아몬드 팔찌가 두 판자 사이의 틈에 떨어져 있지나 않나 대공 부처의 침상을 확인하려고 다시 배에 올라가 있었다. 밖에서는 홍갑기병대가 대공 부처의 하선을 기다리고 있었다. 양쪽 줄에 각각 말이 스물다섯 마리씩 들어가려니 간격이 매우 비좁았다. 우리가 심각한 시대착오를 두려워하지 않는다면, 대공이 칼집에서 뽑은 검 쉰 개가 지붕을 이룬 곳 밑을 걸어 마차까지 갔다고 상상하고 싶다. 하지만 그런 식으로 경의를 표하는 행동은 미래의 어느 경박한 세기에 등장한 것으로 보인다. 대공 부처는 이제 그들을 기다리고 있던, 장식이 많고 화려하면서도 튼튼한 마차에 올라탔다. 이제 우리는 호송대가 정돈되기를 기다리기만 하면 된다. 홍갑기병 스무 명은 가능성은 적지만 불가능하지는 않은 산적들의 공격에 대비하여 마치 신속 개입군처럼 스무 명이 앞쪽에서 길을 열고 서른 명은 뒤에서 그 길을 닫는 식으로 움직일 것이다. 물론 우리는 칼라브리아나 시칠리아에 있는 것이 아니라 리구리아라는 문명화된 땅에 있는 것이고, 곧 롬바르디아와 베네토로 가게 되겠지만, 민중의 지혜가 종종 우리에게 경고하듯이, 가장 아름다운 비단이 가장 빨리 때가 타는 법이므로, 대공이 자기 후위를 보호하는 것은 지극히 당연한 것이다. 이제 하늘에서 뭐가 떨어질지 보는 일만 남았다. 투명하고 광채가 나던 아침 하늘에는 점차 구름이 끼고 있었다.

제노바를 떠나자 비가 그들을 기다리고 있었다. 별로 이상하다고 할 수도 없는 일인 것이 사실 때는 늦가을로 접어들고 있기 때문이다. 이 폭우는 그저 전주곡일 뿐으로, 곧 알프스산맥이 이 호송대에게 들려주려고 준비해 놓고 있는, 튜바, 타악기, 트롬본이 우르르 몰려나오는 협주곡이 울려 퍼질 것이다. 나쁜 날씨에 가장 대비가 되어 있지 않은 사람들, 우리는 특히 홍갑기병대와 마호우트를 염두에 두고 있는데, 홍갑기병대는 마치 새로 나온 딱정벌레라도 되는 것처럼 차갑고 불편한 강철 옷을 입고 있고, 마호우트는 북풍과 도리깨질하는 눈에 가장 큰 피해를 보는 코끼리 위의 자리에 있기 때문이다, 어쨌든 그들에게는 다행스럽게도, 막시밀리안은 마침내 사람들의 절대 틀리지 않는 지혜, 이 경우에는 태초부터 자랑스럽게 전해져 온 말, 즉 예방이 치료보다 낫다는 말에 관심을 기울이기로 했다. 제노바에서 나가는 길에 기성복을 파는 가게 앞에서 두 번 행군을 멈추고 흉갑 기병대와 마호우트가 외투를 사게 한 것이다. 이해할 만한 일이지만, 이 외투는 아무런 계획 없이 생산된 것이기 때문에 재단과 색깔이 제각각이었다. 그러나 적어도 그것을 구입한 운 좋은 사람은 보호해 줄 터였다. 대공이 이렇게 신의 뜻을 대변하는 듯한 행동을 한 덕분에 우리는 병사들이 안장틀에 걸려 있던 보급된 새 외투를 얼른 집어 들고, 말을 멈추거나 말에서 내리지도 않은 채, 군대 역사상 보기 드문 군인다운 기쁨을 드러내며 그 외투를 입는 모습을 볼 수 있다. 전에는 수브흐로라고 알려졌던 마호우트 프리츠도 똑같은 행동을 하지만, 다만 더 신중할 뿐이다. 프리츠는 따뜻한 외투를 입고 나자, 관대하게도 주교를 위해 바야돌리드에 돌려준 안장 방석이 그대로 있었다면 술레이만에게 큰 도움이 되었을 것이라는 생각이 들었다. 술레이만은 지금 산 속에 내리는 비의 무자비한 공격에 시달리고 있었기 때문이다. 처음의 간헐적인 폭우에 바로 이어진 격렬한 폭풍우 때문에 도로에는 술레이만을 환영하고 대공을 맞이하러 나온 사람이 거의 없었다. 그러나 나오지 않은 것은 잘못이었다. 가까운 장래에 살아 있는 진짜 코끼리를 볼 기회는 다시 없을 것이기 때문이다. 대공은 다시 올 수도 있고 오지 않을 수도 있는데, 우리가 그것을 잘 모르는 것은 거의 황제에 가까운 이 사람의 짧은 여행에 관한 정보가 우리에게 거의 없기 때문이다. 하지만 코끼리는 의심의 여지가 없다. 그는 이 도로로는 다시 오지 않을 것이다. 그들이 피아첸차에 도착하기도 전에 날은 개었다. 그 덕분에 그들은 호송대를 이루어 움직이는 중요한 사람들의 위엄에 잘 어울리는 방식으로 도시를 가로지를 수 있었다. 흉갑기병들이 제노바를 떠난 이후로 보여주었던 우스꽝스러운 모습, 즉 머리에는 투구를 쓰고 몸에는 투박한 양모 외투를 걸친 모습으로 계속 가는 것이 아니라, 외투를 벗고 눈에 익은 광채를 드러낼 수 있었던 것이다. 이번에는 많은 사람이 거리로 쏟아져 나왔다. 대공도 대공이라는 이유로 갈채를 받았고, 코끼리 또한 똑같은 이유로 대공 못지않게 따뜻한 환영을 받았다. 프리츠는 외투를 벗지 않았다. 외투라기보다는 망토에 가까운 이 투박한 옷의 헐렁한 재단 방식 덕분에 자신에게서 술레이만의 당당한 걸음걸이에 잘 어울리는, 최고의 위엄이 서린 분위기가 느껴질 것이라고 생각한 것이다. 솔직히 말해서 그는 이제는 대공이 이름을 바꾼 것에 별 신경을 쓰지 않았

211

다. 프리츠가 로마에 오면 로마식으로 하라는 옛말을 모르는 것은 사실이었다. 그러나 오스트리아에서 오스트리아인이 되고 싶은 마음은 없었지만, 조용한 삶을 살고자 한다면 대중의 눈에 띄지 않고 사는 것이 바람직하다는 생각은 하고 있었다. 설사 대중이 그를 처음 보는 곳이 코끼리의 등 위이고, 이 때문에 처음부터 그가 예외적인 존재가 된다 해도 마찬가지였다. 그래서 그는 지금 외투에 싸인 채 그 축축한 천에서 풍기는 희미한 숫염소 냄새를 맡으며 기뻐하고 있다. 그는 바야돌리드를 떠날 때 명령을 받은 대로 대공의 마차를 따라가고 있었다. 그래서 멀리서 보면 마치 그가 꼴꾸러미와 비로 인해 찰랑찰랑 넘치는 물통을 실은 바로 뒤의 달구지에서부터 시작하는 엄청나게 긴 달구지와 수레의 행렬을 끌고 가는 듯한 인상을 주었다. 그는 포르투갈의 좁은 삶에서 멀리 떠나온 행복한 마호우트였다. 그곳에서는 벨렝의 우리 안에 갇힌 채 배들이 돛을 펼치고 인도로 가는 것을 지켜보거나 히에로니무스 교단 수사들이 기도문을 읊조리는 것을 들으며 식물처럼 이 년을 살았다. 우리 코끼리는 이전의 돌체 파르 니엔테(dolce far niente)*의 상태가 그립다는 생각을 하고 있을지도 모른다. 그 거대한 머리가 생

---

* 달콤한 게으름이라는 의미의 이탈리아어.

각이라는 어려운 일을 해낼 수 있다면. 물론 머리의 공간이 부족해서 못하지는 않을 것이다. 어쨌든 그런 생각을 한다 해도, 그것은 게으름이 건강에 매우 안 좋다는 사실에 대한 타고난 무지 때문일 뿐이다. 그보다 더 나쁜 것이 담배일 텐데, 이것은 사람들이 먼 훗날 알아낼 것이다. 그러나 지금은 삼백 리그, 그것도 대부분 발굽이 갈라진 악마라 해도 가지 않으려 할 형편없는 길을 따라 걸어왔기 때문에, 아무도 술레이만을 게으르다고 말할 수는 없다. 포르투갈에 있을 때는 그랬을지 모르지만, 그것은 모두 흘러간 물과 같다. 그는 유럽의 길에 발을 딛자마자 자신도 있는 줄 몰랐던 에너지를 발견한 것이다. 이런 현상은 가난이나 실업 같은 조건 때문에 어쩔 수 없이 이민을 떠난 사람들에게서도 종종 나타난다. 자신이 태어난 땅에서는 나태하고 무능하던 사람들이 속담에서 말하듯 바지 속에 개미 떼라도 들어가 있는 것처럼 갑자기 적극적이고 부지런하게 살아가는 것이다. 술레이만은 피아첸차 외곽에 텐트를 치는 것을 기다리지도 않고, 이미 코끼리의 모르페우스에 해당하는 존재의 품에 안겨 잠이 들어 있다. 그 옆에서 프리츠는 외투를 덮고 죄지은 것 없는 사람의 편한 잠을 자고 있다. 코까지 골고 있다. 다음 날 아침 일찍 나팔 소리가 울려 퍼졌다. 밤에는 비가 왔지만 지금 하늘은 맑다. 어제처럼 하늘이 잿빛 구름으로 가득 차는 일만 없기를 바라자. 이제 그들의 다음 목적지는 롬바르디아 주의 도시 만토바다. 만토바는 여러 가지로 유명하지만, 아마 리골레토라는 사람의 고향으로 가장 유명할 것이다. 대공의 궁정의 광대였던 리골레토의 행운과 불행이 뒤섞인 이야기에는 훗날 위대한 주세페 베르디가 곡을 붙이게 될 것이다. 호송대는 만토바에서 발을 멈추고 그 도시를 가득 채운 놀라운 예술 작품을 감상하지는 않을 것이다. 그런 작품은 윌리엄 셰익스피어가 로미오와 줄리엣이라는 탁월하고 가슴 아픈 비극의 무대로 선택한 도시 베로나에 더 많을 것이다. 대공은 안정된 날씨를 고려하여 베로나까지 내처 가라고 명령했다. 오스트리아의 막시밀리안 이세가 특별히 자신의 사랑이 아닌 다른 사랑에 관심이 있어서가 아니라, 그곳이 파도바를 뺀다면 베네치아에 도착하기 전 그들이 머무는 마지막 큰 도시가 될 터였기 때문이다. 그 뒤에는 추운 북쪽, 알프스산맥 쪽으로 한참을 올라가게 될 것이다. 대공 부처는 전에 여행을 할 때 공화정 총독이 다스리는 아름다운 도시 베네치아에 들른 적이 있는 듯하다. 그러나 이 도시가 사 톤이나 나가는 술레이만을 수용하는 것은 쉬운 일이 아닐 것이다. 물론 대공 부처가 술레이만을 마스코트로 계속 데려갈 생각을 하고 있다고 가정하고 하는 말이지만. 코끼리는 곤돌라에 쉽게 태울 수 있는 동물이 아니다. 당시에도 현재의 모양과 같은 곤돌라, 이물이 위로 치솟고 세상의 다른 어떤 해군과도 구별되는 장례식의 검은색으로 칠한 곤돌라가 존재했다고 가정하고 하는 이야기지만. 존재했다 해도 이물에서 노래를 부르는 곤돌라 뱃사공은 없었을 것이 틀림없다. 대공 부처는 웅장한 운하를 따라가 총독의 영접을 받을 수도 있지만, 술레이만, 흥갑기병대를 비롯한 나머지 호송대는 성 안토니우 바실리카를 마주 보는 파도바에 그냥 남을 것이다. 기왕 말이 나온 김에 성 안토니우는 파도바에, 나무나 다른 식물이 없는 헐벗은 공간에 속한 것이 아니라 본디 리스본에 속한 성자임을 다시금 주장하고 싶다. 신의 지혜가 달리 배치하지 않는 한, 모든 것을 제자리에 두는 것이 늘 세계 평화를 얻는 최선의 방법인 것이다.

다음 날 아침 일찍, 병사들이 간신히 눈을 떴을 때, 성 안토니우의 바실리카에서 온 사절이 야영지에 나타났다. 그는 교회의 성직자 팀 상급자의 명령을 받아 코끼리를 책임지는 사람과 이야기를 하러 왔다고 말했다. 정확하게 그런 표현을 사용한 것은 아니지만. 무엇이 되었든 높이가 삼 미터나 되는 물체는 좀 떨어진 곳에서도 보이는 법이다. 하물며 술레이만은 하늘의 둥근 천장을 거의 꽉 채울 만하지 않은가. 어쨌든 사제는 술레이만에게 안내되었다. 사제를 안내하는 흥갑기병은 마호우트를 흔들어 깨웠다. 그가 아직 외투 속에서 편하게 잠을 자고 있었기 때문이다. 사제가 당신을 보러 왔소, 병사가 말했다. 병사는 카스티야어로 말했다. 마호우트의 아직 한정된 독일어 이해 능력으로는 그런 복잡한 문장을 이해할 수 없었다는 점을 고려할 때, 병사로서는 그것이 최선이었다. 프리츠는 사제가 무엇을 원하냐고 물어보려고 입을 열었다가 바로 다시 닫았다. 공연히 언어의 혼란을 일으켰다가는 뭐가 어떻게 될지 알 수 없었기 때문이다. 그는 일어서서, 점잖게 거리를 두고 기다리고 있는 사제에게 다가갔다. 보자고 하셨다면서요, 신부님, 그가 물었다. 그렇다, 아들아. 신부는 그 두 마디에 그가 끌어올 수 있는 모든 따뜻한 감정을 불어넣었다. 무슨 일입니까, 신부님. 너는 기독교인이냐, 사제가 물었다. 세례는 받았습니다만, 얼굴색이나 이목구비를 보셔서 아시겠지만, 여기 출신은 아닙니다. 알지, 네가 인도인이라고 알고 있지, 하지만 그것이 선한 기독교인이 되는 데 장애가 되는 것은 아니니까. 하지만 제가 그렇게 말할 수는 없는 노릇이죠, 제가 알기에, 자화자찬은 부끄러운 일이니까요. 나는 요청할 게 있어 왔다, 하지만 그 전에 먼저 네 코끼리가 훈련을 받았는지 알고 싶구나. 글쎄요, 서커스 곡예를 할 수 있다는 의미에서는 훈련을 받지 않았지만, 대개는 자존심 있는 여느 코끼리와 마찬가지로 위엄 있게 처신할 줄 알지요. 무릎을 꿇게 할 수 있나, 한쪽 무릎만이라도. 한 번도 해본 적이 없는 일인데요, 신부님, 술레이만 자신이 눕고 싶어 할 때는 모투 프로프리오(motu proprio)* 무릎을 꿇는 건 보았습니다만, 명령에 따라서 그렇게 할지는 모르겠습니다. 한번 해볼 수는 있겠지. 지금은 적당한 때가 아닙니다, 신부님, 술레이만은 아침에는 대개 기분이 별로 안 좋거든요. 지금이 불편하면 나중에 다시 올 수도 있어, 내가 여기 온 이유는 당연히 죽고 사는 일 때문은 아니니까, 물론 오늘 중에 처리되는 게 바실리카 입장에서는 아주 좋기는 하지만, 오스트리아 대공 전하가 북쪽으로 떠나기 전에 말이야. 뭐가 오늘 중에 처리된다는 말씀입니까, 여쭈어서 죄송합니다만. 기적, 사제는 말하며 두 손을 마주 잡았다. 무슨 기적이요, 마호우트는 물으며 머리가 빙빙 도는 것을 느꼈다. 만일 코끼리가 바실리카 문간에서 무릎을 꿇는다면 그게 네 눈에는 기적처럼 보이지 않겠느냐, 우리 시대의 가장 큰 기적 가운데 하나로 말이야, 사제는 그렇게 말하며 다시 기도하듯이 두 손을 맞잡았다. 저는 기적 같은 것은 모릅니다, 제가 온 곳에서는 세상이 창조된 후로 기적이 없었죠, 제 생각으로는 창조 자체가 하나의 긴 기적인 게 틀림없으니까요, 하지만 그것으로 끝이죠.

---

* 자발적이라는 뜻의 라틴어.

그럼 너는 기독교인이 아니로군. 그건 신부님이 결정하실 문제죠, 제가 비록 기독교인으로 기름 부음을 받고 세례를 받았다 하나, 어쩌면 신부님 눈에는 그 밑에 깔린 게 보일지도 모르겠습니다. 그 밑에 깔린 게 뭔데. 예를 들어, 가네샤, 우리의 코끼리 신이죠, 저기서 귀를 펄럭이고 있는 것 말입니다, 이렇게 말씀드리면 신부님은 틀림없이 저한테 코끼리 술레이만이 신이라는 걸 어떻게 아느냐, 하고 물으실 테고, 그러면 저는, 코끼리 신이 있다면, 사실 있는데, 그렇다면 그 신은 다른 코끼리가 될 수 있듯이 저 코끼리도 얼마든지 될 수 있다고 대답을 하겠죠. 내가 너한테 부탁을 하는 입장이니 그런 신성모독은 용서하지, 하지만 이 일이 끝나면 자네는 고해를 해야 할 거야. 저한테 부탁하는 게 뭔데요, 신부님. 코끼리를 데리고 바실리카 문에 가서 코끼리가 무릎을 꿇게 하는 거야. 하지만 그게 가능한 일인지 모르겠는데요. 해봐. 제가 코끼리를 데려갔는데 코끼리가 무릎 꿇기를 거부했다고 상상해 보세요, 제가 이런 일을 잘 아는 건 아니지만, 기적이 없는 것보다 훨씬 나쁜 게 실패한 기적일 것 같은데요. 증인이 있으면 실패할 일도 없지. 그 증인이 누가 되는 건데요. 우선 바실리카의 종교 공동체 전체와 교회 입구에 와줄 용의가 있는 기독교인 전부, 그다음으로 우리가 잘 알고 있거니와, 자신이 보지 못한 것을 보았다고 맹세하고, 알지 못하는 것을 사실이라고 진술할 수 있는 공중. 거기에는 일어나지도 않은 기적을 믿는 것도 포함되나요, 마호우트가 물었다. 보통 그게 최고지, 물론 그렇게 되려면 준비를 많이 해야 하지만, 대개 그럴 가치가 있어, 게다가 그렇게 하면 우리가 성자들의 의무도 좀 덜어드릴 수도 있고 말이야. 하느님의 의무도요. 우리는 절대 기적을 달라고 하느님을 괴롭히지 않아, 위계라는 걸 존중해야 하니까, 우리는 기껏해야 동정녀하고만 상의를 할 뿐이지, 동정녀도 기적을 일으키는 능력은 있거든. 신부님네 가톨릭교회는 냉소주의 기질이 강한 것 같네요. 그럴 수도 있지, 하지만 내가 이렇게 솔직하게 말하는 이유는 우리에게 이 기적이 얼마나 필요한지 알려주려는 거다, 이 기적이든 다른 기적이든. 왜요. 루터가, 비록 지금은 죽었지만, 그 인간이 여전히 우리의 거룩한 신앙에 맞서는 많은 편견을 부추기고 있거든, 우리로서는 신교도의 가르침의 영향을 줄일 수 있는 것이면 뭐든지 환영이야, 잊지 마라, 루터가 그 혐오스러운 논제를 비텐베르크 성(城) 교회 문에 못으로 박아놓은 지 이제 겨우 삼십 년밖에 안 되었어, 그 이후로 신교가 홍수처럼 유럽 전체를 휩쓸었어. 보세요, 저는 그 논제인가 뭔가는 전혀 모릅니다. 알 필요 없다, 그냥 믿음만 있으면 돼. 하느님에 대한 믿음 말입니까, 아니면 제 코끼리에 대한 믿음 말입니까, 마호우트가 물었다. 양쪽 다지, 사제가 대답했다. 그런데 저는 이 일에서 무엇을 얻을 수 있죠. 교회에는 뭘 요구하면 안 돼, 그냥 자기 걸 줄 뿐이지. 그렇다면 신부님이 먼저 코끼리하고 이야기를 해보셔야 할 것 같은데요, 기적의 성공은 코끼리한테 달려 있으니까요. 조심해라, 이거 아주 건방진 혀를 갖고 있구먼, 그 혀를 잃지 않으려면 조심해야 할 거야. 코끼리를 바실리카 문까지 데려갔는데 코끼리가 무릎을 꿇지 않으면 저는 어떻게 됩니까. 아무 일도 없지 뭐, 네 책임이라는 의심만 들지 않는다면. 제 책임이라면요. 그럼 네가 회개를 하게 해주어야겠지. 마호우트는 굴복하는 것이 최선이라고 생각했다. 몇 시에 코끼리를 데려가면 되겠습니까, 그가 물었다. 정오 정각, 일 분도 늦지 않게. 글쎄요, 술레이만의 머릿속에 신부님 발아래 무릎을 꿇어야 한다는 생각을 집어넣을 여유가 있으면 좋겠습니다만. 우리 발아래가 아니야, 우리야 무가치한 사람들이니까, 우리 성자 안토니우의 발아래지. 그런 경건한 말을 남기고 사제는 상급자들에게 자신의 전도 사업의 결과를 알리러 갔다. 성공할 희망이 조금이라도 있소, 그들은 물었다. 아주 많습니다, 코끼리의 손에 모든 게 달린 것이기는 합니다만. 코끼리한테는 손이 없잖소. 그냥 말이 그렇다는 거지요, 예를 들어 우리 일은 하느님 손에 달렸다고 말할 때처럼요. 실제로 우리 일은 하느님 손에 달렸소, 그게 중요한 차이요. 하느님의 이름을 찬양하라. 그렇고말고, 하지만 다시 우리 얘기로 돌아갑시다, 왜 우리 일이 코끼리의 손에 달린 거요. 코끼리가 바실리카 문에 도착했을 때 어떻게 할지 우리가 모르기 때문입니다. 마호우트가 하라는 대로 하겠지, 교육이란 게 그런 거 아니오. 하느님이 자비롭게도 이 세상의 일들을 다 이해하고 계시다는 것을 믿어야지요, 하느님이 우리 생각대로 섬김을 받고자 하신다면, 당신 자신의 기적을 성사시키는 게 좋을 겁니다, 당신의 영광에 잘 어울리는 기적을요. 형제들이여, 믿음은 무슨 일이든 할 수 있소, 그리고 하느님은 필요한 일을 하실 거요. 아멘, 그들은 입을 모아 소리치고, 머릿속에 비축되어 있는 보조적인 기도문들을 점검했다.

한편 프리츠는 온갖 수단을 동원하여 코끼리에게 그에게 요구되는 일을 이해시키려고 애를 쓰고 있었다. 이것은 확고한 견해를 갖고 있는 동물에게는 쉬운 일이 아니었다. 이 동물은 무릎을 꿇는 행동을 누워 자는 연속 동작과 바로 연결시켜버렸기 때문이다. 하지만 많은 구타와 헤아릴 수 없이 많은 욕과 몇 번의 간절한 호소 뒤에 지금까지 고집스러웠던 술레이만의 뇌에도 조금씩 불이 밝혀지기 시작했다. 즉 무릎을 꿇어야 하지만 누우면 안 된다는 생각을 하기 시작한 것이다. 프리츠는 심지어, 내 목숨이 네 손에 달려 있어, 하는 말까지 했다. 이것은 생각이라는 것이 직접적으로만, 입에서 나오는 말로만 퍼지는 것이 아니라 그냥 공기의 흐름 속에 있기만 해도 퍼질 수 있다는 것을 보여준다. 공기의 흐름은 우리가 들어가 앉아 있는 목욕물과 같다고 할 수 있어, 우리는 그 안에서 깨닫지도 못하는 새에 많은 것을 배운다. 당시에는 시계가 드물었기 때문에 중요한 것은 해의 높이와 해가 땅에 드리우는 그림자의 길이였다. 프리츠는 그것을 보고 정오가, 코끼리를 바실리카의 문까지 끌고 갈 순간이 다가오고 있음을 알았다. 그다음부터는 모든 것이 신에게 달려 있었다. 이제 그는 우리가 전에 보았던 대로 술레이만의 등에 올라타서 가고 있다. 그러나 지금은 마치 견습 마호우트를 벗어나지 못한 것처럼 손과 심장이 떨리고 있다. 사실 걱정할 필요는 없었다. 그가 바실리카의 문에, 이곳에서 기적이 일어났다고 그 이후로 영원히 확인해 줄 증인들의 무리 앞에 도착했을 때, 코끼리는 그가 오른쪽 귀를 가볍게 건드리는 것에 복종하여 무릎을 꿇었기 때문이다. 한쪽 무릎만 꿇어도 아까 부탁을 하러 온 사제는 만족하고도 남았을 텐데, 양쪽 무릎을 다 꿇었다. 그렇게 하늘의 하느님의 영광과 땅의 하느님의 대리자들을 향해 고개를 숙인 것이다. 그들은 그 대가로 술레이만에게 성수를 듬뿍 뿌려주었으며, 성수는 위에 앉아 있는 마호우트에게까지 이르

노벨문학상과 『눈먼 자들의 도시』의
세계적인 거장 주제 사라마구 장편소설

스본에서 빈까지 3천 킬로미터를 행진해
럽 대륙을 남북으로 종단한 코끼리 '솔로몬'이 있었다!
질적 가치와 영적 의미 사이에서 벌어지는 절묘한 줄타기
화를 소설화한 주제 사라마구 유일의 장편소설

JOSÉ SARAMAGO

주제 사라마구 장편소설

코끼리의 여행

보다 더 단숨에 빠져드는 소설은 없을 것이다. 간단히 말
이 책은 술술 흐르고 또 흐른다." ─《뉴욕타임스》

마구의 가장 낙관적이고 장난스러우며 유머가 넘치는 매
인 책. 죽음을 앞두고 쓴 우아한 글…… 『코끼리의 여행』은
러니와 공감이 넘치는 이야기이면서, 중간 중간에 인간 본성
한 재치 있는 사유와 인간 존엄을 모욕하는 강자들에 대한 짓
논평이 끼어든다." ─《로스앤젤레스타임스》

목 옮김 | 304쪽 | 양장본

주제 사라마구 José Saramago

1922년 포르투갈에서 가난한 농부의 아들로 태어나 용접공으로 사회생활을 시작한 사라마구는 1947년 『죄악의 땅』을 발표하면서 창작 활동을 시작했다. 그러나 그후 19년간 단 한 편의 소설도 쓰지 않고 공산당 활동에만 전념하다가, 1968년 시집 『가능한 시』를 펴낸 후에야 문단의 주목을 받기 시작했다. 사라마구 문학의 전성기를 연 작품은 1982년작 『수도원의 비망록』으로, 그는 이 작품으로 유럽 최고의 작가로 떠올랐으며 1998년에는 노벨문학상을 수상했다.

마르케스, 보르헤스와 함께 20세기 세계문학의 거장으로 꼽히는 사라마구는 환상적 리얼리즘 안에서도 개인과 역사, 현실과 허구를 가로지르며 우화적 비유와 신랄한 풍자, 경계 없는 상상력으로 자신만의 독특한 문학세계를 구축해 왔다. 나이가 무색할 만큼 왕성한 창작 활동으로 세계의 수많은 작가를 고무하고 독자를 매료시키며 작가정신의 살아 있는 표본으로 불리던 작가는 2010년 여든일곱의 나이로 타계했다.

렀다. 그것을 지켜보던 군중은 하나가 되어 무릎을 꿇었다. 그 순간 무덤에 미라가 되어 누워 있던 명예로운 성 안토니우의 죽은 몸도 기쁨에 몸을 떨었다.

같은 날 오후 수컷 한 마리와 암컷 한 마리로 이루어진 전서구 한 쌍이 이 놀라운 기적의 소식을 싣고 바실리카로부터 트렌토를 향해 출발했다. 왜 교회의 우두머리가 있는 로마가 아니고 트렌토냐, 당신은 그렇게 물을 것이다. 답은 간단하다. 천오백사십오 년부터 트렌토에서 공의회를 열어, 그들 말에 따르면, 루터와 그 추종자들에 대한 반격을 준비하고 있었기 때문이다. 성서와 전승에 관한, 또 원죄와 의인(義認)과 성사(聖事) 전반에 관한 교령이 트렌토에서 이미 발표되었다는 말만으로도 충분할 것이다. 따라서 가장 순수한 신앙의 기둥인 성 안토니우 바실리카가 트렌토에서 벌어지고 있는 일에 관해 늘 정보를 얻고자 한다는 것은 이해할 만한 일이다. 트렌토는 아주 가까워 겨우 이십 리그, 오랫동안 두 곳 사이를 날아다닌 비둘기들에게는 말 그대로 볼 도이소(vol d'oiseau)*에 불과했다. 그러나 이번에는 파도바가 소식을 전하는 입장이다. 코끼리가 바실리카 문간에서 엄숙하게 무릎을 꿇음으로써 복음의 메시지가 동물의 왕국 전체에도 전해지고 있다는 사실, 또 돼지 수백 마리가 안타깝도 갈릴리 바다에 빠져 죽은 일은 기적을 일으키는 기계의 톱니에 제대로 기름을 칠하기 전 경험이 일천한 상황에서 일어났다는 사실을 증언하는 이런 사건은 매일 일어나는 것이 아니기 때문이다. 이제 중요한 것은 야영지에 긴 줄을 이루고 있는 신자들이다. 이들은 모두 코끼리를 구경하고 혹시 그 기회를 이용해 털이라도 한 줌 살 수 없을까 살피느라 안달이다. 프리츠는 순진하게도 바실리카의 돈궤에서 돈이 나올 것이라고 믿었으나, 돈이 금세 나오지 않자 이런 사업을 만들어낸 것이다. 그렇다고 마호우트를 나무라지는 말자. 기독교 신앙을 위해 그보다 훨씬 작은 일을 한 사람들도 큰 보답을 받았기 때문이다. 내일이면 코끼리 털을 우려낸 물을 하루에 세 번 마시면 심한 설사에 특효가 있으

---

* 새가 날아가는 거리. 보통 직선거리라는 뜻으로 사용된다.

며, 또 이 털을 아몬드 기름에 담갔다가 하루에 세 번 머리 가죽에 힘차게 문질러주면 아무리 빠르게 진행되는 탈모증이라도 멈출 수 있다는 이야기가 퍼질 것이다. 프리츠는 수요를 간신히 감당해 나간다. 허리띠에 묶은 지갑은 이미 동전으로 무겁다. 만일 이곳에 일주일만 묵는다면 그는 부자가 될 것이다. 그의 고객이 모두 파도바 출신인 것은 아니다. 메스트레, 심지어 베네치아에서 온 사람도 있다. 대공 부처는 총독궁에서 너무 즐겁게 지내는 나머지 오늘은, 심지어 내일도 돌아오지 않을 것이라는 이야기가 들린다. 프리츠에게는 아주 기쁜 소식이다. 사실 합스부르크 왕가에 이렇게 고마움을 느끼게 될 줄은 몰랐다. 그는, 인도에 살 때는 왜 코끼리 털을 팔 생각이 한 번도 떠오르지 않았을까, 하고 생각하다가, 자신이 태어난 나라에는 신, 작은 신, 악마가 어처구니없을 정도로 많이 득실거리지만 그래도 문명화된 기독교도가 산다는 유럽의 이 지역보다는 미신이 훨씬 적었다는 답을 내놓는다. 실제로 이곳에서는 행상의 거짓말을 경건하게 믿으면서 코끼리 털을 무턱대고 사지 않는가. 자신이 꾼 꿈의 대가를 치러야 하는 것은 가장 절망적인 상황이라고 할 수 있을 것이다. 이른바 막사 통신의 예측과는 달리, 대공 부처가 다음 날 오후에 돌아와, 가능한 한 빨리 여행을 재개하려 한 것이다. 기적의 소식이 총독궁에도 전

226

해졌지만, 약간 왜곡되어 있었다. 이런 왜곡은 진실이건 가정된 것이건, 진짜이건 순전히 상상에서 나온 것이건, 사실들이 계속 사람을 거치며 전달이 된 결과였다. 이런 사실들은 눈으로 직접 본 사람들의 대체로 단편적인 이야기에서부터 그냥 자기 목소리가 귀에 들리는 것을 좋아하는 사람이 전하는 말에 이르기까지 모든 것에 기초를 두고 있었다. 우리가 너무나 잘 알다시피, 이야기를 하는 사람은 누구도 완전한 마침표, 아니면 쉼표라도 덧붙이고 싶은 유혹에 저항을 할 수 없기 때문이다. 대공은 집사를 불러 무슨 일이 있었는지 물었다. 그가 알고 싶은 것은 기적 자체라기보다도 그 기적이 나오기까지의 과정이었다. 그러나 집사는 이 점에 관한 정보가 충분하지 않았기 때문에, 마호우트 프리츠를 부르기로 했다. 그의 역할상 마호우트는 뭔가 실속 있는 이야기를 해줄 수 있을 것 같았기 때문이다. 대공은 에둘러 말하지 않았다, 내가 없는 동안 기적이 일어났다고 하던데. 네, 전하. 술레이만이 관련된 일이라고. 그렇습니다, 전하. 그러니까 코끼리가 자발적으로 바실리카 문간에 가서 무릎을 꿇겠다고 결정했다는 건가. 그렇게 말할 수는 없을 것 같습니다, 전하. 그럼 어떻게 말할 건데, 대공이 물었다. 전하, 제가 술레이만을 거기에 데려갔습니다. 그럴 거라고 생각했다, 내가 관심을 가지는 건 그게 아니지만, 내가 알고 싶은 건 그 생각이 누구 머리에서 나왔느냐 하는 거다. 제가 해야 했던 일은, 전하, 코끼리한테 제 명령에 따라 무릎을 꿇으라고 가르치는 것뿐이었습니다. 누가 너한테 그렇게 하라는 명령을 내렸나. 전하, 저는 그 이야기를 할 수가 없습니다. 누가 금하기라도 했다는 건가. 그렇지는 않습니다만 지혜로운 자에게는 한마디면 충분하잖습니까. 누가 너한테 그 한마디를 한 거지. 용서하십시오, 전하, 하지만. 내 질문에 당장 답을 하지 않으면 그걸 견딜 수 없을 정도로 후회하게 될 거다. 바실리카에서 온 사제였습니다. 그 사제가 뭐라 했는데. 자기들한테 기적이 필요한데, 그 기적을 술레이만이 일으켜줄 수 있을 거라고 했습니다. 너는 뭐라고 대답했고. 술레이만은 기적을 일으키는 데 익숙하지 않아 자칫 실패로 끝날 수도 있다고 했습니다. 사제의 답은. 제가 복종을 하지 않으면 회개하게 될 거라고 했습니다, 전하께서 방금 하신 말씀과 아주 비슷했지요. 그래서 어떻게 되었나. 어, 아침 내내 술레이만에게 제 신호에 따라 무릎을 꿇는 걸 가르쳤죠, 쉽지는 않았습니다만 결국은 해냈습니다. 훌륭한 마호우트로군. 고맙습니다, 전하. 충고를 좀 해줄까. 네, 전하. 우리가 방금 나눈 이야기는 아무한테도 하지 마라. 안 하겠습니다, 전하. 이야기만 하지 않으면 후회할 일도 없을 거다. 알겠습니다, 전하, 잊지 않겠습니다. 가라, 그리고 잊지 말고, 교회 문간에 무릎을 꿇는 따위를 기적이라고 시범을 보이며 돌아다닐 수 있을 거라는 멍청한 생각은 술레이만의 머리에서 싹 지워버리도록 해라, 사람들은 기적에서 훨씬 더 많은 걸 원한다, 예를 들어 다리가 잘린 곳에서 새 다리가 돋아난다거나, 전장에서 일어날 수 있는 그런 신기한 일이 얼마나 많을지 생각해 봐라. 네, 전하. 가라. 혼자 남게 되자 대공은 자기가 말을 너무 많이 한 것이 아닌가 하는 생각에 빠져들었다. 그가 방금 한 말이 마호우트의 입을 통해 새어 나가면, 루터의 개혁과 현재 진행되는 공의회의 대응 사이에서 지금처럼 미묘한 정치적 균형을 유지하는 데 아무런 도움이 되지 않을 터였다. 사실, 프랑스의 앙리 사세가 머지않은 미래에 말하게 되듯이, 파리를 얻을 수만 있다면 미사 정도는 드릴 수도 있는 것이다. 그렇다 해도, 막시밀리안의 갸름한 얼굴에는 고통스럽고 우울한 표정이 떠오를 수밖에 없었다. 인생에서 젊은 시절의 이상을 배신했다는 깨달음만큼 가슴 아픈 것은 없기 때문이다. 대공은 자신이 엎질러진 우유를 놓고 울지는 않을 만큼 나이가 들었으며, 엄청나게 풍부한 가톨릭교회 전통이 있기 때문에 두 손만 능숙하게 놀리면 언제든지 우유를 짜낼 수 있다고 혼잣말을 했다. 지금까지 벌어진 일들을 보면 대공의 손은 그런 외교적인 우유 짜기에 상당한 재능이 있음을 보여주었다. 방금 말한 교회가 신앙과 관련된 일들은 시간이 지나면 결과적으로 그들에게 어느 정도 유리하게 작용할 것이라고 믿는 동안은 그럴 터였다. 그렇다 해도 코끼리의 거짓 기적 이야기는 참을 수 있는 범위를 넘어서고 있었다. 바실리카 사람들이 미친 게 틀림없어, 그는 생각했다, 그 사람들한테는 이미 부서진 주전자 조각으로 새 주전자를 만들고, 파도바에 살고 있을 때는 리스본까지 날아가 아버지를 교수대에서 구했던 성자가 있잖아, 그런데 왜 마호우트한테 와서 코끼리더러 가짜 기적을 일으키게 해달라고 하냔 말이야, 아, 루터, 루터, 당신이 정말로 옳았어. 대공은 감정을 분출하고는 집사를 불러 다음 날 아침 길을 떠날 준비를 하되, 가능하면 트렌토로 바로 가고, 어쩔 수 없다면 가는 길에 딱 하룻밤만 쉬었다 가도록 하라고 명령했다. 집사는 경험상 속도 문제에서는 술레이만을 믿을 수 없으므로 두 번째 방법이 합당할 것 같다고 대답했다. 술레이만은 장거리 선수에 가깝지요, 그는 그렇게 결론을 내리고 나서 덧붙였다, 마호우트가 사람들의 얇은 귀를 이용해서 코끼리 털을 팔고 있습니다, 그걸로 약을 만들 수 있다면서요, 아무것도 못 고치는 약이겠지만. 만일 지금 당장 그 짓을 그만두지 않으면 평생 후회하게 될 것이며, 그 평생이 길지도 않을 것이라고 전해라. 전하의 명령을 즉시 이행하겠습니다, 이 사기 행각을 즉시 중단시켜야 합니다, 이 코끼리 털 사업으로 인해 호송대 전체의 사기가 말이 아닙니다, 특히 흉갑기병대 가운데 머리가 벗겨진 대원들의 사기가 말입니다. 알았다, 이 문제를 당장 해결하도록 해라, 우리가 여행을 하는 동안 술레이만의 이른바 기적이 우리를 쫓아다니는 것을 막을 수야 없겠지만, 적어도 합스부르크가 거짓말쟁이 마호우트의 범죄로부터 이익을 보고 마치 그것이 법으로 보호되는 상업 행위인 것처럼 부가가치세를 징수한다는 이야기는 나오지 못하게 할 것이다. 전하, 당장 처리하겠습니다, 제가 할 일을 한다 해도 그는 속으로는 웃고 있을 것입니다, 우리가 코끼리를 빈까지 데려가는데 마호우트가 필요하다는 게 부끄럽습니다, 어쨌든 적어도 이 일이 마호우트에게 교훈을 주기를 바랄 뿐입니다. 가라, 가서 화상을 입는 사람이 생기기 전에 불을 꺼라. 프리츠는 사실 그런 가혹한 심판을 받을 일을 하지 않았다. 범죄자를 고발하고 유죄 판결을 내려야 한다는 것은 물론 옳은 말이지만, 진정한 정의는 늘 정상 참작을 할 만한 상황을 고려해야 한다. 우선 이 마호우트의 경우, 가짜 기적이라는 아이디어는 그에게서 나온 것이 아니라 성 안토니우 바실리카의 사제들로부터 나온 것이다. 애초에 그들이 그런 사기극을 생각해 냈다. 그들이 그런 생각만 하지 않았다면, 이른바 그 기적을 만들어낸 동물의 털을 이용해 부자가 될 수 있다는 생각도 프리츠의 머리에 떠오르지 않았을 것이다. 이 세상 누구도 허물이 없지 않다는 점, 그리고 고귀한 대공과 그의 말 잘 듣는 집사도 다른 대부분의 사람들보다 더 하면 더했지 덜하지는 않다는 점을 고려할 때, 그들 자신의 크고 작은 죄를 인정한다면, 그들은 들보와 티끌에 관한 유명한 이야기를 기억해야 할 의무가 있었다. 그것을 이 새로운 상황에 적용한다면, 자신의 눈에 들어간 코끼리의 털보다 이웃의 눈에 들어간 들보를 보는 것이 훨씬 쉽다는 것을 알 수 있다. 게다가 이것은 사람들의 기억, 또는 미래 세대들의 기억에 오래 머물 기적이 아니다. 대공의 두려움에도 불구하고, 가짜 기적 이야기는 여행 내내 그들을 쫓아다니는 것이 아니라 금세 희미해질 것이다. 호송대 사람들은 귀족이건 평민이건, 군인이건 민간인이건, 그런 것 말고도 생각할 것이 많다. 트렌토 주변 지역에, 알프스의 벽 바로 앞에 자리 잡고 있는 산들 위에 모이는 구름이 처음에는 비로 변하고, 나중에는 아마도 몸을 세게 때리는 우박으로, 또 틀림없이 눈으로 바뀌고, 길에는 미끄러운 얼음이 덮일 것이기 때문이다. 그리고 호송대의 몇몇 구성원은 마침내 가엾은 코끼리가 교회의 회계 기록의 괴상한 항목 속의 순진한 얼간이에 불과하고, 마호우트는 우리가 우연히 살게 된 부패한 시대가 만들어낸 하찮은 결과물에 지나지 않는다는 사실을 인식하게 될 것이다. 잘 있거라, 세상이여, 너는 갈수록 나빠지는구나.

대공이 분명히 자신의 소망을 밝혔음에도, 파도바에서 트렌토까지 하루에 가는 것은 불가능했다. 술레이만은 마호우트의 다급한 명령들을 따르려고 최선을 다했다. 실제로 마호우트는 아주 멋지게 시작했다가 그렇게 엉망으로 끝나버린 사업에 대한 화풀이를 코끼리에게 하기로 작정한 것 같았다. 하지만 아무리 무게가 사 톤이나 나가는 코끼리지만, 체력에 한계가 있었다. 사실 모든 것이 가장 좋은 쪽으로 결말이 났다. 그들은 저녁 어스름에, 거의 어두워진 시간에 목적지에 도착한 것이 아니라 한낮에 도착했다. 그래서 거리에 마중 나온 사람들의 박수를 받을 수 있었다. 하늘은 아직도 이쪽 지평선에서 저쪽 지평선까지 단단한 구름 같은 것에 덮여 있었지만 비는 내리지 않았다. 호송대의 기상 전문가들, 직업상 다수를 차지하고 있던 그들의 의견은 만장일치였다, 눈이 올 거야, 엄청나게. 행렬이 트렌토에 이르렀을 때 성 비길리우스 대성당 밖의 광장에서 놀라운 일이 그들을 기다리고 있었다. 광장 정중앙에 실물 반쯤 크기의 코끼리 상이 서 있었던 것이다. 상이라고는 하지만 판자로 만들어놓은 구조물로, 서둘러 못을 박은 느낌이 역력했으며, 해부학적 정확성을 추구하려는 시도는 거의 이루어지지 않

233

았다. 그래도 들어 올린 긴 코와 한 쌍의 엄니는 빠지지 않았을 뿐 아니라, 엄니의 상아에는 하얀 페인트도 칠해 놓았다. 술레이만을 묘사하려는 시도 같았다. 뭐, 틀림없었다. 이 사람들은 술레이만의 종에 해당하는 다른 동물이 이 나라의 이 지역에 나타날 것이라고 예상하고 있지도 않았고, 또 그들의 기억에 남아 있는 과거에 다른 코끼리가 트렌토를 찾아온 적이 있다는 기록도 없었기 때문이다. 대공은 코끼리처럼 생긴 상을 보자 몸을 떨었다. 그의 최악의 두려움이 확인된 것이다. 기적 소식이 트렌토에도 도달한 것이 분명했다. 그래서 공의회가 이 도시에서 열리고 있다는 사실에서 물질적으로나 영적으로 이미 이익을 본 트렌토 시 종교 당국은 파도바나 성 안토니우 바실리카와, 뭐라고 해야 하나, 신성한 감정을 공유한다고 해야 하나, 어쨌든 그런 감정의 공유를 확인하고, 그것을 보여주기 위해 추기경, 주교, 신학자들이 벌써 몇 년째 회의를 열고 있는 바로 그 성당 앞에 기적을 일으킨 생물을 표현한 구조물을 서둘러 세우기로 한 것이다. 대공은 가까이 다가갔을 때 코끼리 상의 등에 커다란 구멍이 몇 개 뚫린 것을 보았다. 마치 뚜껑 문 같았다. 그것을 보자 대공은 즉시 유명한 트로이의 말을 생각했다. 물론 코끼리 상의 배에는 아이들 한 부대도 들어가지 못할 것 같았다. 소인국 아이라면 몰라도. 하지만 그것은 말이 안 되는 것이, 이때는 소인국이라는 말이 아직 만들어지기도 전이었다. 불안한 대공은 상황을 분명하게 파악하려고 집사를 보내 걱정을 불러일으키는 그 조잡하고 기형적인 상이 왜 거기 서 있는지 알아보라고 명령했다. 집사가 갔다가 돌아왔다. 놀랄 일은 아니었다. 코끼리는 오스트리아 막시밀리안 대공의 트렌토 방문을 기념한 것이었다. 다른 목적도 하나 있었다. 어둠이 내리면 그 나무 몸통을 불꽃놀이의 틀로 쓰겠다는 것이었고, 이 말은 사실이었다. 대공은 안도의 한숨을 쉬었다. 트렌토에서는 코끼리의 행동을 중요하게 생각하지 않는 것이 분명했기 때문이다. 그저 재로 타버릴 물건을 제공하는 존재 정도로 보는지도 모를 일이었다. 폭죽에 연결된 도화선이 그 나무를 태워버리면서, 먼 훗날 같으면 바그너풍이라는 수식어가 들어갈 만한 피날레를 구경꾼들에게 제공할 가능성이 높아 보였기 때문이다. 실제로 그렇게 되었다. 나트륨의 노란색, 칼슘의 빨간색, 구리의 녹색, 칼륨의 파란색, 마그네슘의 하얀색, 철의 금색이 모두 함께 기적을 일으켜, 코끼리의 몸이 마치 바닥을 모르는 풍요의 뿔이라도 되는 것처럼 별, 분수, 천천히 타오르는 촛불, 빛의 폭포가 쏟아져 나왔고, 이 색채의 폭풍 뒤에 거대한 모닥불이 밝혀지며 기념행사가 끝을 맺었던 것이다. 트렌토의 많은 주민이 그 기회를 이용해 손을 녹였다. 술레이만은 일부러 지어놓은 의지간에 들어가 두 번째 꼴 꾸러미를 먹어치우고 있었다. 불은 점차 빛을 발하는 깜부기불 더미가 되어 갔다. 그러나 추위 속에서 오래 버티지 못하고 급속히 재로 변했다. 그것으로 큰 볼거리가 끝났고 대공 부처는 둘 다 잠자리에 들었다. 눈이 내리기 시작했다.

알프스산맥이다. 그래, 맞다. 하지만 보이지는 않는다. 눈이 부드럽게 내리고 있다. 솜 조각 같다. 하지만, 우리 코끼리가 말해 주겠지만, 부드럽다는 데 속으면 안 된다. 그의 등에 지고 가는 얼음이 갈수록 두꺼워지기 때문이다. 지금쯤은 마호우트도 알아챘어야 하지만, 사실 그는 이런 종류의 겨울은 상상도 해보지 못한 더운 나라 출신이다. 물론 옛 인도에는, 그러니까 북쪽에는 산이나 눈 덮인 봉우리가 부족하지 않다. 그러나 지금은 프리츠라고 부르는 수브흐로는 유람을 하며 다른 곳을 둘러볼 돈이 없었다. 그는 딱 한 번, 리스본에서 눈을 겪어보았다. 고아에서 리스본에 도착하고 나서 몇 주 뒤 어느 추운 날, 하늘에서 하얀 먼지가 떨어지는 것을 보았다. 마치 밀가루를 체로 치는 것 같았다. 그 먼지는 땅에 닿자마자 녹았다. 그것은 지금 눈앞에 있는, 그의 눈이 닿는 모든 곳에 펼쳐져 있는 이 광대한 백색과는 비교가 되지 않았다. 곧 솜 조각은 커졌다. 바람에 실려 오는 묵직한 조각들이 마호우트의 얼굴을 때렸다. 술레이만 위에 앉아 외투로 몸을 싸고 있었기 때문에 추위는 별로 느껴지지 않았다. 그러나 쉬지 않고 얼굴을 때려댔기 때문에 성가셨다. 위험한 협박 같았다. 그는 트렌토에서 볼차노까지는 산책이나 다름없다는 이야기를 들었다. 십 리그 정도, 아니, 그것도 안 된다, 벼룩이 풀쩍 뛰면 갈 수 있는 곳이다, 그런 이야기였다. 그러나 이런 날씨, 눈이 발톱으로 모든 움직임, 어떤 움직임이든 움켜쥐고 속도를 늦추는 날씨에는 그렇지 않았다. 심지어 호흡마저 움켜쥐었다. 마치 조심성 없는 여행자들에게는 출발을 허락하지 않으려는 것 같았다. 술레이만도 그것을 잘 알고 있다. 그는 타고난 힘에도 불구하고, 자기 몸을 질질 끌고 가듯 그 가파른 길을 힘겹게 올라가고 있다. 그가 무슨 생각을 하고 있는지 우리는 모른다. 하지만 한 가지는 분명히 알고 있다. 이 알프스산맥 속에서 그가 행복하지 않다는 것. 이따금씩 흉갑기병대원들이 몸이 꽁꽁 언 말을 타고 최선을 다해 빠른 속도로 올라가기도 하고 내려가기도 한다. 호송대가 얼마나 잘 버티고 있는지 확인하고, 흩어지거나 딴 길로 새는 것을 막으려는 것이다. 이 얼어붙은 곳에서 길을 잃는다면 그것은 곧 죽음을 뜻할 수도 있기 때문이다. 그 흉갑기병대원들을 빼면 이 길은 오직 코끼리와 그의 마호우트를 위해서만 존재하는 것처럼 보인다. 바야돌리드를 떠난 이후로 대공 부처를 태운 마차에 바싹 붙어서 가는 것에 익숙해졌기 때문에, 마호우트는 눈앞에 그들이 보이지 않는 것이 아쉽다. 코끼리는 어떤지 우리가 감히 말할 수 없다. 앞서도 말했듯이 그가 무슨 생각을 하는지는 우리도 모르기 때문이다. 대공의 마차는 앞쪽 어딘가에 있지만 그림자도 보이지 않는다. 바로 뒤따라와야 할 꼴을 실은 달구지도 마찬가지다. 마호우트는 지금도 그러한지 확인하려고 뒤를 돌아보다가, 섭리의 눈길이 그를 인도한 덕분에 술레이만의 엉덩이를 덮은 얼음을 보았다. 그는 겨울 스포츠에 관해 아는 것이 전혀 없었지만 그 얼음은 아주 얇고 약해 보였다. 아마 동물의 몸에서 나오는 열 때문에 얼음이 완전히 자리를 잡지 못하는 것 같았다. 어쨌든 그건 잘된 일이군, 그는 생각했다. 그러나 상황이 더 악화되기 전에 얼음을 없앨 필요가 있었다. 마호우트는 미끄러지지 않도록 엄청나게 조심을 하며 코끼리의 등을 따라 기어가, 마침내 그 짜증 나는 얼음장에 이르렀다. 그러나 얼음은 처음 보았던 것만큼 얇지도 약하지도 않았다. 얼음은 절대 믿으면 안된다. 이것이 배워야 할 첫 번째 중요한 교훈이다. 얼어붙은 바다를 걷는 것을 보면 사람들은 다들 물 위를 걸을 수 있다는 인상을 받지만, 그것은 완전히 잘못된 인상이다. 술레이만이 성 안토니우의 바실리카 문간에 무릎을 꿇은 기적만큼이나 잘못된 것이다. 갑자기 얼음이 꺼지고, 그다음에 무슨 일이 벌어질지는 아무도 모르는 것이기 때문이다. 이제 프리츠의 문제는 어떻게 하면 연장의 도움 없이 코끼리 가죽에서 그 빌어먹을 얼음을 제거하느냐 하는 것이다. 둥그스름한 멋진 날이 달린 주걱이 있으면 좋으련만, 그런 주걱이 그 당시에 있었다 하더라도 지금 여기에서는 구할 도리가 없다. 따라서 유일한 해결책은 맨손으로 하는 것이다. 비유로 이야기하는 것이 아니다. 그러다가 문제의 핵심이 무엇인지 깨달았을 때 마호우트의 손가락은 이미 얼어서 감각이 없었다. 문제의 핵심은 코끼리의 숱이 많고 억센 털이 얼음과 제휴를 했다는 것이었다. 그래서 필사적인 전투를 벌여도 일은 조금밖에 진척되지 않았다. 가죽에서 얼음을 긁어내는 것을 도와줄 주걱이 없었듯이, 그 엉킨 털을 잘라낼 가위도 없었기 때문이다. 털에 붙은 얼음을 일일이 제거한다는 것은 프리츠의 신체적, 정신적 능력으로는 감당할 수 없는 일이라는 것이 곧 분명해졌다. 그 일을 그만둘 수밖에 없었을 때 그는 이미 애처로운 눈사람이 되어 있었다. 입에 파이프를 물지 않았고, 당근 대신 진짜 코가 달려 있다는 것이 다를 뿐이었다. 유망한 사업, 그러나 대공의 도덕관념 때문에 꽃도 피우지 못하고 시들어버린 사업의 핵심이었던 털은 이제 커다란 문제의 원인이 되었으며, 그것이 코끼리의 건강에 어떤 영향을 줄지는 아직 아무도 알지 못했다. 이것으로는 부족했는지, 다른 다급해 보이는 문제가 또 생겼다. 마호우트의 익숙한 무게가 어깨에서 엉덩이로 옮겨간 느낌 때문에 혼란에 빠졌는지, 코끼리가 방향감각을 잃었다는 분명한 신호를 보내고 있었다. 길이 보이지 않아 어디로 가야 할지 모르는 것 같았다. 프리츠는 얼른 익숙한 곳으로 기어가, 말하자면 고삐를 다시 잡아야 했다. 코끼리의 등을 덮은 얼음 문제는, 이제 더 나쁜 일이 생기지 않도록 코끼리의 신에게 기도를 하도록 하자. 만일 근처에 나무 한 그루가 있고, 삼 미터 정도 높이에 땅과 대체로 평행을 이루고 있는 정말 단단한 가지가 달려 있다면, 술레이만은 태곳적부터 모든 코끼리가 몸이 견딜 수 없을 정도로 가려우면 그랬듯이, 거기에 몸을 비벼 그 불편하고 또 위험할 수도 있는 얼음에서 벗어날 수 있겠지만. 이제 눈은 두 배로 심하게 내리고 있었다. 또, 그 결과라고 말하는 것은 아니지만, 길은 점점 더 가팔라졌다. 마치 평평하게 계속 끌고 가는 것이 지겨워 하늘로, 비록 하늘 가운데 낮은 층이라 해도, 어쨌든 하늘로 올라가고 싶어 하는 것 같았다. 벌새의 날개로는 폭풍에 맞서 싸우는 바다제비의 강력하게 퍼덕이는 날갯짓도, 골짜기 위로 솟구치는 검둥수리의 웅장한 비상도 꿈꾸지 못한다. 결국 우리 모두 타고난 대로 살기 마련인데, 늘 중요한 예외와 마주칠 가능성은 있다. 술레이만이 그런 경우였다. 술레이만은 이런 일을 감당하도록 타고나지는 않았지만, 그는 지금 이 가파른 비탈을 올라갈 방법을 찾아낼 수밖에 없었다. 술레이만은 코를 앞으로 길게 뻗는 방식으로 이 일을 감당해 냈다. 어느 모로 보나 죽기 아니면 살기로 전투에 뛰어드는 전사의 모습이었다. 주위는 온통 눈이고, 이곳에는 오로지 그들뿐이었다. 이 지역을 아는 사람이라면 이 하얀색이 놀라울 정도로 아름다운 풍경을 감추고 있다고 말할지도 모르겠다. 하지만 지금은 아무도 그렇게 생각하지 않을 것이다. 적어도 우리는 그렇다. 눈이 골짜기들을 삼키고 식물을 다 덮었다. 주변에 사람이 사는 집이 있는지 몰라도 거의 보이지 않는다. 굴뚝에서 피어오르는 작은 연기만이 생명의 유일한 표시다. 안에 있는 사람은 눅눅한 불쏘시개에 불을 피운 것이 틀림없다. 쌓인 눈 더미 때문에 문이 열리지도 않아, 목에 브랜디 병을 묶은 성 베르나르 같은 사람의 도움을 기다리고 있을 것이다. 술레이만은 자기도 모르는 새에 비탈 꼭대기에 이르렀다. 이제 다시 정상적으로 숨을 쉴 수 있다. 마호우트를 등에 싣고 엉덩이에 얼음장의 무게까지 견디어가면서 그렇게 힘겹게 노력한 끝에 이제 다시 느긋하게 걸어갈 수 있게 된 것이다. 눈의 장막은 약간 얇어져, 앞의 몇 백 미터는 보인다. 마침내 세상이 그동안 잃어버렸던 기상학적 규범을 복원하기로 결정한 것 같았다. 실제로 그것이 세상이 의도한 바였을 테지만, 뭔가 이상한 일이 일어난 것은 분명하다. 그렇지 않고서야 사람, 말, 달구지가 마치 피크닉을 하기에 좋은 장소에 온 것처럼 이렇게 한데 모여 있는 것을 어떻게 설명할 것인가. 프리츠는 술레이만에게 걸음을 재촉했다가, 다시 호송대 사이에 들어와 있는 것을 알게 되었다. 그것을 아는 데는 뛰어난 통찰력 같은 것도 필요 없는 것이, 우리가 알다시피 오스트리아의 대공은 한 사람뿐이기 때문이다. 프리츠는 코끼리에서 내려와 처음 만나는 사람에게 물었다, 어떻게 된 겁니까. 그러자 즉시 대답이 돌아왔다, 전하가 탄 마차의 앞축이 부러졌소. 끔찍한 일이로군요, 마호우트가 소리쳤다. 이미 목수가 조수들의 도움을 얻어 새 축을 설치하고 있소, 한 시간 안으로 다시 움직일 수 있을 거요. 어떻게 그걸 갖고 있었지요. 뭘 말이오. 축이오. 댁은 코끼리는 잘 아는지 몰라도, 여분의 부품도 없이 이런 여행을 떠나는 모험을 하는 사람은 없다는 생각은 하지 못하나 보군. 혹시 전하께서 부상이라도 당하셨습니까. 아니, 마차가 갑자기 한쪽으로 기우는 바람에 약간 놀란 정도요. 지금은 어디 계십니까. 저 앞쪽의 다른 마차에 들어가 계시오. 곧 밤이 되겠네요. 눈이 이렇게 많이 내리면 길은 밝지, 아무도 길을 잃지는 않을 거요, 흉갑기병대 부관이 말했다. 마호우트는 부관과 말을 하고 있었던 것이다. 그 말은 사실이었다. 바로 그 순간 꼴을 실은 달구지가 도착했기 때문이다. 때를 잘 맞추어 온 것이다. 사 톤이나 되는 몸을 끌고 산을 올라온 술레이만은 에너지를 보충하는 것이 절실하게 필요했기 때문이다. 아멘 하고 말하는 것보다 짧은 시간에 프리츠는 그 자리에서 꾸러미 두 개를 풀었고, 두 번째 아멘, 그런 것이 있다면, 어쨌든 그런 소리가 나올 때쯤 코끼리는 자신에게 배급된 식량을 우적우적 씹고 있었다. 바로 뒤에 호송대 후방의 흉갑기병대가 왔고, 그들과 함께 나머지 무리가 왔다. 추위 때문에 몸이 마비되고, 오랫동안 엄청난 힘을 쓰는 바람에 진이 빠진 상태였다. 그래도 본대에 다시 합류하게 되어 다들 기뻐했다. 생각해보면 대공의 마차에 일어난 사고는 신의 섭리에 따른 것이라고 이야기할 수밖에 없었다. 아무리 찬사를 보내도 모자란 민중의 지혜가 가르쳐주는 대로, 그리고 실제로 여러 번 목격된 대로, 신은 비뚤어진 줄들 위에도 똑바로 글을 쓴다.

아니, 오히려 비뚤어진 줄을 더 좋아하는 것 같다. 축을 끼워 넣고 수리가 잘 되었는지 확인이 끝나자 대공 부처는 편안한 자신들의 마차로 돌아갔다. 다 모인 호송대는 출발했다. 군인, 민간인을 막론하고 모든 구성원에게 어떤 일이 있더라도 뭉쳐 있으라는, 아까처럼 완전히 뿔뿔이 흩어진 상태로 다시 돌아가면 절대 안 된다는 엄한 명령이 떨어졌다. 아까와 같은 상태에서도 무시무시한 결과를 피할 수 있었던 것은 오로지 엄청난 행운 덕분이었다. 호송대는 밤늦게 볼차노에 도착했다.

다음 날 호송대는 늦잠을 잤다. 대공 부처는 지역 귀족 가문의 집에서 잤다. 다른 사람들은 작은 도시 볼차노 전역에 흩어졌다. 흉갑기병대의 말은 빈 곳이 있는 마구간이면 어디든 집어넣었다. 사람들은 민가에 할당되었다. 이들에게 밤새 눈을 치울 힘이 남아 있다면 모르되, 그렇지 않다면 한데서 야영을 한다는 것은 불가능하지는 않지만 아주 괴로운 일이 될 수밖에 없었다. 가장 어려운 일은 술레이만에게 잘 곳을 할당하는 일이었다. 사람들은 위아래를 살핀 다음 코끼리가 몸을 피할 만한 곳을 찾아냈다. 기둥 네 개로 버티고 있는, 기와를 덮은 지붕이었다. 술레이만이 아 라 벨

에투알(à la belle étoile)*로 자는 것보다는 그래도 조금 나을 것 같았다. 아 라 벨 에투알이란 포르투갈어의 아우 렐렌투(ao relento)**라는 표현을 서정적인 프랑스어로 바꾸어 놓은 것이다. 사실 아우 렐렌투라는 말도 어울리지는 않는다. 렐렌투라는 말은 밤의 습기, 즉 이슬이나 안개 같은 것을 가리키는 말인데, 그런 것은 흠 하나 없는 담요나 임종의 침대 같은 시적인 묘사도 얼마든저 정당화해 줄 것 같은 알프스산맥의 이런 눈과 비교하면 기상학적으로 하찮은 것에 지나지 않는다. 배를 채우라고 술레이만에게 꼴을 무려 세 꾸러미나 주었다. 당장 그 자리에서 먹든, 아니면 밤 내내 먹든 상관없었다. 어쨌든 술레이만도 여느 인간과 마찬가지로 식욕의 지배를 받기 때문이다. 마호우트는 운 좋게도 숙소를 배정받을 때 바닥의 자비로운 매트리스와 더불어 그 못지않게 자비로운 담요를 받았다. 아직 약간 축축하기는 했지만, 외투까지 그 위에 덮자 열을 보존하는 이부자리의 힘은 더 강해졌다. 그를 받아준 가족에게는 침대 세 개가 있는 방 하나밖에 없었다. 침대 하나는 어머니와 아버지, 또 하나는 아홉에서 열네 살 사이의 세 아들, 나머지 하나는 칠십 대의 할머니와 두 하녀 차지였다. 그들이 프리츠에게

* 총총한 별 밑에서라는 의미의 프랑스어.
** 이슬을 맞으며라는 의미의 포르투갈어.

247

바란 대가는 코끼리 이야기나 조금 해달라는 것이었다. 프리츠는 피스 드 레지스탕스(pièce de résistance)*, 즉 가네샤의 탄생에서부터 시작하여 최근의, 그에게는 영웅적으로 보이는 알프스 등정으로 끝을 맺었다. 하지만 우리는 그 이야기는 이미 충분히 한 것 같다. 이윽고 이 집의 아버지는 침대에 그대로 누운 채 옆에서 아내가 코를 고는 소리를 들으며, 고대의 역사와 그 후의 전설에 따르면, 카르타고의 유명한 장군 한니발이 군대와 아프리카코끼리를 이끌고 피레네 산맥을 넘은 뒤 알프스산맥의 이 근처 어딘가를 통과하여 로마 군인들을 심하게 괴롭혔다는 이야기를 해주었다. 물론 같은 이야기의 좀 더 현대적인 판본에 따르면 한니발의 코끼리는 귀가 거대하고 몸집도 아주 큰 아프리카코끼리가 아니라 말보다 별로 크지 않은 이른바 숲 코끼리라고 하지만. 그런데 그때도 눈이 많이 왔지요, 길도 잘 보이지 않고, 아버지가 덧붙였다. 로마인을 별로 좋아하시지 않나 보네요, 프리츠가 말했다. 솔직히 말해서 우리는 이탈리아 사람이라기보다는 오스트리아 사람에 가깝지요, 독일어로 이 도시는 보첸이라고 부르죠. 솔직히 나는 볼차노가 더 마음에 드는데요, 마호우트가 말했다, 귀에 더 편하게 들립니다. 그건

* 가장 멋진 대목이라는 의미의 프랑스어.

선생님이 포르투갈 사람이라서 그렇죠. 포르투갈에서 왔다고 해서 포르투갈 사람인 것은 아닙니다. 그럼 어디 사람이죠, 선생님, 여쭤봐도 괜찮다면. 나는 인도에서 났고, 마호우트입니다. 마호우트요. 네, 마호우트는 코끼리를 모는 사람이죠. 그렇다면 그 카르타고의 장군도 부대에 마호우트를 두었겠네요. 코끼리를 모는 사람이 없었다면 코끼리를 어디로도 데려갈 수 없었을 겁니다. 코끼리를 전쟁에까지 데리고 갔는걸요. 인간들이 하는 전쟁이었죠. 글쎄요, 뭐 다른 종류의 전쟁이 있겠습니까. 이 사람은 철학자였다.

다음 날 아침 늦게 프리츠는 힘을 회복하고 위도 어느 정도 위로를 해준 뒤 주인 가족에게 고맙다고 인사를 하고 자신이 돌봐야 할 코끼리가 그대로 있는지 확인하러 갔다. 그는 술레이만이 한밤중에 볼차노를 떠나 뭔가에 취한 상태, 눈의 영향이라고밖에 할 수 없는 취한 상태에서 근처의 산과 골짜기를 떠도는 꿈을 꾸었다. 물론 산악 사고라는 주제와 관련된 문헌은 알프스산맥에서 벌어진 한니발의 비참한 전쟁을 제외하면, 최근에는 스키를 좋아하는 사람들이 팔다리를 부러뜨렸다는, 지루할 정도로 단조로운 기록밖에 없다. 하지만, 그래, 그때는 그런 시절이었다. 산꼭대기에서 떨어진 사람이 천 미터 밑, 다른 똑같이 불행한 모험가들의 갈빗대, 정강이뼈, 두개골이 이미 빽빽하게 들어찬 골짜기 바닥에 곤죽이 되어 도착하던 시절이다. 아, 그래, 그것이 인생이었다. 흉갑기병대원 몇 명은 벌써 광장에 모여 있었다. 일부는 말을 타고 있었고, 일부는 아직 타지 않았는데, 나머지도 그곳으로 오고 있었다. 눈이 오고 있었지만, 심하지는 않았다. 아무도 먼저 이야기를 해주지 않자 호기심이 많을 수밖에 없는 마호우트는 부관에게 무슨 일이냐고 물어보러 갔다. 하지만 그냥 정중하게 아침 인사만 건네는 것으로 충분했다. 부관은 그가 원하는 것을 즉시 알아채고 최신 소식을 전해주었기 때문이다, 우리는 브레사노네, 독일어로는 브릭센이라고 부르는 곳으로 갈 거요, 오늘은 조금만 가면 되오, 십 리그도 안 되니까. 부관은 기대감을 불러일으키려는 듯 잠시 말을 끊었다가 덧붙였다, 아마 브릭센에서는 바라 마지않던 며칠간의 휴식을 얻을 수 있을 거요. 뭐, 저야 제 이야기를 할 수밖에 없지만, 술레이만은 지금 간신히 한 발 한 발 떼어놓는 중입니다, 기후가 안 맞잖아요, 저러다 폐렴에 걸릴지도 모릅니다, 그럼 전하께서 저 가엾은 피조물의 뼈로 뭘 하실지 보고 싶습니다. 괜찮을 거요, 부관이 말했다, 지금까지 크게 문제가 된 건 없었지 않소. 프리츠는 그 말에 동의할 수밖에 없었다. 그는 술레이만이 어떤지 보러 갔다. 술레이만은 지붕 밑에 있었다. 아주 차분해 보였다. 그러나 아직도 불편한 꿈의 마법에서 벗어나지 못한 마호우트는 술레이만이 그런 척하는 것일 뿐이라는 느낌을 버릴 수가 없었다. 술레이만이 진짜로 한밤중에 볼차노를 떠나 눈 속에서 놀다 온 느낌이었다. 영원히 눈이 덮여 있다고 하는 가장 높은 봉우리에라도 올라갔다 온 느낌. 바닥에는 그에게 주고 간 먹이가 흔적도 보이지 않았다. 지푸라기 하나 없었다. 그렇다면 적어도 술레이만이 어린아이처럼 배고파 훌쩍거리기 시작하는 일은 없을 것이라고 생각해도 무리는 아닐 듯했다. 사실 많이 알려지지는 않았지만, 그는, 코끼리는 실제로 아이와 같다고 해도 좋다. 몸이 그렇다는 것이 아니라, 불완전한 지성이라는 면에서 그렇다는 것이다. 하긴 우리는 코끼리가 무슨 생각을 하는지 모른다. 또 아이가 무슨 생각을 하는지도 모른다. 아이가 우리한테 해주는 말 외에는. 원칙적으로 그것도 너무 믿으면 안 되지만. 프리츠는 올라타고 싶다는 신호를 보냈다. 코끼리는 마치 어떤 못된 짓을 한 뒤 용서를 받고 싶어 하는 것처럼 재빨리 정확하게, 마치 등자를 내밀듯이 발을 올려놓을 엄니 한쪽을 내밀었다. 그런 뒤에 마치 포옹을 하듯 코로 프리츠의 몸을 감았다. 그는 단 한 번의 동작으로 프리츠를 등에 올려, 편안하게 자리를 잡게 해주었다. 프리츠는 뒤쪽을 흘끔 보았다. 예상과는 달리 엉덩이에는 얼음이 조금도 보이지 않았다. 그로서는 절대 풀지 못할 수수께끼였다. 코끼리, 어느 코끼리나 그렇겠지만 특히 이 코끼리에게 스스로 제어되는 어떤 난방 시스템이 있어 필요한 만큼 정신을 집중하면 상당히 두꺼운 얼음판이라도 녹일 수 있거나, 아니면 어느 정도 속도를 내어 산을 오르내리다 보니 프리츠를 그렇게 괴롭혔던 미로처럼 엉킨 털에도 불구하고 얼음이 가죽에서 떨어져 나온 것이거나 둘 중의 하나였다. 자연의 신비 가운데 어떤 것들은 언뜻 보기에는 뚫고 들어갈 수 없을 것처럼 보인다. 날것 그대로의 지식 한 조각은 좋은 일보다는 나쁜 일을 가져올지도 모르니, 신중한 사람이라면 그런 수수께끼는 그냥 놓아둘지도 모르겠다. 예를 들어 낙원에서 아담이 보통 사과처럼 보이는 것을 먹었을 때 어떤 일이 생겼는지 보라. 과일 자체는 그냥 신이 만든 맛 좋은 작품이었을 수도 있다. 물론 그것이 사과가 아니라 수박 한 조각이었다고 말하는 사람도 있기는 하지만. 그러나 어느 쪽이든 씨앗은 악마가 거기에 갖다 둔 것이다. 결국은 검었던 것이다.

대공의 마차는 그 고귀하고, 저명하고, 훌륭한 승객들을 기다리고 있다. 프리츠는 코끼리를 몰고 행렬 가운데 그에게 지정된 자리, 대공의 마차 뒤로 간다. 하지만 신중하게 거리를 둔다. 사기꾼이 가까이 있으면 대공이 화를 낼지도 모르기 때문이다. 자루에 돼지를 넣어 보여주지도 않고 팔아버린* 고전적이고 극단적인 예는 아니지만, 그래도 그는 용맹한 흉갑기병대원을 포함한 가엾은 대머리 몇 사람의 머리카락이 저 불행한 신화적 인물 삼손의 머리카락처럼 숱이 많아질 것이라고 속인 적이 있기 때문이다. 그러나 걱정할 필요는 없었다. 대공은 그가 있는 쪽으로는 고개도 돌리지 않았으니까. 대공은 다른 생각에 여념이 없는 것 같았다. 그는 어둡기 전에 브레사노네에 도착하고 싶었는데, 이미 많이 늦어지고 있었다. 대공은 시종 무관을 호송대 선두에 보내 명령을 전달했다. 그 명령은 거의 동의어라 할 수 있는 세 단어, 즉 속도, 기민, 신속으로 요약할 수 있었다. 물론 이제 점점 심해지기 시작한 눈과 보통 때도 나쁜데 지금은 훨씬 나빠진 도로 사정 때문에 지체된다는 점은 고려해야 했다. 친절한 부관이 마호우트에게 알려준 대로 십 리그도 안 되는 여행에 불과할지 모르지만, 십 리그가 현재의 계산으로는 오만 미터 정도, 과거의 측정법으로는 약 만 보 정도밖에 안 되지만, 숫자는 숫자에 불과할 뿐, 이제 막 또 하루의 괴로운 여행을 시작한 사람과 짐승들, 특히 지붕의 축복을 받지 못한 사람들, 다시 말해서 호송대에 속한 사람들 대부분은 큰 고생을 할 것이라는 사실은 분명하다. 유리를

* 중세 말 고기가 귀할 때 자루에 개나 고양이를 넣고 돼지라고 속여 파는 행동을 가리키는 말.

통해 보이는 눈이 정말 예쁘네요, 마리아 대공비가 남편 막시밀리안 대공에게 천진난만하게 말했다. 그러나 밖에 있는 우리들, 바람 때문에 앞이 안 보이고 장화는 눈에 흠뻑 젖고, 손과 발은 동상 때문에 지옥 불처럼 활활 타오르는 우리는 우리가 무슨 짓을 했기에 이런 벌을 받아야 하느냐고 하늘에 묻고 싶다. 시인이 말했듯이, 소나무들은 하늘을 향해 손을 흔드는 것일 수도 있지만, 하늘은 대답하지 않는다. 사람들은 대부분 어렸을 때부터 이런저런 상황에 어울리는 기도문을 알고 있었음에도, 사람들에게도 대답하지 않는다. 문제는 신이 이해할 수 있는 언어를 찾는 것이다. 사람들 말로는, 추위는 처음 태어날 때는 모든 사람을 동등하게 대우하려 하지만, 결국 자기 몫보다 더 받는 사람이 생긴다고 한다. 온도 조절 장치가 갖추어진 모피와 담요로 안을 댄 마차를 타고 여행하는 것과 도리깨질 치는 눈 속을 걷거나 마치 지혈대처럼 꽉 죄는 느낌이 드는 얼어붙은 등자에 발을 넣고 추위 속에서 말을 달리는 것은 엄청난 차이가 있다. 그들이 기운을 내는 것은 부관이 프리츠에게 전해준 소식, 즉 브레사노네에서 충분히 쉴 가능성이 있다는 소식 때문이다. 이 소식은 봄의 산들바람처럼 호송대 전체로 퍼져 나갔다. 그러자 비관주의자들은 단독으로 또는 목소리를 합쳐 위험을 쉽게 잊어버리는 사람들에게 위험한 이사르코 고개를 잊지 말라고, 그리고 그 뒤 오스트리아 영토에 들어가면 훨씬 험준한 브렌네르 고개가 나온다고 알려주었다. 만일 한니발이 과감하게 그 두 고개 가운데 하나를 통과하려 했다면, 우리가 동네 영화관에서 카르타고군이 자마 전투에서 스키피오 아프리카누스에게 결정적 패배를 당하는 영화, 베니토 무솔리니의 장남인 비토리오 무솔리니가 제작한 로마인 중심의 영화를 보는 일도 없었을 것이다. 또 만일 그 고개를 넘으려 했다면, 코끼리들은 위대한 한니발에게 아무런 쓸모가 없었을 것이다.

술레이만의 어깨 위에 올라타 쉴 새 없는 바람의 채찍질에 밀려오는 눈을 얼굴에 정면으로 맞고 있는 프리츠는 고상한 생각을 다듬고 발전시킬 입장이 아니다. 그럼에도 그는 대공과의 관계를 개선할 방법을 계속 생각해 보고 있다. 대공은 그와 말을 하지 않을 뿐 아니라, 눈도 마주치지 않는다. 바야돌리드에서는 일이 꽤 순조롭게 시작되었지만, 로사스로 가는 길에 속이 거북했던 술레이만은 마호우트와 대공이라는 아주 멀리 떨어진 두 사회 계급 사이에 조화를 이룬다는 고상한 대의를 심각하게 훼손해 버렸다. 그래도 조금만 호의가 있다면 이런 것쯤은 쉽게 잊을 수 있었을 것이다. 그러나 수브흐로인지 프리츠인지 뭔지가 저지른 죄 때문에, 도덕적으로 비난받아 마땅한 불법적 수단으로 부자가 되고 싶다는 생각을 품게 만든 광기 때문에, 미래의 오스트리아 황제가 초라한 코끼리 몰이꾼에게 가까이 다가가는 계기가 되었던 우애 섞인 존중심을 복구할 희망은 마법 같은 한순간에 끝장나버리고 말았다. 인간의 역사는 잃어버린 기회들의 긴 연속이라는 회의주의자들의 말은 정말 옳다. 다행히도 상상력의 가없는 아량 덕분에 우리는 결함을 지우고, 최대한 빈틈을 메우고, 고집스럽게 막다른 채로 남아 있으려 하는 막다른 골목에 통로를 뚫고, 자물쇠조차 달려본 적이 없는 문을 열 열쇠를 만들어낸다. 이것이 술레이만이 하나, 둘, 하나, 둘, 무거운 다리를 힘겹게 들어 올려 길에 계속 쌓이는 눈을 헤치고 나아갈 때 프리츠가 하고 있는 일이다. 눈은 순수한 물로 만들어져 있기 때문에, 어느새 미끄러운 얼음으로 변하고 있다. 프리츠는 자신이 영웅적인 행동을 해야만 다시 대공의 총애를 받을 수 있다고 생각하며 씁쓸해한다. 하지만 아무리 궁리를 해도, 잠시라도 전하의 기뻐하는 눈길을 끌 수 있을 만큼 멋진 행동이 떠오르지 않는다. 그 순간 프리츠는 한 번 부러졌던 대공의 마차의 축이 다시 부러지는 상상을 한다. 마차가 갑자기 한쪽으로 기울고 문이 활짝 열리면서 무력한 대공비가 눈 속으로 내동댕이쳐진다. 치마를 몇 겹 입은 대공비는 비교적 완만한 비탈을 미끄러져, 멈추지도 않고 협곡 바닥까지 내려가지만 다행히도 다치지는 않는다. 그러자 프리츠는 가끔 운전대로도 사용하는 막대기를 힘차게 찔러 술레이만을 길 가장자리로 몰아 천천히 흔들림 없이 카를로스 오세의 딸이 누운 곳으로 내려간다. 대공비는 아직도 정신이 멍하다. 홍갑기병대원 몇 명이 프리츠를 따라오는 시늉을 하지만 대공이 말린다. 내버려둬라, 어떻게 하나 보자. 그의 말이 떨어지기가 무섭게 코끼리가 코로 들어 올린 대공비는 프리츠의 벌린 두 다리 사이에 앉는다. 다른 상황이었다면 몸이 너무 가까이 붙어 수치스럽기 짝이 없는 자세였을 것이다. 만일 대공비가 포르투갈 왕비였다면 나중에 고해소로 직행했을 것이다. 그것 하나는 분명하다. 그러나 여기에서는 다르다. 위에서 홍갑기병대원들과 호송대의 다른 사람들은 이 영웅적인 구조 행동에 열렬히 박수를 칠 것이다. 코끼리는 아마 자신이 한 일을 알고, 천천히 흔들림 없이 다시 비탈을 올라가 길에 올라설 것이다. 그곳에서 대공은 아내를 포옹하고, 마호우트를 쳐다보며 카스티야어로 말할 것이다, 무이 비엔, 프리츠, 그라시아스(muy bien, Fritz, gracias).* 프리츠의 영혼은 바로 그 자리에서 행복으로 터져 나갈 것이다. 물론 순수한 영혼이 아닌 경우에도 그런 행복감이 가능하다고 가정해야겠지

* 아주 좋아, 프리츠, 고맙네.

만. 또 우리가 묘사한 모든 것이 단지 죄책감에 젖은 상상력의 병적 산물이 아니어야 하겠지만. 그러나 현실은 그에게 있는 그대로 자기 모습을 드러냈다. 그는 코끼리의 등에 웅크리고 있었다. 눈에 덮여 거의 보이지도 않았다. 패배한 정복자의 비참한 모습이었다. 타르페이아 절벽이 캄피돌리오 언덕과 얼마나 가까운지 다시 한 번 보여주고 있는 것이다. 캄피돌리오 언덕에서는 사람들이 너에게 월계관을 씌워주지만, 타르페이아 절벽에서는 사람들이 너를 비참하게 뼈만 남는 곳으로 내던진다.* 모든 영광은 사라지고, 모든 명예는 잃어버린다. 마차의 축은 다시 부러지지 않았다. 대공비는 코끼리에게 구원을 받았다는 것, 그리고 포르투갈 출신의 마호우트가 신의 섭리의 도구 역할을 했다는 것을 전혀 알지 못한 채 남편의 어깨에 머리를 기대고 평화롭게 졸고 있다. 세상에 쏟아진 그 모든 비판에도 불구하고, 세상은 매일, 프랑스 문화에 대해 약간 경의를 표하는 것을 허락해 준다면, 탕 비앙 크 말(tant bien que mal)** 굴러가는 방법을 찾아낸다. 현실에서 좋은 일이 저절로 일어나지 않으면, 자유로운 상상력이 더 균형 잡힌 구성을 만들어내도록 돕는다는 것이 그 증거다. 마호우트가 대공비를 구하는 사건이

* 캄피돌리오 언덕에는 주피터 신전이 있었고, 타르페이아 절벽은 처형장이었다.
** 그럭저럭이라는 의미의 프랑스어.

벌어지지 않은 것은 사실이지만, 그가 그런 상상을 했다는 사실은 그가 그렇게 할 수도 있었을 것임을 의미하며, 중요한 것은 바로 그 점인 것이다. 비록 가련하게도 외로운 상태로, 추위와 눈의 얼음 같은 이빨 속으로 돌아오고 말았지만, 그래도 리스본에서 내재화되었거나 흡수한 숙명론적인 믿음 때문에 프리츠는 만일 대공이 언젠가는 그와 화해를 한다고 운명의 서판에 씌어 있다면, 그 날은 반드시 오고야 말 것이라고 생각한다. 이런 편안한 확신이 마음을 채우자 프리츠는 술레이만의 흔들리는 걸음에 몸을 맡겼다. 그들은 이제 다시 풍경 속에 홀로 있었다. 계속 내리는 눈 속에서 대공의 마차 꽁무니가 전혀 보이지 않았기 때문이다. 시계가 형편없었지만 그래도 발을 어디에 놓아야 하는지는 알수 있었다. 그러나 그런 발걸음이 그들을 어디로 데려갈지는 알 수 없었다. 그러는 동안 그들 주위의 풍경이 바뀌었다. 조금 전까지만 해도 신중하고, 부드럽고, 물결이 치는 듯하다고 묘사할 수 있는 풍경이었다. 그러나 이제 너무 격렬해서, 산이 일련의 묵시록적 골절을 겪은 것이 틀림없다고 생각할 수밖에 없었다. 골절의 가혹함은 등비수열로 증가하는 것 같았다. 불과 이십 리그를 가자 언덕이라고 해도 좋을 둥그런 돌출부가 법석을 떠는 듯한 암석들로 바뀐 것이다. 그 암석들은 쪼개져 열리면서 협곡을 이루기도 하고, 뾰족하게 솟아올라 하늘을 기어오르다 내려오기도 했다. 그 경사면을 따라 이따금씩 빠른 눈사태가 곤두박질치며, 미래의 스키 애호가들을 기쁘게 할 새로운 풍경과 새로운 길을 만들어냈다. 우리는 지금 이사르코 고개, 오스트리아 사람들은 아이자크라고 부르기를 고집하는 고개에 다가가고 있는 듯하다. 앞으로 적어도 한 시간은 더 걸어야 거기에 닿겠지만, 섭리에 따라 눈의 두툼한 커튼이 약간 얇아지면서 잠시 멀리 그곳이 눈에 보인다. 산이 수직으로 찢어진 곳이다. 이사르코 고개로군, 마호우트가 말했다. 그 말이 맞았다. 왜 막시밀리안 대공이 이런 철에 이런 여행을 하기로 했는지 이해하기 어렵지만, 이것은 역사에 논란의 여지없이 기록된 사실이다. 역사가들도 그 사실을 뒷받침하고 소설가들도 확인해 준다. 물론 소설가들은 이름을 자기들 멋대로 꾸며대지만, 그것은 용서를 해주어야 한다. 그렇게 꾸며대는 것이 그들의 권리이기 때문만이 아니라, 이야기의 신성한 일관성이 유지되도록 구멍들을 메워야만 했을 것이기 때문이다. 역사는 늘 선택을 하고 차별도 한다고 말할 수밖에 없다. 삶에서 사회가 역사적으로 중요하다고 여기는 것만 골라내고 나머지는 경멸하는 것이다. 사실은 그 나머지에서 사실, 사물, 비참한 현실 자체에 대한 진짜 설명을 찾아낼 수 있는 것인지도 모르는데. 내 분명히 말하거니와, 솔직히 소설가,

허구를 쓰는 사람, 거짓말쟁이가 되는 것이 낫다. 아니면 마호우트가 되는 것이. 타고나는 것이건 직업 때문이건 둘 다 지각없는 공상에 빠지는 경향이 있기는 하지만. 프리츠는 술레이만에게 실려 가는 것 외에 다른 선택권이 없지만, 만일 다른 마호우트가 책임자였다면 우리가 지금까지 해온 이 교훈적인 이야기가 지금과 똑같을 수는 없었을 것이라는 점을 인정할 수밖에 없다. 지금까지 프리츠는 비극적이든 희극적이든 모든 고비에서 핵심적인 인물이었다. 약간의 익살이 필요하다고 여겨질 때, 또는 그저 서사를 위해 전술적으로 적당하다고 여겨질 때도, 프리츠는 우스꽝스러운 인물이 될 위험을 무릅썼으며, 항변 한번 하거나 감정 한번 흔들리지 않고 수모를 견뎠고, 그가 없으면 물건을 전달할 사람, 이 경우에는 코끼리를 빈까지 데려갈 사람이 없다는 사실이 알려지지 않도록 조심했다. 사람들 사이의 유대를 표현하는 것보다는 텍스트의 힘에 더 관심이 있는 독자들에게는 이런 말이 불필요해 보일 수도 있지만, 최근의 비참한 사건들을 겪은 뒤 프리츠의 어깨에 다정한 손을 얹어줄 사람이 필요하다는 것은 분명하며, 방금 우리는 그 일을 한 것이다. 즉, 그의 어깨에 손을 얹어준 것이다. 생각이 이리저리 떠돌 때, 백일몽의 날개에 실려 돌아다닐 때는 얼마나 많이 움직였는지 모를 수도 있다. 특히 우리 발로 걷는 것이 아닐 때에는. 길을 잃고 헤매는 몇 송이 외에는 이제 눈이 거의 그친 것이나 다름없다. 우리 앞의 좁은 길이 유명한 이사르코 고개다. 양 옆에 거의 수직으로 솟아 있는 협곡의 벽들은 당장이라도 길 위로 무너져 내릴 것 같다. 프리츠의 심장은 두려움 때문에 수축했다. 뼈에는 전에 알던 어떤 것과도 다른 냉기가 가득 찼다. 그는 고개를 가득 채운 무시무시한 위험 한가운데 혼자 있었다. 마치 산악인들이 로프로 한데 묶이듯이 호송대가 꽁꽁 뭉치는 것이 유일한 안전보장책이라는 대공의 권위 있는 말은 완전히 무시되고 있었기 때문이다. 하나의 격언, 격언이라고 불러야 할지는 모르겠지만, 어쨌든 인도에도 있고 포르투갈에도 있는 보편적인 말은 이런 상황을 우아하게 웅변적으로 요약하고 있다, 내가 하는 대로가 아니라 내가 말하는 대로 하라. 대공이 바로 그렇게 행동한 것이다. 그는 명령을 내렸다, 함께 붙어 있어라. 그러나 현실에 직면하자 뒤에서 따라오는 코끼리와 마호우트를 기다려야 함에도 기다리지 않고, 그가 코끼리의 주인이자 마호우트의 윗사람이기 때문에 당연히 그렇게 해야 함에도 그렇게 하지 않고, 상징적으로 말하자면, 오히려 말에 박차를 가하여 달려간 것이다. 너무 늦기 전에, 어둠이 내리기 전에 곧장 위험한 고개가 끝나는 반대편으로 가버린 것이다. 하지만 흉갑기병대 전위가 고개로 진입한 다음 그곳에서 뒤에 오는 사람들이 고개로 들어오기를 기다렸다고 상상해 보라. 대공 부처, 코끼리 술레이만과 마호우트 프리츠, 꼴을 실은 마차, 그리고 마지막으로 후위를 담당하고 있는 동료 흉갑기병대원들, 그뿐만 아니라 궤와 상자와 트렁크를 잔뜩 실은 중간의 그 많은 수레들, 수많은 하인들까지. 모두 우애 좋게 모여 산이 그들 위로 무너져 내리기를, 전에 본 적이 없는 사태(沙汰)가 그들 모두를 눈의 수의로 덮어 봄이 올 때까지 고개를 막는 일이 벌어지기를 기다린다고 상상해 보라. 일반적으로 인간 특성 가운데 가장 부정적인 것으로 거부해야 마땅하다고 여기는 자기중심주의가 어떤 상황에서는 좋은 면도 있는 것이다. 치명적인 쥐덫이 되어버린 이사르코 고개에서 달아나 우리의 귀중한 몸뚱어리를 구함으로써 우리는 동시에 함께 여행하는 동료들도 구한 것이다. 그들은 고개에 도착했을 때 예상치도 못했던 병목으로 인한 교통 체증의 방해를 받지 않고 계속 나아갈 수 있을 테니까. 따라서 결론은 쉽게 내릴 수 있다. 모두가 구원을 받을 수 있도록 각자 자기 살 길을 도모하라는 것이다. 누가 이런 것을 생각이나 했겠는가. 도덕적 행동은 늘 겉보기와 같은 것이 아닐 뿐 아니라, 자체 모순이 생길수록 더 효과적이 되는 것이다. 그런 수정처럼 맑은 증거와 마주치고, 백 미터쯤 뒤에서 갑자기 쿵 떨어진 눈덩이, 감히 눈사태라는 이름을 요구할 수는 없지만 그럼에도 큰 두려움을 불러일으키고도 남을 만한 눈덩이에 놀란 프리츠는 술레이만에게 어서 걸으라고 신호를 보냈다. 그러나 술레이만은 이 명령이 너무 조심스럽다고 여기는 것 같았다. 이런 위험한 상황은 걷는 것이 아니라, 속보, 나아가서 빠른 질주를 요구했기 때문이다. 그래야 이사르코 고개의 위험에서 구원을 얻을 수 있을 것 같았기 때문이다. 술레이만은 빨랐다. 성 안토니우가 아버지를 교수대에서 구하기 위해 리스본으로 가려고 사차원을 이용했을 때만큼 빨랐다. 그러나 안타깝게도 술레이만은 자신의 힘을 과대평가했다. 고개를 빠져나오고 나서 몇 미터가자 앞다리가 푹 꺾이면서 무릎을 꿇고 만 것이다. 허파가터져 나가는 것 같았다. 그러나 마호우트는 운이 좋았다. 그렇게 넘어지게 되면 불행한 코끼리 머리 너머로 몸이 날아가 어떤 비극적 결과가 나올지 모른다. 그러나 술레이만의기념할 만한 기억 가운데 자신에게서 귀신을 쫓아내려 한마을 사제에게 일어났던 일이 떠올랐다. 그래서 마지막 순간, 그야말로 맨 마지막 찰나에, 그는, 술레이만은 치명적인결과를 낳을 수도 있는 무게 이동 속도를 줄였다. 정확히 어떻게 했는지는 모르지만, 술레이만은 자신에게 남은 얼마안 되는 에너지를 이용하여 그 자신이 넘어지는 충격을 줄였고, 그래서 그 거대한 무릎이 눈송이처럼 가볍게 바닥에 닿았던 것이다. 어떻게 그렇게 할 수 있었는지 우리는 알지 못하고, 그에게 물어보지도 않을 것이다. 마법사들과 마찬가지로 코끼리에게도 그 나름의 비밀이 있으니까. 말하는 것과 그냥 입을 다무는 것 사이에서 선택을 할 수밖에 없을 때 코끼리는 늘 침묵을 선택한다. 그래서 코가 그렇게 길게 자란 것이다. 코는 나무를 옮기고 마호우트의 엘리베이터 역할을 하는 것 외에 무절제한 수다가 터져 나오는 것을 막는 중대한 장애물 역할도 해주는 고마운 것이다. 프리츠는 조심스럽게 술레이만에게 이제 조금 노력을 하여 일어서려고 해볼 때가 되었다는 뜻을 비쳤다. 프리츠는 술레이만에게 명령하지 않았다. 막대기로 때리고 찌르는 다양한 방법, 자극의 강도가 다양한 방법 가운데 어느 것에도 의존하지 않았다. 그냥 자신의 소망을 암시하기만 했다. 이것은 다른 사람들의 감정을 존중하는 것이 관계와 애정이라는 면에서 무럭무럭 번창하는 행복한 삶을 확보하기 가장 좋은 방법임을 다시 한 번 보여준다. 다시 말해서 직설적인, 일어나, 라는 말과 우회적인, 일어나려고 해보는 게 어때, 하는 말의 차이다. 심지어 예수도 실제로는 전자가 아니라 후자의 표현을 사용했으며, 이 때문에 아무리 숭고하다 해도 나사로의 부활은 결국 나사렛 사람의 기적의 힘이 아니라 나사로 자신의 자유 의지에 달려 있었음을 보여주는 절대적 증거가 바로 그 말이라고 주장하는 사람들도 있는 것이다. 만일 나사로가 되살아났다면, 그것은 예수가 아주 친절하게 말을 건넸기 때문이라는 것이다. 그렇게 단순한 것이다. 그런 방법이 지금도 술레이만에게 좋은 결과를 낳고 있음이 분명했다. 술레이만은 먼저 오른쪽 발을 뻗고 그다음에 왼쪽 발을 뻗어, 프리츠를 상대적으로 안전한 위치, 즉 다소 불확실한 수직의 위치로 돌려놓는다. 그때까지 프리츠는 코끼리의 목덜미의 뻣뻣한 털 몇 가닥에만 의지하여 술레이만의 코를 타고 미끄러져 내려 곤두박질치는 사태를 막고 있었던 것이다. 술레이만은 이제 다시 네 발로 서 있다. 꼴을 실은 수레가 도착했기 때문에 갑자기 기분이 좋아졌다. 수레는 황소 두 마리의 용감한 노력 덕분에 앞서 말한 눈 무더기를 힘차게 뚫고 나와 기운찬 걸음으로 고개가 끝나는 곳을 향해, 물릴 줄 모르는 식욕의 코끼리가 기다리는 곳을 향해 움직여오고 있었다. 술레이만의 쇠잔해 가던 영혼은 그 잔혹하고 하얀 풍경 한가운데서 다시는 일어서지 못할 것처럼 보였던 자신의 쓰러진 몸을 다시 일으킨 놀라운 업적에 대한 보답을 얻었다. 식탁은 바로 그 자리에 차려졌다. 프리츠가 황소 몰이꾼이 내놓은 브랜디를 나누어 마시며 구원을 축하하는 동안, 술레이만은 감동적일 만큼 열성적인 태도로 꼴을 여러 꾸러미 먹어치웠다. 부족한 것은 눈 속에 피는

꽃, 티롤로 돌아와 달콤한 노래를 불러줄 봄의 작은 새들뿐이었다. 하지만 모든 것을 다 가질 수야 있나. 프리츠와 황소 몰이꾼이 함께 머리를 짜, 서로 아무런 관계가 없는 사람들인 것처럼 뿔뿔이 흩어지는 호송대의 다양한 구성원들의 걱정스러운 경향에 대한 해결책만 내놓으면 그것으로 충분했다. 이것은 말하자면 상호 협동적 해법이었으며, 이른바 통합적 해법의 선구자라고 할 수 있었다. 즉, 계획의 목표가 자신의 이익을 돌보는 것이라 해도, 서로 상대에게 의지하면서 그렇게 할 수 있다면 더욱더 좋다는 것이다. 이제부터 황소와 코끼리는 언제나 함께 다닐 것이다. 꼴을 실은 수레를 앞세우고 코끼리는 뒤에서, 말하자면 콧구멍에 건초 냄새를 맡으며 따라갈 것이다. 이 작은 집단이 동의한 지형적 분포가 아무리 논리적이고 합리적이라 해도, 아무도 감히 부정하지 못하겠지만, 합의를 바라는 진정한 욕망 덕분에 이들이 이루어낸 것 가운데 어느 것도 대공 부처에게는 적용되지 않을 것이다. 글쎄, 어떻게 그럴 수 있겠는가. 그들의 마차는 이미 앞쪽으로 사라졌는데. 사실 브레사노네에 벌써 도착했을지도 모른다. 만일 그렇다면, 이제 우리에게도 술레이만이 이 유명한 관광지에서 그가 얼마든지 누릴 자격이 있는 두 주간의 휴식을 얻게 될 것이라는 사실을 밝힐 권한이 있다. 그가 묵을 곳은 암 호엔 펠트(am hohen feld)라고 부르는 여관인데, 그 이름은 지역에 어울리게도 가파른 땅이라는 뜻이다. 이탈리아 땅에 있는 여관에 독일 이름이 붙어 있는 것을 이상하게 여기는 사람들이 있는 것도 당연하다. 하지만 그 점은 이곳에 오는 손님들 대부분이 고향에 온 듯한 기분을 맛보려는 오스트리아와 독일 사람들이라는 점을 기억하면 쉽게 이해가 된다. 누군가 나중에 애써 지적을 하겠지만, 포르투갈의 알가르브에서도 비슷한 이유로 프라이아(praia)는 프라이아가 아니라 비치(beach)라고 부르고, 페스카도르(pescador)는 본인이 좋아하든 싫어하든 피셔맨(fisherman)으로 부르게 될 것이다. 관광객이 묵는 단지는 알데이아스(aldeias)라고 부르는 것이 아니라 홀리데이 빌리지즈(holiday villages), 빌라지 드 바캉세(villages de vacances), 페리에노르테(ferienorte)라고 부르게 될 것이다. 상황이 그 정도에 이르면 이제 로사스 데 모다스(lojas de modas)라는 말은 사라질 것이다. 이런 것들은 외래어로 포르투갈어에 들어온 말인 부티크(boutique), 아니면, 불가피하게 영어로 패션숍(fashion shop), 그보다는 덜 불가피하게 프랑스어로 모데(modes), 또 아주 투박하게 독일어로 모데게섀프트(modegeschäft)라고 부를 것이다. 사파타리아(sapataria)는 슈숍(shoe shop)이 될 것이다. 그렇다는 것이다. 만일 여행자가 마치 이를 잡으러 다니는 사람처럼 바와 나이트클럽 이름을 수집하며 다닌다면, 시네스까지 해안을 쭉 돌아도 포르투갈어는 한 단어도 배우지 못할 것이다. 그곳에서는 포르투갈어가 너무 경멸을 당해 문명화된 사람들이 야만으로 내려가는 시대에는 알가르브를 사용되지 않는 포르투갈어의 땅이라고 부를 것이다. 브레사노네도 마찬가지인 것이다.

톨스토이가 처음 말했지만, 모든 행복한 가족은 비슷하여, 사실 그들에 관해서는 더 할 이야기가 거의 없다고 한다. 행복한 코끼리에 관해서도 마찬가지인 듯하다. 그냥 술레이만을 보기만 하면 된다. 그는 브레사노네에서 두 주를 보내면서 쉬고, 자고, 양껏 먹고 마셨다. 꼴 사 톤을 먹어치우고 물 약 삼천 리터를 마신 뒤 마침내 아무것도 더 들어가지 못할 지경에 이르렀다. 이렇게 해서 포르투갈, 스페인, 이탈리아를 거쳐 긴 여행을 하면서 그의 식료품 저장실을 규칙적으로 채우는 것이 늘 가능하지는 않았기 때문에 피할 수 없었던 수많은 감량 섭생으로 인해 비어 있던 곳을 채웠다. 이제 힘을 회복한 술레이만은 통통하고 잘생긴 모습이다. 불과 일주일 전만 해도 고리에 걸린 외투처럼 주름진 흐늘흐늘한 가죽이 겹겹이 늘어져 있었는데. 대공은 이 기쁜 소식을 듣고 코끼리 집을, 아니, 우리를 직접 찾아가보기로 했다. 그것이 그 자신과 대공비와 모인 사람들 앞에서 술레이만의 훌륭한 형체와 당당한 외모를 과시하기 위해 광장 퍼레이드를 하는 것보다 낫다고 생각했기 때문이다. 물론 대공이 찾아왔을 때 프리츠는 그 자리에 있었지만, 그는 자신과 대공 사이의 화해가 공식화되지 않았다는 사실, 그런 날이 올까 모르지만, 어쨌든 그 사실을 의식하여 걱정하는 태도로 신중하게, 눈길을 끌지 않도록 조심했다. 그러면서도 대공이 적어도 아주 짧게나마 축하나 칭찬의 말을 해주기를 기대하고 있었다. 결국 그렇게 되었다. 방문을 마치면서 대공은 빠른 눈길로 그를 보더니 말했다, 아주 잘했다, 프리츠, 술레이만이 아주 흡족한 것 같은데. 그러자 프리츠는 말했다, 그게 제가 바라는 모든 것입니다, 전하, 제 모든 것을 바쳐 전하를 섬기고 있습니다. 대공은 짧게, 흠, 하고 중얼거리는 것 외에는 아무런 대꾸도 하지 않았다. 그것은 처음 생겨난 소리까지는 아니라 해도, 어디까지나 원시적인 소리로, 누구나 자기 바라는 대로 해석할 수 있다. 프리츠는 기질, 또 인생철학 때문에 상황을 낙관적으로 보는 경향이 있었으며, 그래서 그 소리가 퉁명스럽게 들렸고 또 대공이 자 곧 황제가 될 사람의 입에서 나오는 소리로는 어울리지 않았지만, 그것을 간절히 바라던 화해의 방향으로 가는 한 단계, 작지만 분명한 한 단계로 해석했다. 어떻게 되는지 보려면 빈에 도착할 때까지 기다려야 하겠지만.

브레사노네에서 브렌네르 고개까지 거리는 아주 짧아 호송대가 뿔뿔이 흩어질 만한 시간도 분명히 없을 것이다. 시간도 그렇고 거리도 그렇다. 그 말은 우리가 전에 이사르코 고개에서 마주쳤던 도덕적 딜레마, 즉 함께 갈 것이냐 따로 갈 것이냐 하는 딜레마와 다시 부딪힐 것이라는 뜻이다. 전위의 흉갑기병대에서 후위를 맡은 흉갑기병대에 이르기까지 긴 호송대가 사태나 낙석 위험이 상존하는 협곡의 두 벽 사이에 갇힌다는 것은 상상만 해도 무시무시한 일이다. 어쩌면 이 문제는 신의 손에 맡겨 신이 결정하게 하는 것이 최선일지도 모른다. 그냥 계속 움직이면서 어떻게 되나 보자. 그러나 이런 불안이 아무리 이해할 만한 일이라 해도, 다른 걱정스러운 요인까지 잊으면 안 된다. 아는 사람들 말에 따르면, 브렌네르 고개는 이사르코 고개보다 열 배는 위험하다고 한다. 어떤 사람들은 열 배가 아니라 스무 배라고 하면서, 매년 몇 명씩 희생자가 생긴다는 말까지 덧붙인다. 사태에 묻히거나 산비탈을 굴러 내리는 거대한 바위에 짓눌리는

데, 바위가 떨어지기 전까지는 그런 치명적인 운명을 알려주는 아무런 신호도 없다는 것이다. 앞으로 높은 곳을 연결하는 구름다리를 건설하여 우리가 이미 산 채로 묻혀 있는 것이나 다름없는 이런 깊은 골짜기를 지나다닐 필요가 없는 때가 오기를 기대해 보자. 흥미로운 것은 이 고개를 통과해야 하는 사람들은 늘 일종의 운명론적인 체념을 한다는 것이다. 그런다고 해서 몸이 두려움의 공격을 받는 것이야 막을 수 없겠지만, 그래도 그들의 영혼만큼은, 마치 허리케인도 끌 수 없는, 꾸준히 타오르는 빛처럼 고요하고 말짱한 상태를 유지하는 듯하다. 사람들은 이런저런 이야기를 하는데, 그 모두가 사실은 아니지만, 인간이란 본디 그런 것이다. 기름으로 절인 코끼리 털이 대머리를 치료할 수 있다고 쉽게 믿듯이, 자기 안에 인생의 길들을 인도해 줄, 심지어 산의 고개마저 통과하게 해줄 외로운 빛이 하나 있다고 쉽게 상상하는 것이다. 하지만, 알프스의 늙고 지혜로운 은자가 말한 적이 있듯이, 우리 모두 언젠가는 이런저런 방식으로 죽을 수밖에 없는 것이다.

날씨는 좋지 않다. 수많은 증거가 보여주듯이, 매년 이맘때면 이런 날씨는 전혀 새로운 것이 아니다. 물론 눈은 가볍게 내릴 뿐이어서 시계는 거의 정상이다. 그러나 차갑게 몰아치는 바람은 우리 옷, 아무리 따뜻한 옷이라도 베고 들어

오는 날카로운 칼날 같다. 흉갑기병대에 물어보라. 돌고 있는 소문에 따르면 그들이 오늘 출발하는 이유는 기상 상황이 내일은 더 악화될 것으로 예상되고, 일단 몇 킬로미터만 북쪽으로 가면, 이론적으로 볼 때 알프스 최악의 지역은 벗어나게 되기 때문이라고 한다. 다시 말해서 공격을 당하기 전에 공격을 하라는 것이다. 브레사노네의 주민 가운데 다수는 막시밀리안 대공과 코끼리의 출발을 구경하러 나와 있었고, 그 덕분에 놀라운 일을 보게 되었다. 대공 부처가 마차에 타려 하자 술레이만이 얼어붙은 땅에 무릎을 꿇은 것이다. 그 행동에 사람들이 얼마나 크게 박수를 치고 환호를 했던지, 그 이야기가 기록에까지 또렷이 남게 되었다. 대공은 웃음을 짓기 시작했지만, 이 새로운 기적이 자신과 화해하기를 간절히 바라는 프리츠의 교묘한 공작일지도 모른다는 데 생각이 미치자 미소는 찌푸림으로 변했다. 그러나 고귀한 대공이 틀린 것이다. 코끼리의 행동은 완전히 자발적인 것으로, 이렇게 말해도 좋을지 모르지만, 그의 영혼에서 튀어나온 것이다. 그것은 감사를 받을 자격이 분명한 사람에게 감사 인사를 하는 방법이었다. 그가 그곳에서 보낸 두 주 동안 암 호엔 펠트 여관이 그에게 베풀어준 최고의 대접에 대한 감사였다. 그 두 주간은 완벽한 행복의 시간이었고, 행복하게도 아무 일도 없었던 시간이었다. 물론 자신의 마호우트와 대공 사이의 관계가 식고 있다는 사실을 우려하고 있던 우리의 코끼리가, 훗날 사람들 입에 한때 오르내리던 표현대로, 거친 바다에 기름을 쏟아붓는 한 방법으로 이런 매혹적인 행동을 했을 가능성도 배제하면 안 될 것이다. 그리고 또, 사태의 핵심적 요인을 무시하고 편파적으로 판단했다는 비난을 받지 않으려면, 단지 학술적이지만은 않은 가설, 즉 프리츠가 일부러 또는 우연히 술레이만의 오른쪽 귀를 막대기로 건드렸을 가능성도 배제할 수는 없을 것이다. 파도바에서 일어난 일에서 알 수 있듯이, 그 귀는 다른 어느 곳보다도 기적과 관련이 있는 기관이니까. 이제 우리는 인간의 마음을 가장 정확하게, 있는 그대로 재현하면 미로가 된다는 것을 알 때가 되었다. 인간의 마음과 관련된 문제에서는 가능하지 않은 일이 없는 것이다.

호송대는 출발 준비가 끝났다. 전체적으로 걱정스러운 분위기이며, 사람들은 노골적으로 불안을 드러내고 있다. 마음에서 브렌네르 고개와 그 모든 위험에 관한 생각을 떨쳐낼 수 없는 것이 분명하다. 이 사건의 기록자는 아무런 가책도 없이, 안됐지만 앞에 놓인 유명한 고개를 묘사할 능력이 없다고 고백한다. 이사르코 고개에서는 독자들의 시선을 부차적인 문제로 돌려 그런 무능력을 위장했다. 그 부차적인 문제들은 그 자체로는 중요하다고 할 수 있지만, 분명히 근본적인 쟁점을 피하는 방법이었다. 십육 세기에 사진이 발명되지 않았다는 것은 아쉬운 일이다. 사진만 있었다면 아주 쉽게 해결이 될 문제였을 테니까. 이 시기에 찍은 사진 몇 장, 특히 헬리콥터에서 찍은 사진 몇 장을 포함시키기만 하면 끝났을 것이다. 그러면 독자들은 당연히 큰 보답을 받았다고 생각했을 것이고, 우리의 기획이 견문을 넓혀주는 유익한 것이었다고 인정해 주었을 것이다. 자, 이제 다음의 작은 도시, 브레사노네에서 아주 가까운 도시는 이탈리아어로, 우리는 아직 이탈리아에 있으니까, 비피테노라고 부른다는 사실을 말할 때가 왔다. 오스트리아와 독일 사람들이 그곳을 슈테르칭이라고 부르는 것은 도무지 이해할 수 없는 일이다. 그럼에도 불구하고, 불에 실제로 손을 집어넣기 직전에 멈추기는 하겠지만, 알가르브에서 포르투갈어가 사용되는 것보다는 이곳에서 이탈리아어가 사용되는 일이 더 많을 수도 있다는 생각이 들기도 한다.

이제 우리는 브레사노네를 떠났다. 보기만 해도 아찔한 산맥이 겹겹이 펼쳐지는 이런 험한 땅에 왜 이사르코 고개나 브렌네르 고개 같은 깊은 상처를 낼 필요가 있었는지 이해하기 힘들다. 그런 고개는 자연의 아름다움이라는 축복을 이만큼 받지 못한 곳에 내는 것이 더 낫지 않았을까. 그랬다면 이런 예외적이고 놀라운 지질학적 현상이 관광산업의 도움을 얻어 오랫동안 힘겹게 소박한 삶을 이어온 지역 주민에게 물질적 이익을 주었을 것 아닌가. 당신은 이사르코 고개를 묘사하게 되었을 때 우리가 부딪혔던 문제를 염두에 두고 달리 생각할지 모르지만, 물론 그 생각 자체는 정당하기는 하지만, 이것은 이제 곧 우리가 진입하게 될 브렌네르 고개의 묘사가 빈약해질 것을 예측하고 그것을 무마하려고 하는 말이 아니다. 이것은 잘 알려진 표현, 말이 안 나온다, 하는 표현에 얼마나 큰 진실이 담겨 있는지 겸손하게 인정하려는 것일 뿐이다. 왜냐하면 정말 말이 안 나오기 때문이다. 사람들 말로는 남아메리카, 어쩌면 아마조니아인지도 모르겠는데, 어쨌든 그곳의 토착 민족들이 사용하는 어떤 언어에는 녹색을 묘사하는 방법이 스무 가지 이상, 우리 기억에 따르면 약 스물일곱 가지라고 한다. 녹색과 관련된 우리 어휘의 빈곤과 비교할 때, 그들은 자신들이 살고 있는 숲, 거의 인식 불가능한 미묘한 색조 차이로 구별되는 다양한 녹색을 보여주는 숲을 쉽게 묘사할 수 있을 것이라고 생각할지도 모르겠다. 그들이 묘사를 시도는 해보았는지, 또 시도했다면 결과에 만족을 했는지는 잘 모르겠다. 어쨌든 우리가 분명히 아는 것은 단색 접근법으로는 문제가 풀리지 않을 것이라는 점이다. 자, 이 산의 언뜻 보기에 순수해 보이는 흰색만 보아도 그것을 알 수 있다. 어쩌면 눈이 인

277

식은 못하고 그냥 직관적으로 그 존재만 알고 있을 뿐인지 몰라도, 흰색의 색조도 스무 가지 이상이 있을지 모르기 때문이다. 우리가 생경한 진실을 있는 그대로 다 받아들이기를 원하는지는 몰라도, 어쨌든 진실은 풍경을 말로 묘사하는 것은 무조건 불가능하다는 것이다. 아니, 가능하지만, 그럴 가치가 없다는 것이다. 산이 자신에게 어떤 이름을 주려고 할지도 모르면서 우리가 산이라는 말을 쓸 가치가 있는지조차 잘 모르겠다. 하지만 그림은 다른 문제다. 그림의 경우에는 자연을 빠져나간 녹색의 서로 다른 스물일곱 가지 색조, 거기에 녹색처럼 보이지도 않는 추가의 다른 몇 가지도 팔레트에서 창조하는 것이 완벽하게 가능하다. 하지만 물론 우리는 그것을 예술이라고 부른다. 그려진 나무에서는 잎이 떨어지지 않으니까.

우리는 이제 브렌네르 고개 안에 들어와 있다. 대공의 분명한 명령에 따라 완전한 침묵이 지배한다. 이번에는 공포가 사람을 모으는 효과라도 발휘했는지, 호송대는 흩어질 기미가 전혀 보이지 않는다. 대공의 마차를 끄는 말들의 주둥이는 바로 앞에 있는 흉갑기병대가 탄 말의 궁둥이에 닿을 것만 같다. 술레이만은 대공비의 작은 향수병에 바싹 붙어 있어, 카를로스 오세의 딸이 상쾌한 기분을 맛보고 싶을 때마다 거기에서 나오는 달콤한 향기를 마실 수 있다. 꼴과 물통을 실은 수레에서부터 시작되는 나머지 호송대는 그렇게 하지 않으면 목적지에 갈 수 없다는 듯이 뒤에 바싹 붙어 따라온다. 모두 추위로 몸을 떨고 있지만, 동시에, 무엇보다도, 두려움에 떨고 있기도 하다. 깎아지른 벼랑에 구불구불하게 파인 틈에는 눈이 가득 들어차 있어, 가끔 그곳에서 눈이 떨어져 둔하게 쿵 소리를 내며 호송대와 충돌하기도 한다. 이런 작은 눈사태는 그 자체로는 위험하지 않지만, 두려움은 점점 심해진다. 아무도 자신만한하게 눈을 들어 풍경의 아름다움을 즐길 수 없다. 물론 이 지역에 익숙한 사람은 옆 사람에게 말하기도 한다, 여기는 눈이 없을 때가 훨씬 예뻐. 예쁘다니 무슨 말이야, 동료가 호기심을 느끼고 물었다. 어, 사실 말로 옮기기는 힘든 거지. 어떤 현실이건, 현실에 대한 우리의 최대의 불경은 풍경을 묘사하는 무의미한 시도를 할 때, 우리 자신의 것이 아니고 우리 것이었던 적도 없는 말로 묘사를 하려 하는 것이다. 다시 말해서 이미 수백만 페이지와 수백만 개의 입으로 표현된 뒤에야 마침내 우리가 사용할 차례가 돌아온 말, 손에서 손으로 건네지느라 진이 빠져 지쳐버린 말, 건네질 때마다 자신의 생명의 물질 일부를 떼어놓고 온 말로 묘사를 하려 하는 것이다. 예를 들어, 풍경을 묘사하는 데 수도 없이 사용되었던, 수정 같은 냇물이라는 말을 쓰고자 할 때도, 우리는 그 냇물이 우리가 처음 보았을 때와 마찬가지로 여전히 수정 같은지, 아니면 이제 냇물이 아니라 급하게 흐르는 강이 된 것은 아닌지, 아니면 더 불행한 운명이어서, 더럽고 악취가 나는 늪이 된 것은 아닌지 잠깐 생각해 보지 않는다. 언뜻 보면 잘 보이지 않을지 몰라도, 이 모든 것이 풍경, 또 그 연장선상에서 다른 모든 것의 묘사는 무조건 불가능하다는 조금 전 우리의 용감한 단언과 밀접하게 관련되어 있다. 예를 들어 철이 바뀔 때마다 달라지는 이곳의 풍경을 알고 있는 믿을 만한 사람의 입에서 나오는 그런 말은 우리에게 생각의 재료가 될 수 있다. 만일 그런 사람이 오랜 경험에 기초하여 정직하게, 눈이건 꽃이 만발한 정원이건, 눈에 보이는 것을 말로 번역하여 묘사하는 것이 불가능하다고 말한다면, 평생 브렌네르 고개를 통과해 본 적도 없는 사람, 게다가 십육 세기에 통과해 본 적도 없는 사람이 어떻게 감히 묘사를 할 수 있겠는가. 당시에는 자동차 도로나 주유소도, 뜨거운 스낵이나 커피도 없었을 텐데. 하물며 밖에서는 폭풍이 몰아치고 길 잃은 코끼리가 고통에 사로잡혀 울부짖고 있는 동안 따뜻하게 밤을 보낼 수 있는 모텔은 찾아볼 수도 없었을 텐데. 우리는 그 자리에 없었다. 우리는 우리가 모을 수 있는 모든 정보의 안내를 받아왔다. 어쩌면 그 가치가 수상쩍을 수도 있는 정보. 예를 들어 낡은 판화 한 장. 오직 오래되었다는 사실과 꾸밈없는 구도로만 우리의 존중을 받을 자격이 있는 그 판화는 한니발의 군대에 속한 코끼리 한 마리가 협곡으로 떨어지는 장면을 보여주고 있다. 그러나 전문가들의 말에 따르면 카르타고의 군대는 알프스를 힘겹게 넘어가면서도 코끼리를 한 마리도 잃지 않았다고 한다. 지금 여기서도 사람 한 명 잃지 않았다. 호송대는 여전히 함께 움직이고 있다. 단호한 태도로 빽빽하게 모여 있다. 앞서 설명했듯이 전적으로 이기적인 동기에 기초한 행동이라 해서 칭찬할 가치가 줄어드는 것은 아니다. 그러나 예외가 있다. 예를 들어 흉갑기병대의 가장 큰 관심은 그들 자신의 개인적 안전이 아니라 말의 안전이다. 말들은 지금 미끄럽고 단단하고 푸르스름한 회색 얼음 위를 걸어야만 하는데, 여기에서는 중수지관절 골절이 치명적인 결과를 낳을 수 있다. 루터주의를 고집하는 오스트리아의 대공 막시밀리안 이세는 얼마나 괴로웠는지 몰라도, 술레이만이 파도바의 성 안토니우 바실리카 문간에서 보여준 기적은 지금까지 호송대를 보호해 왔다. 그 안에서 여행하는 권세 있는 사람들만이 아니라, 보통 사람들도 보호해 주었다. 이것이 페르난두 데 불룽이스라는 이름으로 태어났고, 두 도시 리스본과 파도바의 수백 년에 걸친 다툼의 이유가 되는 성인의 진귀하고 탁월한 마법적 힘의 증거, 증거가 필요하다면 그 증거인 셈이다. 분명히 말해 두거니와, 사실 두 도시가 싸우는 것은 의미 없는 일이다. 파도바가 결국 승리의 깃발을 휘날리게 되었고, 리스본은 거리 행렬, 붉은 포도주, 구운 정어리, 마저럼 풍선과 단지로 만족하게 되었으니까. 페르난두 데 불룽이스가 어디에서 어떻게 태어났는가를 아는 것으로는 충분치 않다. 기다렸다가 성 안토니우가 어디에서 어떻게 죽을 것인지를 알아내야 하는 것이다.

여전히 눈이 내리고 있다. 약간 천박한 표현을 용서해 준다면, 다 뒈져버릴 것 같다. 빌어먹을 얼음 때문에 걸을 때 엄청나게 조심해야 하지만, 아직 산의 뒷모습을 보지 못했음에도 우리 허파는 더 편하게, 덜 수축된 상태에서, 다가갈 수 없는 높은 곳에서 내려오는 묘하게 억압적인 느낌에서 벗어나서 숨을 쉬는 것 같다. 다음 도시는 인 강변의 도시 인스브루크다. 대공이 아직 브레사노네에 있을 때 집사에게 밝힌 생각을 버리지 않았다면 여기에서부터 빈까지 가는 길의 많은 부분은 배를 타고 하류로 떠내려갈 것이다. 우선 인 강을 따라 파사우까지 간 다음, 거기에서 다뉴브 강으로 바꾸어 탈 것이다. 둘 다 큰 강이다. 특히 다뉴브, 오스트리아에서는 도나우라고 부르는 강이 크다. 따라서 아무래도 조용한 여행을 할 가능성이 높다. 브레사노네에 머물던 두 주만큼이나 조용할 것이다. 저녁이 되어도 이야기해 줄 만한 익살맞은 사건 하나 터지지 않을 것이고, 손자들에게 말해 줄 유령 이야기 하나 나오지 않을 것이다. 그래서 사람들은 암 호엔 펠트 여관에 무사히 도착했을 때 특히 다행이라고 생각한 것이다. 그때는 가족들과 멀리 떨어져 있고, 모든 불안은 뒤로 미루어져 있고, 빚쟁이는 안달하며 기다릴 수밖에 없고, 의심을 초래하는 편지가 엉뚱한 손에 들어갈 일도 없었다. 간단히 말해서, 옛사람들이 말하곤 했듯이, 미래는 오직 신에게만 속해 있으니, 내일을 믿지 말고 오늘을 잡으면 그만이었던 것이다. 여행 일정에 변화가 생긴 것은 단지 대공의 변덕 때문만은 아니다. 비록 이제 두 번의 공식 방문 계획이 잡혀 있기는 했지만. 그 방문은 한편으로는 예방(禮訪)이고, 한편으로는 중부 유럽의 정치적 상황과 관련된 고상한 문제를 논의하기 위한 방문이다. 첫 번째는 바서부르크에 있는 바이에른 대공을 만나는 것이고, 두 번째는 그보다 긴 방문인데, 뮐도르프로 가서 역시 바이에른 대공이자 잘츠부르크의 제후 대주교인 에른스트를 만나는 것이다. 그러나 다시 길이라는 주제로 돌아오면, 인스브루크에서 빈까지 가는 길은 상대적으로 편하다. 알프스 같은 대격변을 겪은 지질학적 특징은 찾아볼 수 없다. 그렇다고 완전히 직선을 따라가는 것은 아니지만, 적어도 어디로 가는지는 확실히 알 수 있다. 그러나 강의 장점은 자동으로 움직이는 길과 같다는 것이다. 강은 자신의 흐름에 따라 움직일 수 있다. 특히 인이나 다뉴브 같은 큰 강들은. 이런 변화의 가장 큰 수혜자는 술레이만이 될 것이다. 물을 마시고 싶으면 뱃전으로 가서 코를 물에 꽂고 빨기만 하면 되니까. 하지만 인스브루크 바로 외곽에 있는 작은 강변 도시 할의 연대기 기록자 프란츠 슈바이허가 이렇게 기록했다는 것을 알면 결코 기분이 좋지 않을 것이다, 막시밀리안은 스페인에서 사 미터 가까운 키에 몸이 쥐색인 코끼리 한 마리를 데리고 화려하게 귀환했다. 우리가 술레이만에 관해 알고 있는 것으로 볼 때, 그는 빠르게, 직접적으로, 신랄하게 대꾸할 것이다, 코끼리가 쥐색이 아니라, 쥐가 코끼리 색이다. 그리고 이렇게 덧붙일 것이다, 조금 더 존중해 주기를 바란다.

프리츠는 술레이만의 당당한 걸음의 박자에 맞추어 흔들리면서 눈썹에 달라붙어 있는 눈을 털어내고 빈에서 그의 미래가 어떻게 될지 생각한다. 그는 마호우트이고, 앞으로도 마호우트일 것이다. 다른 사람이 될 수는 없을 것이다. 하지만 리스본에서 보낸 시절의 기억, 처음에는 주민한테, 심지어 왕궁의 귀족들한테까지, 사실 엄밀히 말해 그들도 주민의 일부이지만, 어쨌든 그들한테까지 환대를 받다가 곧 모두에게 잊혔던 기억 때문에 묻지 않을 수 없다. 빈에서도 나를 코끼리와 함께 방책 안에 넣어두고 거기서 썩어가게 하

284

면 어쩌나. 틀림없이 무슨 일인가 일어날 거야, 솔로몬, 그가 말했다, 이 여행은 막간에 불과할 뿐이야, 마호우트 수브흐로가 네 진짜 이름을 다시 불러준 걸 기뻐해, 너는 좋든 나쁘든 네가 살기 위해 태어났고 벗어날 수도 없는 삶을 살게 될 거야, 하지만 나는 마호우트로 태어나지 않았어, 사실 한평생 다른 문이 열려본 적이 없다 해도 처음부터 마호우트로 태어난 사람은 없어, 기본적으로 나는 너에게 일종의 기생충이야, 네 등의 털 속에 숨은 이야, 나는 아마 너만큼 오래 살지 못할 거야, 사람 수명은 코끼리 수명보다 짧아, 그건 다 알려진 사실이야, 내가 사라지면 네가 어떻게 될지 궁금하구나, 물론 다른 마호우트를 부르겠지, 누군가는 술레이만을 돌봐야 하니까, 어쩌면 대공비가 너를 돌보겠다고 할지도 몰라, 그럼 웃길 거야, 코끼리를 섬기는 대공비라니, 아니면 왕자가 커서 너를 돌볼 수도 있겠지, 어쨌든, 친구야, 네 미래는 이런 식이든 저런 식이든 보장되어 있는 반면, 내 미래는 그렇지 않구나, 나는 마호우트야, 기생충이라고, 부속품에 불과하단 말이야.

길고 긴 여행에 지친 우리는 가톨릭 달력에서는 주목할 만한 날, 즉 천오백오십이 년 공현(公顯) 축일에 인스브루크에 도착했다. 예상할 수 있는 일이지만, 큰 오스트리아 도시로서는 처음 대공을 맞이한 것이었기 때문에 화려한 파티가 열렸다. 하지만 갈채가 그에게 쏟아지는 것인지 코끼리에게 쏟아지는 것인지는 분명치 않았다. 그렇다고 미래의 황제에게 그것이 크게 중요한 일이었다는 뜻은 아니다. 그에게 술레이만은 다른 무엇보다도 제일의 정치적 도구이며, 그 중요성은 절대 편협한 질투심으로 깎아낼 수 없는 것이다. 바서부르크와 뮐트호르프에서 그들이 대대적인 환영을 받은 것도 어느 정도는 이제까지 오스트리아에 알려지지 않았던 생물의 존재 덕분임이 분명하다. 마치 막시밀리안 이세가 맨 위에서부터 맨 아래까지 자신의 신민을 즐겁게 하기 위해 허공에서 코끼리를 불러내기라도 한 것 같다. 코끼리의 여행의 마지막 단계 전체가 계속 즐겁게 외쳐대는 함성과 비슷하다. 그 함성은 들불처럼 이 도시에서 저 도시로 퍼져 나갈 것이며, 우리가 지나가는 곳마다 화가와 시인들에게 영감을 줄 것이다. 그들은 열심히 노력하여 그림, 판화, 기념 메달을 만들어낼 것이고, 유명한 인문학자 카스파르 브루스키우스가 린츠의 시청에 새기기 위해 쓴 시 같은 것이 쏟아져 나올 것이다. 린츠 이야기가 나와서 말인데, 호송대는 이곳에서 배, 보트, 뗏목을 버리고 나머지는 도보로 갈 것이다. 당연한 일이지만, 누군가는 왜 대공이 계속 강을 따라 내려가는 편안한 여행을 하지 않는지 알고 싶을 것이다. 그들을 린츠까지 데려다 준 다뉴브 강이 빈까지도 데려다줄 것이기 때문이다. 그러나 그런 생각은 잘 봐주면 순진한 것이고, 나쁘게 보면 무지한 것이다. 나라 전체의 삶에서, 구체적으로 보자면 정치나 다른 상업적인 삶에서 꼼꼼하게 계획한 홍보 캠페인의 중요성을 전혀 이해하지 못하는 것이기 때문이다. 오스트리아의 막시밀리안 대공이 빈의 항구에서 배를 내리는 실수를 저지른다면 어떤 일이 벌어질까. 자, 항구란 크든 작든, 강에 붙어 있든 바다에 붙어 있든, 절대 질서 정연하고 청결하다고는 할 수 없는 곳이다. 설사 우연히 잘 조직된 정상적인 모습으로 우리 눈앞에 나타난다 해도, 그런 겉모습은 혼돈의 헤아릴 수 없이 많은, 또 종종 모순되는 얼굴들 가운데 하나일 뿐임을 기억하는 것이 지혜로울 것이다. 대공이 코끼리를 포함한 호송대 전체와 함께 상자와 자루와 잡다한 꾸러미로 혼잡한 부두에 내리면, 그 모든 퇴적물 사이에 내리면, 수많은 사람들이 길을 막아서는 곳에 내리면, 과연 무슨 일이 벌어질까. 대공이 어떻게 길을 뚫고 도시의 새로운 대로를 통과하여 그곳에서 제대로 된 퍼레이드를 준비할 수 있을까. 삼 년 이상 자리를 비운 끝에 돌아온 것치고는 매우 초라한 입성이 될 것이다. 그러나 그런 일은 벌어지지 않을 것이다. 뮐도르프에서 대공은 집사에게 행사, 또는 행사들에 어울리는 환영 파티를 빈에서 열 계획을 짜라고 명령할 것이다. 물론 첫 번째 행사는 분명한 것이지만, 자신과 대공비의 도착 행사이고, 둘째는 자연의 불가사의인 코끼리 술레이만의 도착 행사다. 술레이만은 포르투갈, 스페인, 이탈리아에서, 공정하게 말해서 이런 곳들이 야만적인 땅은 아니었지만, 어쨌든 그 땅에서 자신을 보는 모든 사람을 놀라게 했듯이 빈 사람들을 놀라게 할 것이다. 말을 탄 전령들이 시장에게 전달할 명령을 들고 떠났다. 그 명령에서 대공은 그와 대공비가 빈을 생각할 때 느끼는 모든 사랑이 사람들의 마음과 거리에 비추는 것을 보고 싶다는 소망을 피력했지만, 글쎄, 장님에게는 윙크나 고개를 끄덕이는 것이나 똑같지 않을까. 내부용으로 다른 지침들도 내려졌다. 인 강과 다뉴브 강을 따라 내려가는 여행을 이용하여 사람들과 동물을 전체적으로 씻기는 것이 좋을 것이라는 암시도 있었다. 물론 이해할 만한 이유로, 여기에는 얼음처럼 차가운 강물에서 목욕을 하는 것은 포함될 수 없었다. 따라서 방금 말한 씻는다는 것은 매우 피상적인 일이 될 수밖에 없었다. 매일 아침 대공 부처는 넉넉한 양의 뜨거운 물을 공급받아 몸을 씻었다. 이것을 보면서 호송대 가운데 개인위생에 관심이 있는 사람들은 애처롭게 한숨을 쉬며 중얼거렸다, 나도 대공이었으면. 그렇다고 그들이 막시밀리안 이세가 손에 쥐고 있는 권력을 원한 것은 아니었다. 사실 그런 권력이 있다 해도 어째야 좋을지 모를 것이다. 그러나 뜨거운 물만은 부러웠다. 그들은 그 용도에 관해서는 아무런 의문이 없는 것 같았다.

대공은 린츠에서 배를 내렸을 때 이미 자신의 귀환이 빈 주민에게 줄 심리적 효과와 관련하여 호송대를 최대한 이용할 방법을 분명하게 머릿속에 넣어두고 있었다. 빈은 사실 수도 아닌가. 따라서 정치적 감각이 고도로 발달한 곳이다. 이제까지 전위와 후위로 나뉘어 있던 흉갑기병대는 하나로 뭉쳐 호송대 선두에 섰다. 그 바로 뒤에 코끼리가 왔다. 이것은 알레힌*이 둘 만한 전략적인 수라고 인정하지 않을 수 없다. 대공의 마차가 호송대 안에서 겨우 세 번째 자리에 온다는 것을 알게 될 때 더욱 그렇다. 목표는 분명하다. 술레이만을 가장 돋보이게 하자는 것이다. 이것은 완벽하게 말이 되는 이야기였다. 빈은 오스트리아 대공은 본 적이 있지만, 코끼리는 처음 구경하게 될 참이었으니까. 린츠에서 빈까지는 삼십이 리그이고, 가는 길에 두 번을 쉴 계획이다. 한 번은 멜크에서, 또 한 번은 암슈테텐이라는 도시에서. 이렇게 두 곳에서 자면서 조금씩 나누어 가면, 호송대는 빈에 입성할 때는 상당히 파릇파릇해 보일 것이다. 날씨는 전혀 완벽하지 않다. 눈은 계속 떨어지고 바람에는 아직 날이 서 있

* 체스의 대가.

다. 그러나 이사르코와 브렌네르 고개와 비교할 때, 이 정도면 천국으로 가는 길이라고 부를 만하다. 물론 그 천상의 장소에 길이 있을 것 같지는 않지만. 영혼들은 필요한 입국 절차만 완료하면 그 위에서 유일하게 인가받은 이동 수단인 날개 두 개를 바로 지급받을 테니까. 암슈테텐을 나선 뒤에는 더 쉬지 않을 것이다. 작은 마을에 사는 사람들이 도로로 나와 대공을 구경하다 막연하게 들어보기만 했던 동물과 대면을 했다. 이해할 만한 일이지만 이 동물은 그들의 호기심을 자극했고, 터무니없는 설명들이 튀어나왔다. 한 청년은 할아버지한테 왜 코끼리를 코끼리라고 부르냐고 물었을 때 이런 대답을 들었다, 코가 길기 때문이지. 오스트리아 사람은 아무리 하층계급 출신이라 해도 그냥 아무나가 아니다. 늘 모든 것을 알아야만 한다. 이 선량한 사람들, 우리는 아주 생색을 내듯이 그렇게 말하는 경향이 있지만, 어쨌든 이 사람들 사이에 떠도는 또 하나의 소문은 이곳 사람들이 말, 노새, 하다못해 당나귀라도 한 마리씩 갖고 있듯이, 술레이만의 고향 나라에서는 모두가 코끼리를 한 마리씩 갖고 있으며, 이런 덩치의 동물을 먹일 여유가 있는 것을 보면 그들이 엄청나게 부유한 것이 틀림없다는 것이었다. 그 증거는 술레이만이 먹이를 먹기 위해 길 한가운데서 멈추어야 했을 때 나타났다. 알 수 없는 이유로 아침을 거들떠보지도 않았기 때문에 그런 일이 벌어진 것이다. 그 주위에 모여든 작은 군중은 코끼리가 코의 도움을 받아 건초 꾸러미들을 입 안으로 쑤셔 넣고 삼키는 속도에 놀랐다. 술레이만은 우선 강력한 어금니로 건초 꾸러미를 두어 번 굴린 다음에 삼켰다. 어금니는 물론 밖에서 보이지는 않았지만 충분히 상상을 할 수가 있었다. 호송대가 빈에 다가가면서 느리기는 하지만 분명하게 날씨가 나아졌다. 특별한 것은 없었다. 여전히 낮은 구름이 많이 깔려 있기는 했지만, 눈은 멈추었다. 어떤 사람이 말했다, 이런 식으로 계속되면 맑고 파란 하늘에 찬란한 햇빛이 비칠 때 빈에 도착하겠네. 그렇게 되지는 않았다. 하지만 지금까지 날씨가 전체적으로 언젠가 왈츠의 도시로 알려질 이 고장과 같았더라면, 이번 여행은 무척 달랐을 것이다. 호송대는 이따금씩 멈추어야 했다. 주변 마을들에서 나온 사람들이 노래와 춤 솜씨를 보여주고 싶어 했기 때문이다. 대공비가 이것을 특히 즐겼으며, 대공은 자비롭게, 거의 아버지 같은 태도로 그 기쁨을 나누었다. 지금도 흔한 태도, 뭘 기대하는 거냐, 여자가 다 그렇지, 하는 태도와 일치하는 것이었다. 빈의 탑과 돔이 벌써 지평선에 나타났다. 도시의 문은 활짝 열려 있고, 사람들은 대공 부처를 기념하여 가장 좋은 옷을 입고 거리와 광장에 나와 있었다. 바야돌리드에서 코끼리를 환영할 때도 이랬다. 하지만 이베리아 사람들은 아이들처럼 쉽게 기뻐한다. 반면 규율과 질서를 함양하는 여기 오스트리아의 빈에는, 미래가 보여 주겠지만, 거의 게르만적인 뭔가가 있다. 가장 권위가 강한 인물이 도시에 도착하고 있기 때문에 지금 주민을 지배하 는 것은 존경과 무조건적인 복종의 분위기다. 그러나 인생 이란 얼마나 많은 카드를 소매에 감추어두고 우리가 예상도 못한 카드를 갑자기 꺼내 드는 것인지. 코끼리는 서둘지 않 고 박자에 맞추어 나아가고 있었다. 서두른다고 반드시 빨 리 갈 수 있는 것은 아니라는 사실을 아는 자의 속도였다. 그때 갑자기 소녀, 나중에 알게 되었지만 나이가 다섯 살 정 도 된 소녀가 부모와 함께 행렬을 보고 있다가 어머니 손을 놓고 코끼리를 향해 달려왔다. 눈앞에 펼쳐질 비극, 코끼리 의 발이 그 가엾은 작은 몸을 짓밟고 지나가는 비극을 예상 한 사람들의 목에서 공포에 질린 소리 없는 비명이 터져 나 왔다. 대공의 귀환이 불행으로 더럽혀지고, 전국이 애도를 하고, 도시는 오명을 얻게 될 터였다. 그러나 그들은 솔로몬 을 모르는 것이 분명했다. 솔로몬은 마치 포옹을 하듯이 코 로 소녀의 몸을 감더니 새 깃발, 버림받을 것이 틀림없다고 여기던 마지막 순간에 구원을 얻은 생명의 깃발처럼 소녀 를 공중에 들어 올렸다. 울고 있던 부모는 솔로몬에게 달려 와 딸, 구원을 얻은 딸, 생명으로 돌아온 딸을 품에 받아 들었다. 사람들은 모두 박수를 쳤고, 많은 사람들이 감정을 자제하지 못하고 눈물을 흘렸다. 어떤 사람들은 솔로몬이 파도바에서 성 안토니우 바실리카의 문간에 무릎을 꿇은 기적을 전혀 알지도 못하고, 이것이 기적이라고 말했다. 그 순간 마치 우리가 방금 목격한 극적 사건의 대단원이 부족했다는 듯이 대공이 마차에서 내리고, 이어 대공비도 내리도록 도와주는 것이 보였다. 두 사람은 손을 잡고 코끼리에게 걸어왔다. 코끼리는 여전히 사람들에게 둘러싸여 그날의 영웅으로 갈채를 받고 있었다. 그 갈채는 그 뒤로도 오랫동안 계속될 터였다. 코끼리가 어린 빈 소녀를 확실한 죽음에서 구해주었다는 이야기는 수천 번 되풀이되고, 수천 번 더 윤색이 되기 때문이다. 지금까지도. 사람들은 대공 부처가 다가오고 있다는 것을 깨닫고 입을 다물었다. 군중은 그들에게 길을 내주었다. 많은 사람들의 얼굴에 아직도 충격의 흔적이 분명하게 남아 있었다. 몇몇 구경꾼은 눈물을 거두는 것조차 힘들어하고 있었다. 프리츠는 코끼리의 등에서 내려 기다리고 있었다. 대공은 발을 멈추고 프리츠의 눈을 똑바로 들여다보았다. 프리츠가 고개를 숙였을 때 앞에 대공의 오른손이 보였다. 펼쳐진 채 기다리고 있었다. 전하, 제가 어찌 감히, 프리츠는 말하면서 자신의 두 손을 내밀었다. 코끼리 가죽과 계속 닿아 더러워진 두 손이었다. 사실 코끼리가 프리츠보다는 깨끗했다. 프리츠는 언제 마지막으로 목욕을 했는지조차 기억할 수 없었던 반면, 술레이만은 물웅덩이만 보면 반드시 뛰어들었기 때문이다. 대공이 아직 손을 거두지 않았기 때문에 프리츠는 악수를 할 수밖에 없었다. 마호우트의 못이 박힌 단단한 피부가 심지어 자기 손으로 옷을 입지도 않는 사람의 곱고 섬세한 피부와 만났다. 그러자 대공이 말했다, 비극을 피하게 해주어 고맙구나. 하지만 저는 한 게 없는데요, 전하, 모든 칭찬은 술레이만이 받아야 합니다. 그럴지도 모르지, 하지만 너도 어떤 식으로든 기여를 했을 것이라고 생각한다. 어, 저는 할 수 있는 일을 했을 뿐입니다, 전하, 그렇지 않으면 마호우트라고 할 수도 없지요. 만일 모두가 자기가 할 수 있는 일을 한다면, 세상은 틀림없이 지금보다 나은 곳이 될 것이다. 전하께서 그렇게 말씀하신다면 그 말이 진실일 것입니다. 이미 용서했으니 아첨할 필요 없다. 감사합니다, 전하. 빈에 온 것을 환영한다, 빈이 너에게나 술레이만에게나 살 만한 곳이면 좋겠구나, 너는 이곳에서 행복할 것이다. 그 말과 함께 막시밀리안은 대공비의 손을 잡고 마차로 갔다. 카를로스 오세의 딸의 몸에서는 또 아기가 자라고 있었다.

코끼리는 이 년이 안 되어, 다시 찾아온 겨울을 넘기지 못하고 죽었다. 천오백오십삼 년의 마지막 달이었다. 죽음의 원인은 알려지지 않았지만, 당시에는 피검사, 가슴 엑스레이, 내시경, 엠아르아이 스캔을 비롯하여 요즘 인간에게는 일상적인 것들이 하나도 없지 않았나. 하물며 뜨거운 이마에 손 한번 얹어줄 간호사도 없이 죽어가는 동물임에랴. 사람들은 솔로몬의 가죽을 벗겼을 뿐 아니라, 앞다리 둘도 잘라냈다. 그것을 적당히 닦아내고 건조시키자 궁 입구에서 지팡이, 작대기, 우산, 여름의 양산을 꽂아두는 통으로 사용할 수 있었다. 보다시피, 대공 앞에 무릎을 꿇은 것도 솔로몬에게는 아무런 도움이 되지 않았던 것이다. 마호우트 수브흐로는 집사로부터 받아야 할 보수를 받았고, 거기에 대공의 명령에 따라 상당한 팁까지 받았다. 그는 그 돈으로 타고 다닐 노새와 소지품 몇 가지가 담긴 상자를 싣고 다닐 당나귀를 샀다. 그는 리스본으로 돌아가겠다고 말했지만, 그가 포르투갈로 돌아갔다는 기록은 없다. 아마 마음이 바뀌었거나 가는 길에 죽었을 것이다.

몇 주 뒤 대공의 편지가 포르투갈 궁정에 도착했다. 편지에서 대공은 코끼리 술레이만이 죽었지만, 그가 빈에 도착하던 바로 그날 아이의 생명을 구했기 때문에 빈 주민은 결코 그를 잊지 않을 것이라고 말했다. 편지를 처음 읽은 사람은 국무장관 페루 데 알카소바 카르네이루였다. 그는 편지를 왕에게 건네주며 말했다, 솔로몬이 죽었답니다, 전하. 동 주앙 삼세는 처음에는 놀란 표정이더니, 이내 슬픔의 그림자 때문에 얼굴이 어두워졌다. 왕비를 부르게, 그가 말했다. 도나 카타리나는 편지에 자신이 관심을 가질 만한 소식, 예컨대 출산이나 결혼 소식이 담겨 있다고 느낀 듯 금세 도착했다. 그러나 남편의 얼굴을 보니 분명히 출산이나 결혼은 아니었다. 동 주앙 삼세는 작은 소리로 말했다, 우리 사촌 막시밀리안이 편지를 보냈는데 솔로몬이. 왕비는 그가 말을 마무리하지 못하게 했다. 알고 싶지 않아요, 왕비는 소리쳤다, 알고 싶지 않아. 그녀는 달려 나가더니 자기 방에 처박혀 그날은 하루 종일 울기만 했다.

만일 길다 로페스 엔카르나상이 잘츠부르크 대학의 포르투갈어 강사가 아니었다면, 내가 그곳의 학생들에게 이야기를 해달라는 초대를 받지 않았다면, 우리가 '코끼리'라는 이름의 레스토랑에서 식사를 할 수 있도록 길다가 자리를 마련하지 않았다면, 이 책은 지금 존재하지 않을 것이다. 그날 밤 모차르트의 도시에서 어떤 미지의 운명들이 결합했는지, 이 작가는 이렇게 물었다. "저기 저 조각들이 뭐죠?" 내가 말한 조각이란 한 줄로 서 있는 작은 나무 조각품들이었고, 그 첫 번째가 리스본의 벨렝 탑이었다. 그 뒤에 유럽의 다양한 건물과 기념물을 표현한 조각품들이 뒤따랐는데, 그것은 어떤 여정을 보여주는 것이 분명했다. 나는 그것이 16세기, 정확하게 말하자면 주앙 3세가 포르투갈 왕좌에 있던 1551년에 한 코끼리가 리스본에서 빈까지 여행한 것을 형상화한 작품이라는 이야기를 들었다. 나는 여기에는 이야기가 있을 것이라고 직감하여, 길다 로페스 엔카르나상에게 그렇게 말했다. 그녀도 그렇게 생각한다면서 필요한 역사적 사실들을 수집하는 일을 도와주었다. 이 책은 그 우연한 만남의 결과이며, 섭리에 따라 나와 저녁을 함께한 사람들에게 큰 빚을 지고 있다. 그들에게 깊은 감사와 함께 경의와 존경을 표하고 싶다.

주제 사라마구

마지막 작품인 『카인』이 나오기 1년 전인 2008년에 나온 『코끼리의 여행』은 사라마구의 마지막에서 두 번째 작품이다. 이 작품은 말 그대로 코끼리의 여행, 16세기에 포르투갈의 동 주앙 3세가 오스트리아의 막시밀리안 대공에게 선물한 코끼리가 포르투갈의 리스본에서 오스트리아의 빈까지 여행하는 이야기를 담고 있다. 사라마구가 덧붙인 말에도 나오지만, 잘츠부르크 여행에서 우연히 본 조각품들로부터 영감을 얻어 썼다고 한다.

왠지 좀 싱겁지 않은가? 사라마구인데! 그렇다, 물론 그게 다일 리가 없다. 수백 년 전 역사적 사실에 바탕을 둔 작품을 쓴 것 자체는 뜻밖이지만, 그렇다고 사라마구가 역사 소설을 쓸 리야 없지 않은가. 그 반대다. 사라마구는 기록된 역사적 사실 자체에서는 벗어나지 않으면서도 가장 우화적인 소설을 만들어냈다.

물론 이 작품을 우화로 이끈 주역은 이 작품의 주인공이기도 한 코끼리 솔로몬, 일명 술레이만이다. 작가가 이 코끼리의 눈높이로 내려오면서, 아니 올라가면서, 그의 주변에 있는 모든 인간은 풍자의 대상이 된다. 그때까지 세상에 없던 동물이 나타나고, 또 이 보물을 포르투갈에서 오스트리아까지 옮기는 과정에서 그와 관계를 맺는 모든 인간이 인간됨의 본질을 드러내고야 마는 것이다.

그러나 주목할 점은 사라마구가 그 어느 때보다 따뜻하다는 것이고(물론 상대적이지만), 그런 면에서도 우화적이라는 것이다. 400여 년이라는 거리가 주는 편안함 때문이었을까? 동물에 대한 애정 때문이었을까? 어쨌거나 평소에도 입심 좋던 사라마구의 내레이터는 사료의 빈 공간을 가득 채우며 그 어느 때보다 익살맞게 삶과 인간과 동물과 지구에 대한 재치 있는 논평을 던지면서도, 또 그 어느 때보다 따뜻하게 자신의 인물들을 끌어안는다.

그 덕분에 읽기보다는 즐길 수 있는 소설이 우리 손에 쥐
어지게 되었는데, 이것은 『카인』과는 또 다른 의미에서 사
라마구가 우리에게 준 마지막 선물인지도 모르겠다. 아마
이 코끼리와 여정을 함께 하다 보면 자신의 삶의 여정을 조
금은 더 따뜻하게 바라볼 여유가 생길 테니까.

정영목

코끼리의 여행

초판 1쇄 2016년 12월 5일

지은이 | 주제 사라마구
옮긴이 | 정영목
펴낸이 | 송영석

편집장 | 이진숙 · 이혜진
기획편집 | 박신애 · 정다움 · 김단비 · 정기현
디자인 | 박윤정 · 김현철
마케팅 | 이종우 · 김유종 · 한승민
관리 | 송우석 · 황규성 · 전지연 · 황지현 · 채경민

펴낸곳 | (株)해냄출판사
등록번호 | 제10-229호
등록일자 | 1988년 5월 11일(설립일자 | 1983년 6월 24일)

04042 서울시 마포구 잔다리로 30 해냄빌딩 5 · 6층
대표전화 | 326-1600 팩스 | 326-1624
홈페이지 | www.hainaim.com

ISBN 978-89-6574-556-3

이 도서의 국립중앙도서관 출판예정도서목록(CIP)은 서지정보유통지원시스템 홈페이지(http://seoji.nl.go.kr)와
국가자료공동목록시스템(http://www.nl.go.kr/kolisnet)에서 이용하실 수 있습니다.(CIP제어번호: CIP2016013900)